AF286553

SACHMET 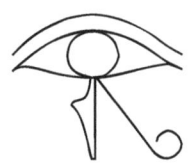 8

ACHTER TEIL

DER KUSS DES TODES

ROMAN
KATHARINA REMY

2012 AD:
Saarbrücken, *Deutschland*
Zu Hause genießt Anna ihre wohlverdienten Ferien, doch die trügerische Ruhe der Idylle wird bald gestört. Alex hat herausgefunden, wer der Mörder seiner Frau ist, und macht Raphael für die Geschehnisse verantwortlich. Als die grausame Wahrheit darüber, was damals tatsächlich in Deir el Medine passierte, ans Licht kommt, nehmen die Ereignisse eine dramatische Wendung ...

1325 v. Chr.:
Uaset, *Kemet*
Das *Schwarze Land* versinkt im Chaos!
Achanjatis unerschütterlicher Glaube an den einzigen Gott Aton spaltet Ägypten, stürzt das einst blühende *Kemet* in einen tiefen Abgrund. Die mächtige und rachsüchtige Sachmet lauert im Schatten, bereit, den verhaßten Pharao zu stürzen. In einem blutrünstigen Augenblick nutzt sie Bents Unachtsamkeit; das Unfaßbare geschieht! Das Land ist ohne Herrscher ...
Doch es gibt Hoffnung: Ein geheimnisvoller Thronfolger, der rechtmäßige Erbe Pharaos, könnte *Kemet* retten. Kann Sahu-Re das drohende Verhängnis aufhalten, Sachmets Wut bändigen, das Kind finden? Erneut begibt sich die Hohepriesterin der Isis auf eine gefährliche Reise in den Norden, nach *Achet Aton*. Dort, in der verlassenen Stadt, verliert Bent jegliche Hoffnung. Doch es muß gelingen, ihr Orakel, das lebende Bild des Amun, und den Thronfolger zu finden, um das *Schwarze Land* zu retten!

Die Autorin
Das Land am Nil seit Jahrzehnten das Reich meiner Leidenschaften und Träume. Die Lebens- und Denkweise der alten Ägypter, ihr unerschütterlicher Glaube an die Götter und an Ma'at, die alles im Gleichgewicht hält, meine Maxime. Was mich inspiriert, all meinen Romanen Leben einhaucht: die versunkene Kultur, den Glanz der Pharaonen in all ihrer Pracht vor meinen Augen erstehen zu lassen! Deshalb schreibe ich.

Die Finsternis der Nacht ist ein Grab, die Erde liegt in Schweigen
(Aus dem Großen Atonhymnus)

„Es ist der Fluch!"
(Beni Gabor, Die Mumie)

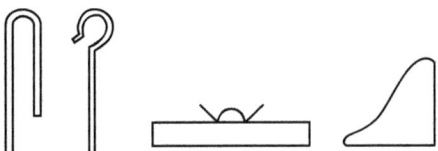

Mein innigster Dank geht an Jürgen, der mit einem brillanten, genialen
Einfall dieser Geschichte die entscheidende Dramatik verlieh!

Bibliographische Information der Deutschen Nationalbibliothek
Die Deutsche Nationalbibliothek verzeichnet diese Publikation in der Deutschen
Nationalbibliographie; detaillierte bibliographische Daten sind im Internet über
http://dnb.d-nb.de abrufbar.

Impressum

Sachmet Der Kuß des Todes
Band 8
1. Auflage Oktober 2024
ISBN 978-3-7693-0601-9

Titel, Titelbild, Umschlaggestaltung, der kleine Löwe:
Copyright © Katharina Remy
https://amhorizontdersonne.de/
#dortaufdemnil

DieautomatisierteAnalyse desWerkes, um daraus Informationeninsbesondere
über Muster,Trendsund Korrelationengemäß §44b UrhG („Text undData
Mining") zu gewinnen,ist untersagt.
Verlag: BoD · Books on Demand GmbH, In de Tarpen 42, 22848 Norderstedt
Druck: Libri Plureos GmbH, Friedensallee 273, 22763 Hamburg

MAN BAUE MIR EIN GRAB
IM BERG VON ACHET ATON,
WO DIE SONNE AUFGEHT,
IN WELCHEM
MEINE BESTATTUNG
ERFOLGEN SOLL
NACH MILLIONEN VON
REGIERUNGSJUBILÄEN

(Inschrift Echnatons auf einer Grenzstele in *Achet Aton*)

PROLOG

Kemet, Swenu
Vor 3349 Jahren

Auch heute kamen die Kleinen wie vor Jahren vorwitzig gerannt, schauten mit großen Augen die gewaltige Barke, der eine vornehme Dame entstieg.

Bent kümmerte sich nicht um die Schar spielender Kinder, packte ihre Rute, pfiff nach dem Hund, der ihr willig folgte, trippelte vorsichtig über die Bohle, machte einen Schritt an Land.

„Ahmose, du bleibst bei der Barke! Montju komm mit, wirst dich freuen, Ranofer zu sehen."

„*Tju*, Herrin!" Montju nickte, der Hauptmann ihrer Tempelwache salutierte, Bent machte sich auf den Weg, die kichernden, mitlaufenden Mäuschen mißachtend. Am Ende des Anlegers stolperte sie beinahe über einen mitten im Weg liegenden großen Sack. Sein junger Besitzer, gertenschlank, grazil, flink wie ein Mungo, fing sie auf!

„*Uadscha tji!* Immer schön langsam! Immer schön vorsichtig, meine Dame! Entschuldigung, *Henut!* Meine Schuld, Großmütterchen!" Der übermütige, fröhliche Bursche, gerade offensichtlich einem Nachen entstiegen, zerrte den *Char* beiseite, machte eine kleine Verbeugung.

„Schon gut!"

Sie schluckte das *Großmütterchen* wie bittere Galle runter, starrte ihn an, gewahrte die trotz seiner Jugend große, starke Gestalt; er war beinahe dreieinhalb Ellen lang - noch ein wenig schlaksig, aber das würde sich bald geben - starrte in sein hübsches Gesicht, betrachtete das lange, gewellte, schwarze Haar, erblickte dunkle, gleichzeitig wie Malachit leuchtende Augen...

„Ranofer!" Jäh blieb ihr der Atem stehen.

„Ihr wollt zu meinem Vater? Der ist nicht da!" Der Bub schulterte lässig den schweren Sack. „Aber kommt doch mit in unser Haus, ich schicke ihm eine Nachricht."

Bents trockene Kehle konnte keine Antwort geben, zu sehr hatte sie der Anblick des Jungen erschüttert. Er stand da wie das leibhaftige Jugendbild seines Vaters, ein bildschöner Mensch, jung, lebendig, wunderschön... Heiße Tränen traten in ihre Augen.

„Geht es Ahaneith gut?", krächzte sie, einfach drauflos vermutend, sein fröhliches Grinsen geflissentlich mißachtend.

„Aber ja."

„Und Meret?"

„Die Tante hat alles im Griff!"

„*Tante?*"

„Na, sie ist nicht *meine* Tante, sie ist eigentlich Vaters Kusine. Und wer seid Ihr? Ich habe Euch noch nie hier gesehen."

„Ich bin Wepus Tante und die… Stiefschwester von Mehu."

„Ahhh!", er lachte laut, „Maryas Tochter! Jetzt versteh ich!"

„Nichts verstehst du, du Flegel!", grummelte Bent leise, betrat Ahaneiths Innenhof, begrüßte Meret, die ihr fröhlich entgegenschritt, die Arme hocherhoben, um Bent zu umarmen, „Das *du* dich hierher traust!", rufend.

„Solange es *It* gut geht. Ich weiß ihn doch gut versorgt! Shanakdakheto hält ihn jung. *Seneb ti*, Meret! *Netsch cheret!* Auf dem Weg zu einem Besuch bei *It* wollte ich nicht einfach an eurer Haustür vorbeifahren."

„Dir auch Gesundheit, meine Liebe! Danke es geht mir gut! *Netsch her ren*, sei gegrüßt. Komm herein, du kommst gerade recht zum *Mesut*, dem Abendessen. Iß und trink mit uns, Pat, bring der Dame Bent einen Becher! Setz dich, Liebes!"

„*Tju*, Tante! Ich schicke *It* eine Nachricht, daß Besuch für ihn da ist."

„Das brauchst du nicht, er kommt gleich."

„*Pat?*"

„Ranofer war noch immer zu Späßen aufgelegt. Meist rufen wir den Lümmel aber *Nedjsches*." [1]

„Junior?"

„Was gibt's zu essen?", polterte es vom Eingang her, Bent drehte den Kopf, gewahrte ihre Liebe, ihre Sehnsucht, ihr ganzes Sehnen. Ihr Herz, welches jäh heftig wie die Flügelchen eines flüggen Vögelchen flatterte, blieb vor lauter Vergötterung einen Atemzug lang stehen, um dann zu ihm hinzufliegen, allein Ahaneiths Ruf „*Mechtwu!*" zerstörte den schwärmerischen verzückten, ja beinahe kindisch wirkenden Augenblick.

„Kutteln? Bäh!" Pat verzog angewidert das Gesicht, sein *It* langte ihm eine ins Genick.

„Meinst du, die Tante steht seit gestern da und kocht für uns, damit sie dir verwöhntem Bengel etwas anderes zubereitet! Benimm dich, du Lümmel!" Bent schaute nach der Dame, welche dies rief und gerade mit den Händen voll Geschirr aus dem Haus trat, glaubte ihren Augen nicht zu trauen: groß, schlank, prächtig mit goldenen Fußkettchen, Armreifen, Ketten und Ohrringen geschmückt, langes schwarzes Haar, die dunklen, schönen Augen mit *Sedemet* geschminkt, ein schmales Gesicht, etwas zu herb, um wirklich schön zu sein…

„Oh, wir haben Besuch! Entschuldigt den Flegel, Dame…"

„Natürlich!"

---

[1] *Pat* = siegreiches Volk, in Anlehnung an die Namensbedeutung von *Nikolaus/Niklas* = siegreiches Kriegsvolk. Und *Junior* erklärt sich von selbst, denn sie nannten nur den Hund Indiana :-)

„*Henut!*" Ranofer entdeckte sie, trat lachend zu ihr, packte ihre Hände, zog sie vom Stuhl hoch, küßte ihre Wangen, drückte sie an sich. „Wie schön, Euch zu sehen! Was macht Ihr denn hier?"

Sie konnte nicht antworten, genoß den köstlichen süßen Augenblick, da sie seine Kraft, seine Hände und die Wärme seiner Haut spürte.

„Auf dem Weg zu einem Besuch bei Marya wollte sie nicht einfach an unserer Tür vorbeifahren!", plärrte Meret aus dem Haus, Ahaneith rief ihre Enkel zum Mahl, Wepus Gattin antwortete, Wepu selbst stürmte in den Hof, schubste Ranofer zur Seite, knuddelte Bent. Sie, starr und steif da stehend, bekam überhaupt keine Gelegenheit was zu sagen. Dabei hätte sie Ranofer viel zu sagen: seine Faulheit Briefe zu beantworten, seine Bequemlichkeit, darüber, wie er das schöne Leben in *Swenu* genoß, während Uaset darbte, alle Lebensmittel, alle schönen, wertvollen Dinge aus dem tiefsten Kusch nach dem gefräßigen nimmersatten schönheitstrunkenen Moloch im Norden gebracht wurden um dort den feisten, verfressenen Hofschranzen vorgeworfen zu werden, daß er eigentlich *ihr* Gatte war…

Sie kniff Wepu wegen den Briefen in die Wange, „Da hat er einen eigenen Schreiber an der Hand und vergißt die Briefe zu beantworten!", neckend.

Natürlich bekam sie den Ehrenplatz neben Ahaneith! Selbstverständlich füllte man ihr als Gast den Teller zuerst! Und ganz gewiß erhielt sie die besten Bissen. Dankend nahm sie einen Becher *Henket* entgegen, schaute zu ihm hin, der sich lachend mit Montju unterhielt, ihm die Schulter klopfte, an sich riß, ihn abermals klopfte, ein wenig beiseite zog.

„Wie meinen?" Bent riß sich von seinem Anblick los, neigte sich zu Ahaneith hin.

„Ich sagte, so hat er mit Nehemetawai sein Glück gefunden. Wie schön!"

„*Tju!*" Bent tat, als ob sie sich freue, nippte mißmutig an dem Bier, betrachtete Ranofer genauer. „Er ist um die Hüften ein wenig üppig geworden, meinst du nicht?"

„Wir führen ein gutes Leben, Bent. Sie ist eine gute Frau! Er hat sie vor zwei Monaten geehelicht."

„So so!" Sie mißachtete die grauenvolle Kälte, welche ihr augenblicklich über den Buckel lief, musterte die Dame Nehemetawai, die etliche Jahre jünger als Ranofer war, und welche er nach dem Tode ihres gehörnten Gemahls nun zur Gattin gemacht hatte. Sie war offensichtlich schon wieder schwanger… pah!

„Nicht nur ein gutes, auch ein schusseliges, was?" Bent übersah absichtlich Ahaneiths empörte Miene, „Er hat glatt vergessen, daß er in Uaset auch eine Frau hat!", schnaubend.

Ranofer trat zu seinem Tisch, wirkte erzürnt, wütend, konnte seinen Zorn kaum verbergen. Was hatte er da mit Montju beredet? Denn der machte einen ebensolchen Eindruck, schien gründlichst verärgert!

Breitbeinig flegelte Ranofer sich hin, Unterarm und Ellbogen auf den Tisch gestützt, aufgebracht mit den Füßen wippend wartete er, daß die Frau ihm seinen Teller füllte, hinstellte, den Löffel dazu legte, ihm das Mundtuch reichte, die Schale mit dem kleingeschnittenen Obst und das Tellerchen mit dem frischen Fladenbrot hübsch am Tisch verteilte, zu ihm hinrückte, ihm den Becher mit Bier füllte. Alsbald setzte sie sich ihm schweigend, freundlich lächelnd, aufmerksam gegenüber, hielt ihm das Brot hin, wartete brav und geduldig, ohne selbst zu essen oder zu trinken, beinahe wie eine Leibeigene wirkend, ja gar eine schwarze *Nahsji*, eine nubische Sklavin - keine seiner mürrischen Bewegungen außer acht lassend - daß der Hausherr mit der Mahlzeit anfing. Ihre grenzenlose Demut, ihre wunderschöne Anmut nicht eines Blickes würdigend, griff Ranofer nach dem Brot, brach es auseinander, tunkte es in den Sud der *Mechtwu*, aß brummig schaufelnd, mit mißvergnügtem, grimmigen Gesicht, als säße sie ihm nicht gegenüber, als sei sie Luft. Bent spürte wie ihr glühende Wut hochkochte, sie sich kaum beherrschen konnte.

Warum nur, oh warum geriet er stets an die falschen Frauen?

Erst die streberische Baket und jetzt diese da mit ihrer hündischen Ergebenheit...

... Ich kann mit Versagern nichts anfangen. Nur mit jemandem, der mir die Stirn bieten kann ...

Ich konnte es, mein Liebling, ich allein konnte dir die Stirn bieten! Deswegen bist du so unglücklich, nur wegen mir!

Eine Melodie schlich sich in Bents Kopf, legte sich sanft über ihre aufkeimende Wut, als würde ganz weit weg, aus den Tiefen des weiten, abendlichen Himmelsgewölbe jemand flehend singen:

... Also glaubst du, du kannst mich lieben und dann sterben lassen ... Nichts ist mir wirklich wichtig ... Wie auch immer der Wind weht ...

„... wie auch immer der Wind wehen mag, Montju", dröhnte Ranofer gerade, „Wir sind Soldaten der Armee seiner Majestät und Pharao verpflichtet! Nur ihm!"

„*Ich* bin *niemandem* verpflichtet!", knurrte Montju. „Nur meiner *Henut*! Hast du vergessen, wo du herkommst? Hast du *Buhen* vergessen?"

„Ich habe *Mehut*, du sturer Stier!", ereiferte sich Ranofer mit vollem Mund, kippte Bier in seine durstige Kehle, knallte den Becher auf die Tischplatte, wischte sich mit dem Handrücken über die Lippen, entriß seiner Dame unwirsch das hingehaltene Mundtuch. „Nicht wie du! Sohn und Frau und bald kommt noch eins! Ich bin Ahaneith verpflichtet, deren Tochter, deren Familie! Bents Familie! Ich kann kein Wagnis eingehen!"

„Verpflichtung?", schnauzte Montju. „Du frönst lediglich deiner Bequemlichkeit! Wo ist dein Schneid geblieben? Du bist grauhaarig und fett, kurz vor dem *Tenji*, dem Greisenalter..."

Ranofer sprang hoch, packte Montju am Kragen. Es fehlte nicht mehr viel und die beiden alten Säcke würden sich prügeln!

„*Mehut*!", zischte Bent aufgebracht, das entgeisterte Schnaufen von Ranofers Dame überhörend, welche sich erschrocken affig die Hand vor den Mund schlug. „Pah! Schwing keine hochtrabenden Reden, Ranofer!", höhnend, „Laß Montju los! Von wegen ein großer, starker Clan! Einer mit gewaltig Einfluß! Dir und meinem Vater obliege ganz *Yabu*! Ein einflußreicher Posten! Djehutimes habe Einblicke in die Verwaltung von Uaset. Mir obliege der Tempel, sei eine *Imi ra Hat Netjer*, die Erste Dienerin der Isis, die stolze *Hemet Netjer Tepi en Isis*! Und von wegen, wir werden den Göttern ihren angestammten Platz zurückgeben! Was ist aus deinen hochtrabenden Worten geworden? Hast du mir nicht in die Hand versprochen, ihn eigenhändig *jiri schat*! Was ist aus den Worten von Djehutimes geworden? Wie auch immer der Wind wehen mag – du und mein Bruder richtet euer bestechliches, armseliges Fähnchen nach *seiner* Richtung!"

„Seid doch still, bitte! Es ist Sache der Männer. Das gehört sich ni…"

„Meine liebe Dame", fauchte Bent wie eine in die Enge getriebene Katze, „halt die Klappe! *Du* hast deinen *Henetep* wohl draußen vor der Hauspforte gelassen! Vielleicht im *Iteru* ertränkt! Weib, besitzt du denn keinerlei Rückgrat? Stolz? Wie kannst du dich mit sowas zufriedengeben, Ranofer? Was ist bloß aus dir geworden?"

„Wie redest du über meine Gattin?", brauste Ranofer auf. „In meinem Haus zügelst du deinen *medes Bjit*!"

„Lieber ein energischer Charakter als ein *Jutju*, ein Charakterloser!", ergrimmte Bent sich. „Ist es das, was du immer wolltest? Eine brave Ziege, die dir zu Füßen liegt, dich anbetet wie einen Gott, dir jeden Wunsch von den Augen abliest, dir Arsch und Mund abwischt? Dir nach dem selbigen redet? Nur nickt und *tju* sagt? Erbärmlich, Ranofer! Erbärmlich!"

„Ich war *wesech set*! Du beleidigst das Gastrecht!"

„Pah! Gastfreundlich! Mir deucht, ich sollte wie Re in eine andere Barke umsteigen! Die im *Wernes* kommen, wenn Re die Fahrt zu diesem Gefilde richtet. Er erteilt ihnen Weisungen … Ich, Ranofer, bin eine jener gefährlichen Schlangen aus *Wernes*, der zweiten Nachtstunde! Nebethat an meiner Seite! Wir sind die beiden *Rahtji*! Die Götter sind es, die aufsteigen lassen die Worte derer, die auf Erden sind. Sie sind es, welche die *Bas* zu ihrem Schlaf gelangen lassen. Was sie zu tun haben, ist, für das Bringen der tiefen Nacht zu sorgen und Schlachtopfer zu vollziehen zu ihren Stunden. Sie sind es, die den Tag hüten und die Nacht bringen, bis der große Gott hervorgegangen ist aus der Urfinsternis, um im Torweg des Osthorizontes des Himmels zu verweilen! [2] Reize mich nicht, Ranofer! Aton wird hinweggefegt und vergessen werden!

---

[2] Aus der 2. Nachtstunde im *Amduat*

Re wird wiederkommen, strahlend erscheinen, so wahr ich Sahu-Re bin, so wahr Sachmet seine Tochter ist! Anubis! Montju!" Schleier und Fächer und Rute zusammenraffend, nickte Bent Ahaneith zu, verließ stampfend und vor Wut kochend Ranofers Haus.

Auf dem kleinen Dorfplatz blieb sie schnaufend stehen, wischte die Tränen fort, zog die Nase hoch, fühlte eine Hand auf ihrer Schulter, sich selbst sanft herumgedreht, in den Arm genommen.

„*Henut!*"

„Ranofer!", seufzte sie.

„Geh nicht! Wo willst du denn hin? Es wird doch bald dunkel."

„Das Licht reicht noch um bis *Yabu* zu *faji tschau*."

„Niemand segelt mehr um diese Tageszeit. Bleib, Herrin! Ich habe Euch so lange nicht gesehen. Mir ist fast, als vermisse ich Euch. Wißt Ihr noch: unsere Reise nach *Achet Aton*? Und als wir hierher reisten, wir da drüben in diesem Zimmerchen übernachteten. Ahaneith weismachten, wir seien Eheleute. Bist du sauer?"

„Stinksauer!" Bent gelang ein wehmütiges Lächeln.

„Du kannst in diesem Zimmer schlafen, Fätzlein, es steht leer."

„Hast du vergessen, daß Baket in Uaset auf dich wartet?"

„Sie hat niemals auf mich gewartet, Bent. Sie braucht mich nicht. Geht es ihr gut?"

„Aber ja. Wie soll ich ihr unter die Augen treten?"

„Sie braucht ja nicht wissen, daß du es weißt."

„Dieses Land ist ein Dorf, Ranofer, irgendwann wird es sich herumgetratscht haben."

„Und wenn – es ist mir gleich! Es ist mir gleich geworden, *Henut*, woher auch immer der Wind wehen mag… Ich… ich suchte Ruhe, Herrin, seit Jahren, seit ich aus *Buhen* zurückkam und mir deucht, hier und mit Nehemetawai habe ich sie gefunden." [3]

„Liebtest du nicht das Wilde? Das Abenteuer? Die Gefahr?"

„Das ist vorbei, Bent. Ich will nur noch Frieden, Eintracht, Stille und… mein schmerzendes Herz soll endlich schweigen!"

„Sei still mein Lieber!"

---

[3] Nehemetawai bedeutet: *Die sich des Beraubten annimmt.* Die Göttin ist als *Herrin der Stadt* und *Herrscherin auf der Flammeninsel* die *Schützerin des Rechtes.* Ihr Kopfschmuck Sonnenscheibe und Kuhhörner oder ein Sistrum, bzw., die Uräusschlange anstelle eines menschlichen Kopfes oder sie hat zwei entgegengesetzte Gesichter. Nehemetawai war zur Zeit des Neuen Reiches eng mit dem Sonnengott Schepsi verbunden und Thot galt als der Sohn der beiden. Nehemetawais Name und Gestalt verkörpern für diese Geschichte all jenes, was Bent ausmacht und was Ranofer – auch wenn es ein Trugschluß ist – an seiner neuen Gattin sehen möchte.

„Es ruft stets… in meinen zahllosen schlaflosen, heißen, einsamen Nächten, ich weiß nicht, was es ruft, ich verstehe seine geheimnisvolle Sprache nicht, höre seine flehentlichen fremden Worte nicht, aber es sehnt sich und ruft danach. Mein *Ib*, Bent, stirbt einen langsamen, traurigen, verzweifelten, schmerzvoll einsamen Tod. *Henut*, ich wünschte ich wäre nie geboren! Ich wünschte, ich wäre tot und nie geboren!"

„Nicht doch!"

Sie legte die Hand sanft und liebevoll an seine Wange, unterdrückte ihren eigenen Schmerz, blickte in den abendlichen Himmel. *Re Atum* bot ihnen, zusammen mit den wenigen Wolken am Himmel, ein zauberhaftes Schauspiel, denn Aton versank in einer atemberaubenden Farbenpracht hinter den Hügeln der westlichen Deshret.

„Schau mich nicht so an, Ranofer!"

… Mit diesen schönen, leuchtenden, freundlichen Augen …

„Nicht! Hör auf damit! Ich bin eine alte Frau, du solltest mich nicht so anblicken!"

„Ihr macht schon wieder Späße, wo Euch doch gar nicht danach ist", flüsterte er mit ernster Miene, packte ihr Gesicht mit beiden Händen, schaute tief in ihre tränennassen Augen, sein sinnlicher Mund dicht vor ihren Lippen. „Dies ist Euer Abschied, Herrin, nicht wahr? Du wirst nicht wiederkommen? Wir werden uns niemals mehr wiedersehen? Ist es so?" Seine tiefe warme Stimme traf sie bis ins Mark, brachte ihr sehnsüchtiges Herz dazu, bitterliche Tränen zu vergießen. Mit einem Finger strich er sanft die lose Haarsträhne aus ihrem Gesicht, strich bewundernd durch die lange, weiche Pracht.

… Erinnere dich daran: ein Kuß ist immer noch ein Kuß …

„Du hast Frau und Kind… dir geht es gut, bist der *Tschesu*, Kommandant von *Yabu*, hast eine große Familie. Mich brauchst du nicht…"

„Manchmal meint ich, Ihr seid die Einzige, die ich je im Leben gebraucht hätte…"

Er fand ihre Lippen, zärtlich, sinnlich, stupste sie zart mit der Zunge, als wolle er um Erlaubnis bitten. Sein Griff um ihre Taille fester, fordernder.

„Das ist aber nicht das Ende unserer wunderbaren Freundschaft, was? Komm her, Schönheit!" Er küßte sie sanft und fordernd.

„*It!*"

„*Tja!* Was denn?", schnauzte er ärgerlich.

„Kommst du?"

„Ich muß gehen, Liebster! Leb wohl!" Sie nahm seine Hände, küßte sie.

„Bent! Bleib! Geh nicht…", knurrte er, „das ist zu gefährlich. Ich könnte es nicht ertragen sollte dir was zustoßen…"

„Vater!"

„Nun geh schon, er braucht dich! Mach einen guten Mann aus ihm! So wie du einer bist…"

Sie spürte, wie ihr endgültig das wehe Herz brach!

Ein unbeschreiblich leiser, aber grauenvoller Schmerz! Sie fühlte, wie sich ein schmerzhafter Riß bildete, der ihr Herz von nun an durchzog wie bei angeschlagenem Geschirr, nie wieder zu kitten, bitter schmerzendes Herzblut auf ihre gequälten Seelen tropfte.

Bent drehte sich um, rannte blind vor Tränen zu ihrer Barke, schnauzte ihrem *Nefu* „*Chentji*, nach *Yabu!*" zu, verschwand in der *Tscharet,* der Kabine, knallte die Tür zu.

Es war beinahe gänzlich dunkel, als sie über den Dorfplatz an der alten, dicken *Nehet* vorbeischritt und Maryas Innenhof betrat. Der große Wachhund schlug kurz an, erkannte sie, umwuselte Bent jaulend, um dann wild spielend mit Anubis durch den Hof zu fegen.

„Was ist denn da draußen los!", hörte sie Marya brüllen, der alsbald mit einer Lampe aus der Tür trat, sie hochhielt, verwundert „Bent?" rufend, „Mein Mädchen!"

Sie stand da, mit wehem blutendem Herz, bittere Tränen weinend, schluchzend wie ein kleines Mädchen, welches hingefallen war, sich das Knie aufschürfte. Und so fand der Vater sie; das kleine Mädchen mit dem großen Kummer! Bedächtig verschloß er das große Tor, legte den Balken in seine Halterung, nahm sie im Schutz der sanften Dunkelheit in den Arm, zog sie zu einem Stuhl, setzte sich, zog sie auf seinen Schoß, „sch sch" flüsternd, „Es wird ja alles gut!" Liebevoll, wenn auch ein wenig unbeholfen strich er Bent übers Haar. „Was ist denn los? Hm?"

„Mein Herz! Es tut furchtbar weh! Er liebt mich nicht!", brachte sie unter herzzerreißenden Schluchzern hervor, schneuzte sich in ihr Tüchlein, schmiegte ihr Gesicht an seine Brust, „Er wird mich nie mehr lieben!", wimmernd.

„Na-na-na! Das ist aber nichts für einen alten, rauhbeinigen Soldaten, meinst du nicht?" Er drückte sie an sich, wippte beruhigend mit dem Bein auf dem sie saß. „Das ist Sache der Frauen! Wenn deine Mutter… Nefertari, sie hätte dich trösten können! Wo ist denn meine tapfere Große abgeblieben? Hm? Nicht weinen, komm, putz dir die Nase, mein Kind, dann bring ich dich in deine Kammer, ins Bett. Morgen sieht die Welt ganz anders aus."

Die Welt sah am anderen Morgen noch genauso aus: trüb, die Farben verblaßt, der Himmel verdunkelt. Weder goutierte Bent den strahlenden Sonnenaufgang noch die kühle Brise, die *Imachyt* durch die Kammer, welche Marya immer für sie bereithielt, schickte. Ihr Herz, in Dunkelheit gefallen, tanzte einen traurigen, schwermütigen Tanz. Wie nebenbei hörte sie die Geräusche des Hauses, das geschäftige lächerliche Treiben aller, welche sich für den Tag vorbereiteten.

Maryas Ältester hastete, wie immer zu spät, polternd die Treppe hinunter, eilte aus dem Haus, um die *Mechenet*, die Fähre zu erwischen.

Längst hatte Marya Holz gehackt, Shanakdakheto den Ofen entzündet; Bent roch den süßen Brei, der zur Morgenmahlzeit gereicht wurde und das knusprige, frischgebackene Brot.

Mehu zankte sinnlos lautstark mit seiner Frau, hörte erst damit auf, als Marya ein Machtwort sprach. Die Ehe, von den Eltern beschlossen, stand unter keinem guten Stern! Diese beiden Streithähne würden sich wie Ranofer und Baket niemals zusammenraufen, paßten nicht zueinander, würden am besten getrennte Wege gehen. Sie hörte, wie die junge Frau türenknallend hinterm Haus im Stall verschwand, hörte das aufgeregte fröhliche Meckern der Ziegen, als sie gemolken wurden.

An die Decke starrend, lag Bent da, versucht, den Tag im Bett zu verbringen, die Welt auszusperren, einfach einzuschlafen und nie wieder zu erwachen. Sie war fürchterlich müde, erschöpft und ausgelaugt, völlig entkräftet.

Ich bin eine alte Frau, sollte mir die Strapazen einer Flußfahrt ersparen, während der heißen Monate daheim in den eigenen Wänden bleiben! Das hab ich nun davon! Großmütterchen! Pah! Das hat noch niemand gewagt, Lümmel! Die Hohepriesterin der Isis sollte in Ahaneiths Haus zurückkehren und dir den Arsch versohlen für deine unverschämte Frechheit!

„Guten Morgen! Ich hörte, wir haben einen lieben Gast! *Netsch her ren.*" Shanakdakheto betrat die Kammer, trug auf einem großen Teller einen Becher frisch gemolkene Milch, duftendes Brot, Feigen, Brei, Käse und Honig.

„Marya meinte, du seist von der Reise sehr erschöpft, solltest liegenbleiben, deshalb bringe ich dir das *Ja'u ra* her." Sie stellte alles auf den Tisch, zog die Schilfrohrmatte der Fensteröffnung hoch; Bents Blick fiel auf den in der Morgensonne glitzernden *Iteru* und die felsige Landschaft rund um *Swenu*. Shanakdakheto setzte sich zu Bent auf die Bettkante, meinte schmunzelnd „Allerdings kann die gute, ehrliche Haut weder flunkern noch mir verheimlichen, daß es dir gar nicht gut geht. Ich glaube eher, du brauchst eine Freundin, an deren Schulter du dich ausweinen kannst. Was ist denn passiert?"

„Nichts von Belang", nuschelte Bent, schneuzte sich in ein Tuch, „Frauenkram. Ein Flegel nannte mich zudem gedankenlos Großmütterchen, das gab mir obendrein den Rest."

„Du hättest ihm dem Hintern versohlen sollen! Wie lange bleibst du?"

„Ich war auf der *Insel der Zeit*", log Bent und mußte trotz allem grinsen. „Es war schon fast dunkel, als wir hier ankamen, ich fahre heute noch zurück."

„Ach schade. Ich hätte mich über einen längeren Besuch von dir gefreut."

„Shana, sieh zu, daß du Mehus Ehe auflöst…"

„Aber…"

„Die beiden sind nicht glücklich."

„Was wird der Nachbar sagen?"

„Liegt dir wirklich was am Glück des Nachbarn? Sollte dein Augenmerk nicht auf deines Sohnes Glück liegen?"

„Natürlich! Ich werde mit Marya reden. Mir gefällt diese ständige Zankerei auch nicht…"

Es klopfte, jemand rief „*Henut*! Seid Ihr da? Kann ich reinkommen?"

Bent blieb fast das Herz stehen, Shana stand auf, „So früher Besuch? Das hört sich ganz nach dem Herrn *Tschesu* Ranofer an. Weißt du was? Ich dachte anfangs tatsächlich, ihr seid ein Paar. Ihr würdet gut zueinander passen…"

„Ja, Shana. Gleich, Ranofer, einen Augenblick! Shana, wie seh ich aus? Arg verheult?"

„*Mabjat*, aber du solltest dich kämmen, waschen und anziehen. Ein wenig schminken…"

„Wozu?" Bent angelte ihren Umhang vom Stuhl, warf ihn um die Schultern, zauberte sich ein boshaftes kaltes Lächeln ins Gesicht, öffnete die Tür. „Er ist ja nicht mein Gatte! Und ich will nichts von ihm. Guten Morgen, Herr Ranofer. Was führt den *Tschesu* von *Yabu* zu so früher Stunde in das Haus des ehrenwerten Dorfschulzen?"

„Guten Morgen die Damen." Ranofer stand im Hof, ein wenig unbeholfen eine Schriftrolle in seiner Hand knetend, Shana nachstarrend, darauf wartend, daß die in ihrer Wohnhalle verschwand. „*Henut*, würdet Ihr mir einen Gefallen tun?"

„Willst du mit mir das *Ja'u ra* einnehmen?"

„Äh… nein danke, ich habe keinen…"

„Komm herein, du mußt mir nicht im Hof sagen, was dich herführt." Bent zog ihn an der Hand in die Kammer, setzte sich an den Tisch, „Du erlaubst?", tunkte ein Stückchen Brot in den Honig, schmierte mit ihrem Messer ein bißchen von dem frischen Ziegenkäse drauf, kaute mit offensichtlich gutem Appetit auf beiden Backen.

„Du hattest recht", meinte er.

„Ach was!", spottete sie, trank von der frischen Ziegenmilch.

„Ich sollte Baket freigeben. Wenn du…", er hielt ihr den *Schat* hin, „so freundlich wärst, und ihn ihr überbringen würdest."

Bent ergriff den Brief, las die Zeilen darauf: *Hab pu er redschet rach ka…* Dies ist ein Brief, um dich wissen zu lassen, daß…

„Was willst du sie wissen lassen?"

„Sie soll wissen, daß ich mich scheide. Alles in Uaset ihr gehört, das Haus, das, was darinnen ist…"

„Hat Wepu das geschrieben?"

„*Tju!*"

„Haben zwei Zeugen mit unterschrieben?"

„*Tju, Henut.*"

„Dann wird alles rechtens sein. Es wird ihr das Herz brechen."

„Ihr Herz ist kalt. Sie liebte mich nicht. Sie ist langweilig!", entfuhr ihm unbeherrscht. „Nicht wie du! Du warst einst ein loderndes Feuer, eine wilde Woge, ein heißer Wind. Deine Liebe war Kampf, Erobern und süßer Sieg. Sie dagegen ist erkaltete Asche, stilles Wasser, eine laue Brise, kampfloses, ergebenes Aufgeben. Ich hätte sie niemals zur Frau nehmen dürfen!"

Bent starrte Ranofer ins Gesicht. *Ich* liebe dich! Du liebtest mich! Deine Träume haben ihr das verraten. Sie hat es gewußt! Das hat ihr Herz erkalten lassen. Sie konnte nie erfahren, wie es ist, dich, den wunderbaren Mann, zu lieben, weil ich immer da war, Ansprüche stellte…

„Ich werde ihr den Brief geben, wenn ich wieder in Uaset bin."

„*Dwa Netjer ink*, Herrin."

„Soll ich ihr sonst noch was ausrichten?"

„Nein. Bleibt Ihr länger in *Yabu*?"

„Ich reise heute noch ab."

„Dann bleibt mir noch, Euch gute *Seqdwut*, Fahrt, zu wünschen."

„Danke."

„Ich muß gehen, *Henut*, meine Männer warten…"

„Leb wohl, Ranofer."

Sie hörte wie die Tür leise ins Schloß fiel, hörte seine Schritte sich entfernen, horchte in die Stille, fühlte wie er entschwand, in die kalte Dunkelheit des Vergessens verschwand, Sachmet ihre glutheiße Rache vollendete, er sie endgültig vergaß! In diesem Augenblick fühlte Bent, wie ihre Liebe in einem tiefen, wogenden, kalten Wasser aus Schmerz und Verzweiflung ertrank, spürte wie ihr Herz starb…

… Meine Liebste, nimm mich. Ich bin für dich da. Auf immer und ewig! Das schwöre ich dir! Bei dem allmächtigen huldvollen Gott, dessen Schönheit mein Name preist! Fühlst du es? Mein Herz schlägt nur für dich …

„Alles Lüge!", zischte sie, wischte trotzig unwirsch heiße Tränen von den Wangen, fegte mit einem verzweifelten Aufschrei den Tisch leer, daß es nur so schepperte und klirrte. Stand mit erhobenen Armen inmitten der Scherben, im Chaos, in den Trümmern ihres Lebens und brüllte schluchzend in die kalte, erbarmungslose Leere:

„Ich will mein Herz verhärten! Nie wieder will ich lieben! Kalt soll mein Blut sein, Wut mich führen! Reich mir endlich deinen Arm, du elendes Miststück, damit ich mich wieder aufrichten kann!"

Dieses Leben, wie du es jetzt lebst und gelebt hast,
wirst du noch einmal und noch unzählige Male leben müssen;
und es wird nichts Neues daran sein,
sondern jeder Schmerz und jede Lust und jeder Gedanke und Seufzer
und alles unsäglich Kleine und Große
deines Lebens muß dir wiederkommen

(Friedrich Nietzsche)

DEUTSCHLAND, SAARBRÜCKEN

26. Mai 2012 A.D.

„Was denkst du? Wie findest du den Vorschlag?"

Anna stellte das Milchkännchen zu dem Zuckerdöschen, legte Löffelchen auf die Untertassen, rückte die Tortenplatte mit der prächtigen Himbeer-Sahne-Torte näher.

„Ich weiß nicht!"

„Ach, komm, gibt deinem Herzen einen Ruck!" Anna verschwand flink im Haus, schnappte die Kanne von der Kaffeemaschine, huschte wieder raus auf die schattige, vom üppig blühenden Geißblatt fast völlig versteckte Pergola auf der Terrasse. Kaum daß sie den duftenden Kaffee ausschenkte, bemerkte sie Helga, die, sich theatralisch in ihren Pajero wickelnd, wie eine Nymphe durch den Garten geschwebt kam. Seufzend trabte Anna zurück ins Eßzimmer, um ein weiteres Gedeck zu holen, drehte sich schnell in der offenen Terrassentür um. „Aber das bleibt vorerst unter uns! Verstanden!"

„Natürlich! Es hat geschellt."

„Das wird Frau Becker sein. Sie war einkaufen. Die Arme stürzte sich in den Pfingstsamstag-Einkaufs-Wahnsinn. Setz dich, Helga! Hi!"

„Hi Süße! Hallo Liebes."

Aus dem Gartenstuhl unter dem gelben Sonnenschirm ein paar Meter weiter hörte man ein Brummen und ein lautes: „Warten Sie, Frau Becker, ich mach das! Anna, bleib bei deinen Gästen!" Raphael faltete die Zeitung zusammen, stand auf, eilte – sich ein T-Shirt überstreifend – an den drei Frauen vorbei.

„Sag Frau Becker", rief Anna ihm nach, „daß die andere Himbeertorte im Kühlschrank für sie und ihren Mann ist! Ein kleines Geschenk von mir."

„Danke!", schallte es aus dem Haus. „Tschüs, schöne Feiertage!"

„War er das?", fragte die Nachbarin, schaute Anna zu, die Helga das Kaffeegedeck hinstellte.

„Hm!"

„Wow! Schade, daß ich deine Party im letzten Jahr verpaßt, ich ihn da nicht kennengelernt hab. Aber da war ich in Cornwall."

„Guck gefälligst woanders hin!", zischte Anna lachend, setzte sich, wedelte mit ihrem Fächer. „Und *du*, Helga, hast deinen Gartenstuhl schön dicht bei die Hecke gestellt, um herüberzulinsen! Noch nie 'nen Kerl in Badehosen gesehen? Oh Gott, ist das heiß... da hätte ich auch in Ägypten bleiben können. Fast fünfunddreißig Grad..."

„Was macht ihr an den Feiertagen? Anna, fahrt ihr in Urlaub?"

„Ich arbeite dort wo andere Urlaub machen. Vielleicht genieße ich einfach mal mein Haus und meinen Garten. Ich sollte mir ein Jacuzzi zulegen, was meint ihr? Mann, ist die Torte lecker!"

„Die ist wirklich fein!"

„Unn…", Helga räusperte sich, pickte eine Himbeere auf, „…deiner? Kónn der éénfach so fúnn seiner Ahwed weggbleiwe?"

„Der hat sich definitiv ein paar ruhige Tage verdient."

„Was arbeitet er?", fragte die andere Nachbarin.

„Er hat eine Securityfirma… nimm dir noch'n Stück, Helga!"

„Isch muß gleisch gehn, Süßes. Harald unn isch sinn heit ówend zum Schwenker inngelad. Jesses…" Sie linste schmachtend zu Raphael hin, der gerade wieder auf die Terrasse kam, sich neben Helga stellte, in einen Becher Kaffee einschenkte, ein klitzekleines, schmales Stückchen der Torte abschnitt, es im Stehen vernaschte. „Bischd doch é grossa Bub! Kannschda ruisch é grosses Stigg holle! Odda muschde uff dei Figur achte?"

Raphael strahlte sie an, zog das T-Shirt hoch, packte Helgas Hand, legte die auf seinen perfekten Sixpack, schnurrte „Klar paß ich auf meine Figur auf!"

Helga kreischte wie ein Teenie, zog ihre Hand zurück, giggelte affig: „Du bischt ma vielleischt é Sahnestiggche! Isch gönns da Anna! Ohlegg, ihr Kinners, isch muß gehn. Machens gudd ihr Schätzja!"

„Tschüs, Liebes. Und paß mit deinem schicken Pajero und deinem prächtigen Hintern bei der Hecke auf!", lästerte Anna, schaute Helga nach, die den Bauch einzog und durch die Lücke in der Hecke huschte, bemerkte Navajo, der auf leisen Sohlen geschlichen kam und sich auf Raphaels Platz kuschelte. Der schob den Kater „Mach mal Platz, Kumpel", brummend zur Seite, ließ sich mit seinem Kaffee wieder im Liegestuhl nieder.

„So, wo sie weg ist:", meinte die andere Besucherin, „Das ist nicht dein Ernst, was du mir da eben erzählt hast?"

„Mein vollster!" Anna fuchtelte mit der Kuchengabel. „Von Anfang an, so wahr ich hier stehe! Was ist jetzt? Machst du es? Exklusiv! Sowas kriegst du nie wieder!"

„Hast du noch was anderes als den Kaffee? Ich glaub, ich brauch was Härteres."

„Hugo?"

„Für den Anfang!"

„Was heißt hier für den Anfang!" Anna schmunzelte, stand auf, rettete die Himbeer-Sahne vor der Hitze, ging Crémant, Gläser, Minze und Holunderblütensirup holen.

„Nochmal Süße: mein Angebot steht! *Du* kannst das! Wer sonst! Du hast einen Roman über Tut-Ench-Amun geschrieben und einen über Cheops. Da wirst du doch in der Lage sein, *diese* Geschichte aufzuschreiben! Katharina! Schätzchen! Die Chance einen Knüller, einen Bestseller zu schreiben, bekommst du nie wieder! Obendrein erfährst du alles aus erster Hand. Und ich will meine Erfahrungen, meine Erlebnisse – mein Vermächtnis, wenn du so willst – aufgezeichnet wissen. Ich will, daß du es bist, die mein geistiges Erbe verwaltet! Laß dir diese einmalige Gelegenheit nicht entgehen!"

Katharina starrte Anna eine Weile lang stumm an, zog aus Annas Päckchen eine Zigarette, gab sich Feuer, zog den blauen Dunst mit geschlossenen Augen gefühlt bis zum kleinen Zeh, blies genüßlich den Rauch aus.

„Du rauchst seit einem Jahr nicht mehr! Hast du das vergessen?"

„Es passiert nicht alle Tage, daß man mir eine derartig aufregende Offerte unterbreitet. Und was meine beiden Bücher angeht, das ist reine Phantasie, Anna. Einen Roman mit autobiographischem Hintergrund habe ich nie geschrieben. Ich müßte dir ständig auf der Pelle kleben, dich alles mögliche fragen, damit es authentisch ... außerdem hast du Urlaub, pflegst eine neue Liebe, da hat man anderes im Kopf."

„Ich will aber, daß du meine Geschichte aufschreibst! Ich will..."

„Meine Nerven! Sag mal! Hat dir deine Mami nie gesagt, wie das Zauberwort heißt? Aber du warst schon immer ein verwöhntes Gör. Jeden Wunsch hat man der verhätschelten Prinzessin im Hause Berger von den Augen abgelesen. Schon damals, als wir alle da drüben im Wald und auf der Straße spielten, warst *du* die mit der größten Klappe!"

„Entschuldige."

„Natürlich."

Anna grinste die Freundin aus Kindertagen an, „Weißt du noch, wie sie uns früher immer verwechselten, weil wir uns ähnlich sahen?", kichernd. „Und als meine Mama mich suchen kam, mich an eurem Mittagstisch fand, Linsensuppe löffelnd. Die war so lecker!"

„Das Mittagessen bei deiner Mama war auch immer fein! Wir sehen uns heute noch ähnlich! Wie kann ich das und unsere Streiche vergessen! Wir tauschten doch manchmal die Kleider und täuschten aus der Ferne sogar unsere Mütter."

„Würdest du *bitte* die Zeit und die Muße finden, meine Geschichte aufzuschreiben?"

Katharina bückte sich, zog aus ihrer dicken *Louis Vuitton Monogram Canvas* ein Diktiergerät, schaltete es ein, rückte theatralisch seufzend dies und ihr leeres Glas vor Anna.

„Also gut! Um der alten Zeiten willen! Mach noch'n Hugo und dann leg los, Mädchen, ich bin ganz Ohr!"

„Es war vor bald drei Jahren, im Dezember 2009, als es mir richtig bewußt wurde", meinte Anna, schraubte das Fläschchen des Holunderblütensirups zu, stellte den Crémant in den Eiskübel, genehmigte sich ebenfalls eine Zigarette.

„Ich stand in meinem Ankleidezimmer, schaute in den Spiegel, fragte mich aufgeregt, was ich da vorhabe. Es war nicht richtig, nein! Ich hatte zu viele Mumien ausgegraben, in zu vielen Gräbern, zu vielen Scherben und Trümmern gewühlt... Die Sache mit der Statue warf mich zehn Jahre zuvor vollends aus der Bahn! Ich hätte die Toten ruhen lassen sollen, Katharina. Das war mir schon eine ganze Weile lang klar. Ich grub zu tief..."

„Wie kamst du zu der Erkenntnis?"

„Was ich im Spiegel erblickte, erschreckte mich. Ich war sechsundvierzig, hatte bloß meine Arbeit im Kopf. Unterbrach die Ausgrabungssaison, kam wegen diesem Quatsch extra aus Luxor her. Wo war die Zeit geblieben? War ich das, da in dem Spiegel? Wo war die junge Frau? Wo das Mädchen? Und diese aufgedonnerte Alte mir gegenüber, angezogen mit einem bodenlangen, hochgeschlitzten Kleid von Lagerfeld, auf Manolo Blahniks, abartig hoch, daß ich kaum stehen konnte, stierte zurück, höhnte *Na und?* Nein, das bin ich nicht! So wollte ich nie sein, schrie mein Herz dem Spiegelbild zu, während ich meine kribbelnde Handfläche betrachtete. Der Fund dieser Statue war meine Nemesis! Man hatte mich kurz danach, genaugenommen in der Silvesternacht 1999, vor dem Tod gerettet..."

„*Was?*"

„Ich bin fast rückwärts in einen Abgrund gestürzt. Hoch über dem Tal der Könige. Eine Frau packte mich bei der Hand, zog mich im letzten Moment zurück. Als ich wieder richtig denken konnte und mich umschaute, war da niemand! Kein Schwein! Ich stand allein da oben im Wind, in der Nacht, auf einem Hochplateau, mitten in der Wüste, im Nirgendwo und spürte ein Prickeln in meiner Hand, dort, wo die Frau mich festgehalten hatte. Was denkst du, weshalb ich jahrelang Therapiesitzungen absolvierte? Und ich fragte mich da vor dem Spiegel, was habe ich mit der Gabe des geschenkten Lebens gemacht? Und vor allem fragte ich mich: Wann habe *ich* mich verloren? Wo bin *ich* geblieben in den letzten zehn Jahren? Wann habe *ich* mich vergessen? Als ich mir in einem Anfall von Idiotie das Botox ins Gesicht jagen ließ? Als ich in Marbella, Cannes, Ibiza extravaganten, exzentrischen Urlaub machte, mich wegdröhnte? Während ich bei diversen Therapeuten auf der Couch lag, ihnen was von meinem ach so beschissenen Leben vorjammerte? Als ich im Jahr 2004 mit allen anderen XY- und Z-Promis anfing dümmliche Biographien zu schreiben? Wohin hat mich das gebracht, Katharina? Daß ich an jenem Abend vor dem Spiegel stehen durfte, nervös darauf wartete, daß es losging? Fotografen, Blitzlichtgewitter, kreischende Fans, welche auf die durchgeknallte, ausgeflippte Archäologin warteten und ein roter Teppich..." Anna unterbrach sich, trank einen Schluck.

„Der Film war trotzdem ein voller Erfolg!"

„Nein, Liebes!" Sie knallte das Glas auf den Tisch. „Der Film ist ein Fluch! Gequirlter Mist, Schund, etwas, was mich heute noch verfolgt und... das kann es nicht gewesen sein! Das war niemals mein Bestreben. Und jener Abend konnte nicht das Ziel, der Höhepunkt meines Lebens gewesen sein. Nicht diese abenteuerliche, idiotische Verfilmung meiner Arbeit, eine Mischung aus Doku und Spielfilm, ein billiger Verschnitt aus *Indiana-Jones, Die Mumie, Lara Croft und Terra X*. Nicht die Premiere dieses armseligen Schwachsinns..."

„Ach Anna!"

„Genau! *Anna!* So erwischte er mich! Eiskalt auf dem linken Fuß. Stürmte durch den Flur, abermals *Anna* rufend. Oh Gott, was mußte er so plärren? Sein *Bist du bald fertig?* hallte durch die Wohnung wie ein Omen. Und ich bin fertig, Katharina. Urplötzlich. Fertig mit mir und der Welt! Ich zog mir die Haarnadeln aus der teuren Hochsteckfrisur, öffnete den Kleiderschrank..."

„*Schrank?*", spottete Katharina. „Ich soll tatsächlich das Wort *Schrank* verwenden? Bist du da sicher?"

„Ich öffnete die Tür zum begehbaren Kleiderschrank – wenn dir das lieber ist..."

„Nur fürs Protokoll", Katharina hob das Diktiergerät hoch, flötete: „Sie öffnete die Tür zu dem riesigen Zimmer, in welchem sie ihre Haute Couture verwahrt!"

„Du dumme Nuß!" Anna lachte. „Ich öffnete also die Tür zu dem Zimmer, in welchem ich meine und Georgs Klamotten aufbewahre, und wußte in dem Augenblick, ich mußte wieder zu mir selbst finden, wieder werden, was ich einmal gewesen bin. Nicht Georgs Anhängsel, sein Püppchen, Mäuschen... sein Vorzeige-Weibchen mit dem er bei seinen Maklertreffen, Geschäftsessen, Charity-Veranstaltungen angeben kann... Irgendwo hinten unten fand ich, was ich suchte. Die alte Schachtel!"

„Ich dachte, die stand *vorm* Spiegel!" Katharina prustete lachend beinahe ihren Hugo aus.

„Darin ... du kannst mich gern haben ... eine alte Hose mit ausgebeulten Taschen, ein verwaschenes T-Shirt, dazu ein Paar derbe Arbeitsstiefel. O-ho!", lachte Anna laut, trank einen Schluck vom Hugo, drückte die Kippe in den Aschenbecher. „Du hättest sein Gesicht sehen sollen! Als er die Tür öffnete, *Sie kommt gleich!* rief. Die Worte blieben Georgy im Hals stecken. Kannst du dir das vorstellen? Mein Schorsch und sprachlos! Schön, sagte ich gelassen und band die Stiefel zu. Du kennst ihn, wenn er sich in die Enge gedrängt fühlt, du kennst seine große Klappe, seine unglaubliche Arroganz, seine Rechthaberei... *Ähm... Maus...* nuschelte er. Oh, er weiß genau wie ich das hasse! Wie er mich damit hochnehmen kann! *Die Limo kommt gleich, Anna, was machst du denn? Das kannst du doch nicht machen!* Und ob, sage ich. Aber er, nein, er mußte wieder mal auftrumpfen und mir Aufgewärmtes um die Ohren hauen: *Die Haute Couture, welche du trägst, Madame, versetzt mal wieder jeden Pariser Couturier in helle Aufregung. Da ist es auch diesen Herbst wieder!*

Dies traumhafte Outfit: Die Hose mit ihren ausgebeulten Taschen, das verwaschene, ausgeleierte T-Shirt! Fehlt noch das Kopftuch und die Zöpfchen, damit jeder meint, meine Gattin arbeitet in einer Kolchose. Très chic! Und erst diese klobigen Springerstiefel an deinen Füßen! Sie machen ein so schlankes, langes Bein! Dir fehlt nur noch der Patronengürtel, das Maschinengewehr, dann könntest du glatt bei einer Modenschau für Guerillakämpferinnen teilnehmen! Legst du die Tarnfarbe noch auf oder verzichtest du heute? Ich könnt ihm in solchen Momenten ans Schienbein treten!" Anna trank aus, bezwang schnaufend ihren aufkeimenden Groll. „An dem Abend war ich kurz davor! Jedenfalls sagte ich ihm, ich werde mit diesem aufgeblasenen Mist aufhören! Zu der Premiere gehen, wie ich es für richtig finde, nicht in diesem aufgedonnerten Kostüm! Anschließend packe ich meine Sachen. Spätestens morgen bin ich auf dem Weg nach Hause! *Hier ist dein Zuhause*, blaffte er mich an. Katharina! Er machte mir weiß, Berlin sei *mein* zu Hause! Hier, maulte ich zurück, hier ist ein Protzbau. Ich hasse das Großstadtflair! Nichts als hohles Gepränge, Lärm und Gedränge. Ich will wieder meine Nachbarn sehen, meinen Garten nutzen, im Tante-Emma-Laden um die Ecke einkaufen, die Bäume des Waldes rauschen hören. Ach was rede ich!" Anna winkte zornig ab, steckte sich abermals eine Zigarette an, legte sie in den Aschenbecher, stand auf, verschwand im Haus, kehrte mit drei Whisky zurück, brachte Raphael einen davon.

„Natürlich blieb ich. Aber irgendwann in dieser Zeit merkte ich, daß wir eine ziemlich hohle, abgenutzte Ehe führten, die allmählich ihrem glanzlosen Ende entgegenstrebte. Und dann fing der Idiot ein Verhältnis mit seiner Sekretärin an…"

„Du solltest mir nichts von deinen Problemen mit Georg erzählen! Das ist doch nun wirklich zu intim…"

„Wenn du die Geschichte aufschreiben willst, mußt du alles hören."

„Es ist mir aber nicht recht, wäre mir lieber, du bliebest bei deiner angekündigten dramatischen Story aus dem alten Ägypten. Wo ist Georg überhaupt? Wohnt er immer noch in Berlin?"

„Ja. Er kann das Leben, das er sich… für uns aufgebaut hat, nicht einfach fallenlassen. Dort ist der Firmenhauptsitz und… Augenblicklich sitzt er im Allgäu! Ich hab ein ernsthaftes Wort mit ihm geredet und ihn zu einem ausgiebigen Urlaub verdonnert. Wenn er nicht aufpaßt, riskiert er einen Herzinfarkt, bei seinem Streß, bei seinem Lebenswandel. Er braucht dringend eine Auszeit. Dringend was anderes um die Ohren als… als all das, was in den letzten Jahren passiert ist…" Anna betrachtete nachdenklich den sommerlichen Garten, schaute liebevoll zu Raphael hin, „*Er ist mein ganzes Leben, mein ein und alles!*", seufzend. „Also gut!" Sie stieß mit Katharina an.

„Es begann im August 1999 und mir grauste vor dem Millennium…

WIE DIE GROSSE GÖTTIN DER
HIMMELSHÖHE,
SO MÄCHTIG BIN ICH.
WAHRLICH!
ICH BIN JENEN NICHT UNTERLEGEN,
UMSTRÖMT VOM ISISLICHT,
DER GÖTTIN MAGISCHER KRAFT

Aus dem ägyptischen Totenbuch

KEMET, UASET

1325 v. Chr.
Im letzten Jahre der Regierung seiner Allerheiligsten Majestät Achanjati,
Wer Nesit em Achet Aton, Meri Aton, Glanz des Aton, Echnaton
Im Mond Ipip in der Jahreszeit des Schemu

„Es gelingt nicht! Blieb bei dem erbärmlichen Mysterium in meiner düsteren Apotheke. Dort, unten, im Keller. Es blieb bei dem wundersam brennenden Wasser, welches mir die Augenbrauen versengte und *Das lebende Bild des Amun* verkündete... nein, ich rede nicht mit *dir*! Reich meinen Korb wieder herüber. Wenn du den Königskümmel nicht hast, ist es zwecklos. *Dwa Netjer ink.* Er wächst nicht in meinem Garten... Der *Mächtigen* ungeheure Wut peinigte Kemet in den letzten neun Jahren zu oft... *Tja*, gehab dich wohl.... Ich muß hart bleiben, der gebannten Göttin die Freiheit verwehren! Aber das Land erglüht entweder unter Sachmets heißem, göttlichen Atem, oder die Flut bleibt aus und wegen den Dürren gibt es keine Ernten, oder die Göttin schickt vernichtende Sandstürme. Jaja selbst zerstörerischer Regen ist gefallen. Eine fürchterliche Zeit! Nichts als Entbehrungen! Wir haben allerhand zu tun! Alles wegen Sachmets Raserei, ihrer eingesperrten Wut und Pharaos falscher Politik! *Großmütterchen!* Pah! Ich muß endlich einen Weg finden, in die Zukunft zu... *Tja*! Was ist denn da los? Ksanamu, geh her!" [4]

Gerade lief Bent über den Markt, wo sie selbst für viele Deben kaum das Notwendigste erstehen konnte. Vor allem fehlte es ihr an ausländischen Gewürzen und Heilpflanzen, die nicht in ihrem Garten wuchsen. Sie schaute nach dem riesigen *Jayuer*, der sich einfand und brav, mit baumelnden Eiern, vor ihr her trippelte. Am *Ipet Resit* unterbrach sie ihre brabbelnden Grübeleien. Da wurde gebaut? Entschlossen überquerte sie die Allee der Sphingen, eilte flotten Schrittes auf das geöffnete Tor zu, stocherte mit ihrer Rute in der Luft herum, stocherte einem der beiden Tempelwächter in den Bauch.

„Seit wann wird denn der *Südliche Harem* wieder bewacht? Was ist da los? Hä? Laß mich durch, Samut!"

„Herrin! Ich kann Euch nicht einlassen. Nicht heute. Wo ist Montju?"

„Da hinten. Keine Angst, ich nehme ihn immer mit, wenn ich unterwegs bin. Aber er soll Abstand halten, ich kann nicht haben, wenn mir jemand zu dicht auf die Pelle rückt. Du siehst nicht gut aus, Junge! Wie geht es dir?"

---

[4] *Ksanamu* bedeutet einfach Schaf

„Wie soll es einem gehen, Herrin, in diesen Zeiten? Ich bin froh, daß man mich für diesen Auftrag rief, und froh, daß Chemsit ihr Auskommen hat. Wie geht es Ranofer?"

„Hab lang nichts von ihm gehört." Die grausame Lüge kam wie selbstverständlich von Ihren Lippen, sie hob den Kopf, horchte nach den Klopfgeräuschen von Hämmern, linste an Samut vorbei in den ersten Hof, erblickte ein paar alte Priester, die hier wohnten, erblickte Leitern und Männer, die in schwindelerregender Höhe an den Wänden hämmerten. Putz fiel herunter, Staub rieselte hernieder. Hier und da herumstehende Soldaten hatten wohl die Oberaufsicht über die Klopferei. Gerade brachten ein paar Arbeiter, begleitet von einigen Soldaten, eine schwere Leiter heraus, stellten sie an der Vorderseite des Eingangs auf, kletterten hinauf. Sie gesellte sich zu den anderen Vorwitznasen, welche mit in den Nacken gelegten Kopf gespannt nach oben schauten. Bent wäre nicht Bent, wenn sie das täte, was andere tun. Sie schaute nicht nach oben, denn es war ja offensichtlich was da passierte – es wurde auf den Putz geklopft. Sie guckte sich die Leute an. Mit einigen von ihnen tratschte sie eben auf dem Markt. Ein bißchen Dorfklatsch hat noch niemandem geschadet. Und der Soldat da hinten… den Bub kannte sie doch! Mit trippelnden Schritten, die den anderen vorgaukelten, sie wäre tatsächlich ein bißchen blind und ein wenig hinfällig und wegen dem Schafbock ein bißchen spinnert, huschte sie zu ihm, zupfte ihn am Ärmel.

„Bist du nicht Hatmehits Kleiner aus der Gasse der Kesselflicker?"

„Oh, ehrwürdige Mutter! *Leben, Heil, Gesundheit!*"

„*Seneb ti*, mein Junge. Was wird denn da geklopft?" Er versuchte ihrem forschenden Blick auszuweichen, sie schaute ihm tief und fest und starr in die Augen. „Brauchst gar kein so amtliches Gesicht aufsetzen, ich bekomm's ja doch heraus!"

„Ehrwürdige, das kann ich dir nicht sagen. Ein Auftrag Pharaos, das muß genügen!" Sie gab sich anscheinend zufrieden mit der Antwort, wandte sich leutselig lächelnd an die Umstehenden:

„Ich kenne den Bub schon seit dem Augenblick, wo ich ihm den kleinen, schrumpeligen Hintern geklopft habe, damit er seinen ersten quiekenden Schrei macht!"

„Jaja, das ist Hatmehits Jüngster!" Etliche nickten ihr beifällig zu.

„Wie geht's denn deiner *Mut*?", fragte sie den Soldaten freundlich, ihn weiterhin energisch am Ärmel zupfend. „Hat sie endlich den nichtsnutzigen brutalen Säufer aus ihrem Haus geworfen? Oder lebt der immer noch auf eure Kosten?"

„Sie hat den alten Sack immer noch am Hals!", nuschelte es raunend aus der gaffenden Menge. Einige der umstehenden Mütterchen nickten zustimmend. Das laute, verlegene Räuspern des jungen Soldaten brachte Bent erst recht in Fahrt.

„Am schlimmsten", Bent fand Tratsch ungemein unterhaltsam, „war es damals, als er wegen der Läuse zu mir gekommen war. Aber die saßen *nicht* am Kopf!"

„Ehrwürdige Mutter!", der junge Mann packte sie tapfer am Arm, „Eben wegen dieser Sache muß ich mit Euch sprechen. Kommt mal mit." Er zog sie mit hochrotem *Henetep* ein paar Schritte von den Leuten weg, „Das könnt Ihr doch nicht machen!", flüsternd, „Ihr untergrabt ja all meine Würde!"

„Aber ich habe doch nur freundlich nach deiner Mutter gefragt. Was willst du mir denn unterstellen? Also, was hämmert ihr da?"

Der junge Mann wand sich, schämte sich offensichtlich. Aber wer lesen konnte und gute Augen hatte, dem würde sowieso über kurz oder lang auffallen, was da oben an etlichen Königskartuschen geklopft wurde. Sie würde es so oder so bald herausgefunden haben.

„Wenn Ihr es genau wissen wollt", meinte er, „wir schlagen einen Namen ab."

Das entsetzte Erstaunen in Bents Gesicht war nicht gespielt.

„Welchen?"

„Den der Königin!"

„Ist sie tot?"

„*Mahjat!*"

„Ich muß mich setzen!"

Fürsorglich führte er sie in den Schatten, Bent ließ sich, ungeachtet der Blätter und dem Unrat, ächzend am Boden neben einer Sphinx von Osiris Amenhotep im Schatten nieder. Ksanamu kam angetrabt, legte sich wiederkäuend neben sie.

„Geht es Euch nicht gut? Soll ich Wasser holen? Ihr seid bleich geworden. Soll ich dem Herrn Samut sagen…"

„Wo noch außer hier?", schnauzte sie.

„An jedem Tempel im gesamten Land!"

Gut daß sie saß. Diese ungeheuerliche Kunde der frevlerischen Tat Pharaos ließ ihr die Knie weich werden.

„Und bei *sowas* machst du mit?"

„Was soll ich denn tun? Ich habe einen Eid geschworen. Und dem Stiefvater ist das Kesselflicken gleichgültig. Es kommt kaum was rein. Ich muß sehen, daß ich die Familie ernähre…"

„Natürlich, natürlich!" Sie klopfte ihm beruhigend auf den Arm. „Du mußt tun, was dir befohlen wird. Sei lieb und sieh zu, daß du mir einen Becher Wasser besorgen kannst; Herr Samut wird einen Krug bei sich haben…"

„Soll er Euch nach Hause geleiten?"

„Nein! Widme dich weiter deiner Aufgabe. Ich darf dich nicht länger aufhalten! Ich schaffe den Weg."

Diese Ungeheuerlichkeit ging ihr nicht aus dem Kopf. Mit schnellen Schritten eilte sie in Gedanken vertieft dem Tempel der Isis zu, sich mit ihrer Rute den Weg durch die Leute freistochernd, nicht darauf achtend, ob Montju sie auch einholte.

„Den Namen ausschlagen, den Namen vernichten! Das ist schlimmer als sie töten! Ich weiß genau, was es heißt, namenlos zu sein. Ein Niemand! Hier in dieser Welt mag man sich vielleicht durchmogeln, aber keinesfalls in der jenseitigen Welt. Dort braucht man einen Namen, Ksanamu, sonst wissen die Götter nicht, wer man ist, und übersehen einen. Niemand würde kommen, um die einsame Seele in die *Gefilde der Binsen*, ins *Sechet Iaru* zu führen … Geh mir aus dem Weg, Bursche! … sie wird für alle Ewigkeiten im Nebel zwischen den beiden Welten umherirren. Ein Geist, ein Untoter, ein Widergänger! Verschwunden aus dem Gedächtnis der Menschen und ein Unbekannter in der Götterwelt! Und in diesem Falle gar erst Nofretete, die Königin!" Wild fuchtelte sie mit der Rute vor der Nase des jungen Mannes. „Das ist um vieles schlimmer!"

„Wie meinen? Kann ich dir helfen, Alte?"

„Pah!"

Sie schubste den freundlichen, hilfsbereiten Kerl beiseite, zwängte sich zwischen ihm, dem Bock und der Außenwand des Tempels vorbei, hörte ihn ihr „Undankbare Hexe!" hinterherschimpfen, machte sich auf zum hinteren Eingang, huschte durch die Pforte.

Dort bugsierte sie Ksanamu in den Pferch zu den anderen Schafen und den Kühen, rief: „Montju, ich brauche dich heute nicht mehr!", eilte durch die Scheune, den Garten, den hinteren Hof, an der Kapelle der Isis vorbei hinein in ihre Räume. Sie mußte unbedingt in Erfahrung bringen, warum solch Unglaubliches geschehen konnte, lief dort grübelnd auf und ab, die Gedanken unentwegt um die Königin, Pharao, Sachmet und das Wohl des Landes kreisend.

„Ich muß wissen, was die Zukunft bringen wird, bevor Sachmet sich einen Weg in die Welt bahnt. Die *Dame des roten Tuches* wird kommen, ich fühle es! Der Zauber hält nicht, Bek! Ich habe versagt! Erbarmungslos wird *Die Mächtige* Rache üben! Wie konnte ich dermaßen verblendet sein, annehmen, ich besäße die Macht, eine Göttin zu bannen? Sie wird einen Weg finden und dann sind wir alle verloren!"

Bent wollte nicht wissen, was es hieß, Sachmets Rache ausgesetzt zu sein. Trockenheit, Sandstürme und Regengüsse waren das Harmloseste, was der *Mächtigen* einfallen konnte. Es könnte viel Schlimmer kommen: Sachmet konnte Pestilenz über die Menschheit bringen oder Pocken! Sie könnte das Wasser vergiften, indem sie es mit ihrem heißen Blut färbte. Daran würden erst alle Fische sterben, bevor die Menschen an dem roten, faulen Wasser zugrunde gingen. Millionen von Fröschen würden den stinkenden Fluß verlassen und Zuflucht auf dem Land suchen. Mit ihrer unbändigen Wut könnte Sachmet die gefürchteten Heuschreckenschwärme losschicken, die in Windeseile Felder leerfraßen, sich anschließend über die Vorräte in den Speichern und Silos hermachten. Das gäbe eine Hungersnot nie gesehenen Ausmaßes. Solche Plagen allein waren alle schon mal dagewesen. Doch wenn Sachmet alles zusammen gleichzeitig geschehen ließe…

Die Schwachen, allen voran die Kinder, würden zuerst sterben!

„Oh, ich muß sie aufhalten!"

Bent eilte geschwind als könne sie ihren schlimmen Gedanken davonlaufen aus ihrem Raum hinauf zur Dachterrasse. Ihr war glühend heiß geworden und der frische Abendwind würde hoffentlich dazu beitragen, einen kühlen Kopf zu bekommen.

Oben angelangt blieb sie schnaufend stehen, versuchte die Schreckensbilder aus ihrem Kopf zu vertreiben, brauchte einige Augenblicke, um die Schönheit um sich herum zu erkennen. Drüben über dem Gebirge bereitete sich Re darauf vor, die gefährliche Fahrt durch die Nacht zu beginnen. Der Wind rauschte beruhigend in den Dattelpalmen, ließ die hier oben aufgehängte Wäsche flattern. Bent schritt zu dem *Uan*-Bäumchen, pflückte einige der Beeren und zerrieb sie in der Handfläche. Iaret, ihrer Vorgängerin, war es vor Jahren gelungen, den in Kemet nicht einheimischen Wachholder zu halten. Und es war Bent zu verdanken, daß das Bäumchen prächtig gedieh! Neben dem kleinen Wacholderbäumchen standen zwei Stühle und ein Tisch, darauf ein Krug und Becher. Auf einem der Stühle saß Meretre, vertieft in die Schriften einer Papyrusrolle.

„Sonst keine da?", fragte Bent, hielt sich die Handflächen vor die Nase, atmete tief den Wohlgeruch der *Uan*-Beeren ein.

„Wie du siehst. Hast du *Ges maa*, Kopfschmerzen?"

„Wohl eher Kopfzerbrechen."

Bent rückte den zweiten Stuhl neben Meretre, daß sie hinüber in den baldigen Sonnenuntergang schauen konnte, griff nach dem Tonkrug und einem *Tjab*.

„Was ist das?"

„*Beniu*! Mir scheint du hast Sorgen."

„Gewaltige! Vergoren?"

„*Tju*!"

„Ich glaube, heute abend werde ich mal einen über den Durst trinken!"

„Ohje!" Meretre grinste. Bent war froh, hier eine zu haben, die gesunden Menschenverstand ihr eigen nennen konnte. Seinerzeit, als viele Priester vorsichtshalber ihre Tempel verließen, ihr Leben in Sicherheit brachten, zog Meretre in Bents Haus. Allen voran wurde vor einigen Jahren, für alle völlig unverständlich, auf Pharaos Geheiß der Tempel der Hathor bis auf die Grundmauern niedergerissen. Meretre, die Hohepriesterin im Haus des Horus und einige ihrer Frauen gehörten zu den vielen entwurzelten Seelen, die Zuflucht bei Bent im Isistempel fanden.

Geistesabwesend leerte Bent den *Tjab* mit dem vergorenen Dattelsaft, blickte dabei versonnen über die Stadt hinüber in den Westen. Meretre war ihr vertraut wie eine Seelenverwandte; sie war einst die Herrin des Hathor-Tempels, sie war das *Haus des Horus* und die *Göttin des Westens*! Das Haus des Horus! Die Gattin des allerersten Pharaos!

„Meretre."

„Hm?", Meretre schaute von ihrer Schriftrolle auf.

„Hast du das zweite Gesicht?"

„Ich? Nein! Hast du es denn?"

„*Mabjat*, deswegen frage ich ja."

„Ich habe nie in die Zukunft blicken können. Darin bist du besser als ich. Mir scheint, daß du…"

„Kannst du's oder kannst du es nicht?"

„So glaub mir doch! Ich sehe nicht. Aber ich weiß von ein paar alten Mütterchen auf dem Markt. Sie unken herum, lesen den Leuten aus der Hand und all so Brimborium."

„Brimborium kann ich selbst!" Bent grinste, schenkte die Becher voll. „Ich brauche aber Gewißheit!"

„Dann solltest du einen *Sery jjt* aufsuchen!"

„Pah! Hellseher! Eher hilft da *Hekau Aset*, einer der Zaubersprüche der Isis!" Bent trank aus, stellte ihren Becher ab, erhob sich aus dem Sessel, trat zur Brüstung schaute über die abendliche Stadt. Die Sonne wanderte hinter dem Gebirge dem Horizont entgegen, Iterus sanfte Wellen glitzerten in ihrem goldenen Licht, *Imachyt*, der Nordwind, rauschte beruhigend in den Palmkronen, Grillen zirpten und Spatzen tschilpten. Heute war *Sensen Kawi* und obwohl der Vollmond noch nicht aufgegangen war, hörte man rundum bereits Leute feiern.

„Was ist denn da drüben los?"

„Weiß nicht. Wo denn?"

„Am Westufer! Guck! Mehrere aufgetakelte Barken fahren in den Kanal, der zum großen Hafen vom *Palast der leuchtenden Sonne* führt…"

„Betet ihr Aton an?", rief Kara fröhlich hinter ihnen.

„Guck mal!"

„Da drüben ist aber keiner mehr", bemerkte Kara, nachdem sie eine Weile den Schiffen zuschaute. „Nur ein Heer Bediensteter, die Ordnung halten und ein paar Wachsoldaten, damit nichts wegkommt. Vielleicht treffen sich dort welche, um zu feiern."

„Kannst du die Standarten erkennen?"

„Nö, das ist ja viel zu weit weg!" Mit Schwung zog Kara eines der Bettgestelle zu dem Tisch und packte aus ihrem mitgebrachten Korb zwei Weinkrüge, Brot, Fleisch und Obst auf den Tisch.

„Peset bringt noch Bier. Pesechet wird gleich da sein, auf Uadjas erlauchte Gesellschaft müssen wir verzichten, sie liegt betend vor ihrem Altar, darauf hoffend, daß ihr die gleiche Gnade wie Tachut, die übrigens nicht im Haus ist, zuteil wird. Und Baket hat mal wieder besseres zu tun, als mit uns zu feiern."

„Ach? Was denn? Von Ranofer träumen kann es ja nicht sein!", spottete Bent, an Bakets Wut denkend, als sie ihr den Brief überreichte.

„Sie macht sich schlau über die *Paqyt* in den Schriften der Schädelöffnung."

„Soso, die Schale des Schädels. Hat sie vor, jemanden zu schneiden? Ist jemand mit einer Schädelverletzung im Haus?"

„Nein!"

„Ist Ranofer verletzt?" Beinahe hätte Bent gekreischt.

„*Mabjat*, beruhige dich! Sie will es bloß wissen."

Mit einem ausgewachsenen Brummschädel suchte Bent am nächsten Morgen Beks Haus auf. Da halfen selbst keine Wachholderbeeren mehr! Obwohl niemand daran glaubte, daß die Blätter und Früchte der Weide eingenommen irgendeine Wirkung zeigten, schwor Bent bei unbestimmten Kopfschmerzen auf den Sud aus deren Rinde. Deshalb stand sie heute morgen schon in aller Frühe in ihrer Apotheke und braute das *Pechret* zusammen. Auf ein schnelles Wunder hoffend, pochte sie an die Pforte.

„Ich will deinen Herrn sprechen", schnauzte sie den Türhüter an. Für Höflichkeit fehlte ihr heute morgen die Geduld. „Ist er im Hause oder *Am Horizont der Sonne*?"

Das Guckloch schlug zu und Bent war geneigt, abermals voller Inbrunst ans Tor zu schlagen. Doch es öffnete sich und der buckelnde Knecht ließ sie durch. Sie hoffte einer Begegnung mit Titji entgehen zu können, aber ihre Erwartung erfüllte sich nicht. Der Knecht führte sie in die große Wohnhalle des Hauses, dort nahm das Ehepaar gemeinsam das *Ja'u ra*, die Morgenmahlzeit ein. Irgendwo suchte sie in ihrem brummenden *Henetep* ein bißchen Freundlichkeit, setzte ein einigermaßen nettes Gesicht auf. Gastfreundschaft ist schließlich heilig! Selbstverständlich wurde sie eingeladen am Tisch zu sitzen, zu speisen. Aber als die Magd warmes, gewürztes Bier auf den Tisch stellte, drehte sich ihr leicht der Magen um.

Auch konnte sie nicht gleich mit der Tür ins Haus fallen, also mußte sie zuerst ein wenig plaudern und plappernd schön Wetter machen. Während einer kleinen, fast peinlichen Gesprächspause räusperte sie sich energisch. Titji verstand, verließ den Raum, Bek pickte weiter in seinem süßen Brot.

„Hör auf mißmutig in deinem Essen zu stochern. Es ist wichtig, weshalb ich herkomme. Was ist da am alten Palast losgewesen gestern abend? Ich brauche ein paar Auskünfte vom Hof und du bist der Einzige, der mir helfen könnte."

„Ich hab sie vorbeisegeln sehen. Da geht was vor, Bent. Aber ich weiß nicht was."

„Könnte dein Sohn mir Auskunft geben?"

„Ich glaube nicht."

„Ist die Königin am Leben? Hast du das mitbekommen? Man hat ihre Namen abgeschlagen! Es geschieht überall im Land! Warum hat man ihren Namen zerstört? Ich lag die ganze Nacht wegen diesem Frevel wach, tat kein Auge zu!"

„Bis vor kurzem lebte sie noch! Tutmosis schrieb mir."

„Hat sie im Laufe der letzten Jahre einen Sohn geboren?"

„*Mabjat!*"

„Och, alter Mann! Laß dir doch nicht die Würmer aus der Nase ziehen!"

„Ach, du alte Vettel, was willst du denn von mir? Tauchst alle paar Jahre in meinem Leben auf und wühlst längst Vergrabenes wieder hoch! Sie hat keinen Sohn, dafür hat sie sich *meinen* genommen! *Wo* warst du all die Zeit?"

„Sie hat tatsächlich Ehebruch mit deinem Sohn begangen?"

„So kann man das nicht nennen. Pharao hat sie – den Grund dafür kenne ich nicht – aus *Hat Aton*, der Burg des Aton verbannt. Und jetzt wurde ihr Name überall im Lande ausgeschlagen. Sie lebt in ihrem eigenen Haus, in *Maru Aton* und Tutmosis ist bei ihr geblieben. Ich konnte ihm das nicht ausreden. Er läßt nicht mit sich reden. Stur wie ein Esel nennt er das Liebe!"

„Liebe? Mit der Königin?", bemerkte sie boshaft. „Ist er denn von allen guten Geistern verlassen? Ich habe dich damals gewarnt! Da in seiner Werkstatt, als ich diese Büste gesehen habe. Sowas kann einer nur machen, wenn er verliebt ist. Sie war so schön und lebensecht! Sie können froh sein, daß sie nicht gesteinigt worden sind! Und er ist darin so stur wie du! *Wer* liebt denn das wilde Mädchen aus seinem Garten heute immer noch?"

„*Wo* warst du Bent?"

„Ich habe zu tun! Also, was geht am Hof vor? Was ist mit der Königin?"

„Es soll ihr schlimm ergangen sein, habe ich gehört. Sie soll ein Auge verloren haben, außerdem sind drei ihrer sechs Töchter gestorben. Sie tut mir leid, auch wenn sie eine Ehebrecherin ist. Pharao hat sich eine neue Königin genommen. Deren Name steht nun in allen *Schenus* und auf allen Abbildungen, die einst Nofretete verklärten."

„Hat die Kinder?"

„Warum willst du denn das alles wissen? Was geht es dich an? Hat es dich all die Jahre interessiert, was *Am Horizont der Sonne* los ist? Warst du je dort, außer deinem kurzen Besuch vor Jahren? Nein, denn du bist ja mit Uaset verwachsen wie ein alter Baum. Uaset hat eine Hure aus dir gemacht, hat dich vergewaltigt, verbrannt, deine Sinne verwirrt und dich im Dreck liegenlassen. Längst hättest du der Stadt den Rücken kehren und Atons großartige neue, helle Lehren annehmen können. Was hält dich denn hier? Vorwitz? Du kümmerst dich doch um alles, steckst deine Nase tief in die Angelegenheiten der Leute, kommst mir vor, wie die heimliche Herrscherin dieser Stadt, weißt über alles und jeden Bescheid, nörgelst und streitest mit jedem. Man könnte meinen, Sachmet wäre ihrem Gefängnis entwichen und persönlich in dich gefahren, mischst dich in alles ein..."

„Halt die Klappe, mein Lieber! Du hast ja keine Ahnung!", fauchte Bent böse.

„*Ich* habe keine Ahnung?", schimpfte er. „Du weißt nicht, was ich durchgemacht habe! Du weißt nicht, was im Land alles los ist. *Du* hast dich jahrelang hinter deinen hohen Mauern verschanzt, deine Wunden geleckt und mich im Stich gelassen. Und du läßt zu, daß Leute, die dich vor Jahren beinahe verrecken ließen, dich heute alte Hexe schimpfen..." Er unterbrach sich, flüsterte: „Sei leise, ich will nicht, daß Titji dich hört und irgendwelche Rückschlüsse zieht! Sie weiß nichts von dem, was ihr Sohn da im Norden treibt!"

„*Du* bist jetzt mal still!" Bent mäßigte mit Mühe ihren Tonfall. „*Du* läufst andauernd deinem alten Traum hinterher! Wirst mit den Jahren immer zimperlicher! Kannst dir nicht einmal eine gescheite Meinung bilden in Bezug auf Aton oder Amun. Hin und hergerissen lebst du zwischen deinen Vorstellungen und den Tatsachen. Deine Frau ist alt und verständig genug, sie sollte wissen, was ihr Bub da treibt! Du dagegen läufst rum, träumst den alten Zeiten hinterher, versuchst eine heile Welt aufrecht zu halten, die es überhaupt nicht gibt! Sieh der Wirklichkeit ins Gesicht. Titji ist ebensowenig eine Heilige wie ich es bin! Und die Welt ist nicht allein schön und bunt wie auf deinen Wänden und Statuen! Sie ist böse und gefährlich! *Tju*, in meiner Brust wohnt die *Herrin der Angst*! Tag für Tag, wie *Sutech*, der jede Nacht Apep gegenübersteht, muß ich sie bekämpfen, mich meiner Angst stellen, damit wenigstens eine hier ist, die für Ordnung sorgt. Es ist niemand hier, dem die Leute vertrauen können, niemand, Bek. Kein Gaufürst, erst recht kein König. Ganz zu schweigen von den Göttern und ihren vertrauenswürdigen Priestern. An wem sollen sich die Menschen in Uaset aufrichten? Sich bei Kümmernissen wenden? Wer bringt ihre Kinder zur Welt? Und wer hilft beim Sterben der Armen, Alten, Verlassenen? *Ich* halte in meinen Händen Leben *und* Tod, das ist das, was ich hinter meinen hohen Mauern verschanzt, treibe! Ich habe keine Zeit, das unsittliche Verhältnis mit dir fortzuführen! Denn das ist *Ehebruch*! Genau das, was du der Königin und deinem Sohn ankreidest! Und was mich hier hält Bek, das sind meine Wurzeln!"

Bek kippte mißvergnügt sein warmes Bier hinunter, „Was dich hier hält ist die Totenwache für Ranofers Liebe!", raunend.

„Sei still!", zankte Bent. „Und *du* gehst noch zugrunde an deinem geheuchelten Anstand!"

„Alte Hexe!", nuschelte er grinsend. „Schön, dich zu sehen!"

„Ich bin ja eine", warf sie versöhnlich ein.

„Unsinn!"

Aus reiner Höflichkeit trank Bent das Bier aus. Bek schenkte nach.

„Bek, ich hege die Befürchtung, Sachmet kommt in die Welt."

„Ich werde nach der Felsenkammer gehen und nachschauen!"

„Das wäre mir eine Beruhigung. *Dwa Netjer ink!*"

„Auskunft könntest du vom *Imi ra nut Tjati* bekommen. Er ist es, der gestern hier ankam. Vielleicht kann ich für dich einen Besuch bei ihm ausmachen."

„Der Großwesir? Das würdest du tun?"

„*Tju!* Titji kennt die Leute gut. Ihr Vater ging bei ihnen ein und aus."

„Ich bin Titji nicht gern verpflichtet, mein Schatz!" Bent erhob sich, griff nach ihrer Rute. „Dennoch wäre ich dankbar, wenn sie etwas erreichen könnte.

„Wo warst du?" Bek hielt sie am Handgelenk fest und schaute ihr tief in die Augen. „Tochter der Blüten, ich bin für dich da! Warst du bei ihm? Bist du in *Swenu* gewesen? Hat er dir wieder das Herz gebrochen? Ich liebe dich, das weißt du. Bedingungslos! Du führst dein unabhängiges Leben, genauso wie Titji ihres. Und dafür bewundere ich euch beide! Aber ich ertrage nicht, wenn ich sehe, daß dein Herz blutet!"

„*Tja!*", giftete sie, entriß ihm ihre Hand und verließ Beks Haus.

Bek schaffte es tatsächlich, daß sie übermorgen zu einem Treffen mit dem *Imi ra nut Tjati* eingeladen wurde.

„Nein! Das geht nicht!"

Übelst gelaunt knallte Bent den Anch auf den Tisch. Der Anblick ihres alten, faltigen Gesichtes und ihrer welken Haut machte sie richtig wütend.

„Ein hoher Herr von Rang und die alte Hexe!", spottete sie, wohlwissend, daß sie ihre stärker werdende Wut auf die Welt kaum mehr verbergen konnte. Allzuoft brachte sie sich wegen allem Möglichen in Rage, sie mußte wieder gelassener werden, obwohl es ihr immer schwerer fiel. Sachmet war zu mächtig in ihr geworden. Mit barscher Stimme scharte sie ihre Nichten Mereret und Meritsat um sich.

„Besorgt mir einen Anch! Einen großen! So groß, daß ich mich ganz darin sehen kann!"

„Aber wo sollen wir denn sowas herbekommen?", meinte Meritsat, die wie ihre Mutter alles, bloß keine Schönheit war, und sich im Lauf der letzten Jahre zu Weredjis Stellvertreterin mauserte.

„Geht in die Hurenhäuser! Im Tempel der Bastet werdet ihr *sowas* bekommen. Fragt dort, ob sie mir einen borgen. Ihr müßt ihn ja nicht kaufen! Oh, diese betretenen Gesichter! Habt ihr etwa Angst? Meint ihr, ihr seid was Besseres als die Frauen dort? Ich werd euch Beine machen! Anschließend geht ihr auf den Markt, zu Neschons Stand. Sagt dort der Tochter von Neschons Tochter, Sechetet, sie soll mir Kleider zur Auswahl schicken. Teure und gute Kleider, das Beste, was sie da hat. Dann besorgt ihr Schminke und Henna, Sandalen und Rasierzeug. Bringt alles her, was schick und modern ist. Laßt es anschreiben, sagt, ich käme demnächst, um zu zahlen! Eilt euch, ich brauche das Zeug morgen! Und schickt mir Ahmose her, er soll dafür sorgen, daß ihr gefahren werdet!"

„Aber unsere Wäschekamm…"

„Wenn *ich* ein neues Kleid will", zischte Bent zornig, „wühle *ich* nicht in unserer Wäschekammer! Macht euch ab!"

„Baket will aber, daß ich gleich eine Lehrstunde bei ihr nehme! Schließlich ist sie meine Meisterin!", wagte sich jetzt auch Mereret vor.

„*Wer* ist hier die Meisterin? Noch *ein* Wort!" drohte Bent. Die beiden sahen eiligst zu, daß sie vor der Tante flohen.

Als die jungen Gänse verschwunden waren, legte Bent den Riegel vor, rückte stöhnend ihr schweres Bett von der Stelle, schubste das abgewetzte Leopardenfell beiseite, kniete sich auf den Boden und fummelte mit dem Schürhaken zwischen zwei Fliesen, bis sie eine an der Kante zu greifen bekam, legte die Kachel zur Seite. Aus dem Loch im Boden hob sie einen mit staubigem Leinen verhüllten, mit wertvollen Elfenbeinintarsien verzierten schweren Kasten heraus. Viel zu lange schon hatte sie ihn nicht mehr aus seinem Versteck geholt. Sie nieste wegen dem Staub, stellte den Kasten auf den Tisch, öffnete ihn, erschnupperte Brandgeruch. In dem Kasten unzählige Armspangen, Ketten, Ohrgehänge, Fußkettchen, Ringe und ein paar Silber- und Goldbarren.

Ihr Hurenlohn!

Es klopfte!

Schnell deckte sie den Kasten mit dem Fell zu, schob den Riegel zurück.

„Ja!"

Ahmose, der Hauptmann ihrer Tempelwache stand da.

„Henut?"

„Sorg dafür, daß übermorgen früh die Barke des Tempels geputzt und aufgetakelt am Steg wartet. Sag dem Kapitän und dem *Imi Jertji*, dem Steuermann Bescheid. Hast du Kunde darüber, ob der *Nefu* genügend Leute hat? Ich hörte, er wollte Ruderer einstellen.

„*Tju*, Herrin, er hat neue Männer. Es sind zwei drei darunter, die zwar nicht von hier, aber ordentliche Kerle sind."

„Gut. Und meine Nichten müssen gleich für mich einen Botengang übernehmen und Sachen besorgen. Sieh zu, daß Ranebs Junge sie mit dem Karren fährt. Gib ihnen einen deiner Männer zur Begleitung mit."

„*Tju* Herrin! Kann ich Montju schicken?"

„Natürlich!"

Er salutierte, sie schloß die Tür, wandte sich wieder ihrem Schmuck zu.

Ein brennendes Haus
Ein totes Kind
Erschlagene, vergewaltigte Frauen
Ein alter Mann, erstochen
Erblickte im Geiste mit Grauen die verbrannte Ruine

Unversehens tropften heiße Tränen auf den kostbaren Schmuck, während Bent ihre schlimmsten Erinnerungen zuließ, daran dachte, wie sie alles verloren hatte, wo man ihr Kind beerdigt hatte. Und wie sie damals einen Pavillon über der verkohlten Erde errichten ließ, Räucherwerk verbrannte und eine Menge Brimborium veranstaltete, um diesen Schmuckkasten aus dem Boden zu bergen, in welchem sie außerdem die Schriften und Urkunden für ihre Häuser aufbewahrte. Sie ließ die Gebäude wieder aufbauen, gab dem Haus am Markt den Namen *Das Haus des Lotosgottes*, setzte Chemsit, Samuts Gattin, als die Herrin des Hauses ein, gab ihr den Auftrag, gefallene Mädchen darin aufzunehmen. So war Bents Haus immer noch das beste und schönste Hurenhaus in Uaset. Doch Bent bereicherte sich nicht, half in diesen schlimmen Zeiten mit dem erwirtschafteten Vermögen, die Alten und Hilfsbedürftigen zu unterstützen, konnte damit Löhne auszahlen, Saatgut, die Pacht für die Felder und die teuren Arzneien bezahlen!

„Bent, komm schnell! Ksanamu!"

Karas Gekreisch riß sie aus ihren düsteren Gedanken, geschwind die Tränen wegwischend, eilte sie Kara entgegen; die kam wütend in den Hof gelaufen, „Er ist im Kräutergarten!", schimpfend. Bent sputete sich. In den wuchernden Kräutern, Büschen und Hecken hatte sie ihn schnell ausgemacht.

„Wirst du wohl da rauskommen!" Energisch packte sie den mächtigen Widder an seinen Hörnern, zog ihn aus dem Grünzeug.

„Das ist nicht zu fassen!", schimpfte Kara. „Ständig büxt er aus, läuft dir nach, sucht dich! Gestern war er in den Melonen und Gurken! Und jetzt der Sellerie, der Dill und die Zwiebeln! Alles hat er niedergetrampelt, kahlgefressen! Bind ihn endlich an eine Kette. Er ist schlimmer als der *Jaujau*, schlimmer als ein ungezogenes *Ketket*, Schoßhündchen!"

„*Tja, tja!*" Bent zog den *Jayuer* schimpfend an einem Horn hinaus aus dem Garten, „Wenn ich dich noch einmal in meinen Kräutern finde…" Ihm drohend stapfte sie durch die hintere Pforte der Gartenmauer, hinaus auf die Wiesen des Tempels zu. Dort grasten die Kühe, Ziegen und Schafe, gehütet von ein paar kleinen Jungs. „… bist du von innen schon gewürzt und ich mache kurzen Prozeß! Dann gibt's Hammelbraten!"

Der Widder setzte sich meckernd auf sein Hinterteil, abrupt mußte Bent stehenbleiben.

„Hör mit diesen Possen auf, ich mein es ernst! Ich schneid dir die baumelnden *Cheruwj* ab, scher dich nackt und steck dich auf einen Bratspieß!"

Mäh

Sie zog mit aller Kraft an dem gewaltigen Gehörn. Wenn er bocken und auf sie losgehen würde, ihr wären alle Knochen im Leib gebrochen. Aber das hatte er noch nie getan.

„Sturer Bock! Sei ein liebes Schäfchen!" Bent verlegte sich aufs Schmeicheln. Es wirkte. Stöhnend schloß sie das Gatter.

Mit Genugtuung betrachtete sie am nächsten Tag, was Neferibs Mädchen alles angeschleppt hatten, bewunderte den schicken, verzierten Spiegel, übersah die alte, hutzelige, dünne Vettel mit dem langen grauen Haar darin, richtete Schminke, Parfüm, Kleider, wühlte in ihrem Schmuck. Fand dazwischen ein etwas schmuddeliges altes Läppchen, in welches was eingewickelt war. Was war denn das? Vorwitzig öffnete sie das Päckchen, dachte eine Perle oder das Bruchstück eines Schmuckstückes zu finden, fand einen faulen *Jebah*! Im hohen Bogen wollte sie den gruseligen Fund von sich werfen, ballte im letzten Augenblick die Faust darum, hörte Ranofer *Unverhofft geht's am besten. Lernte ich in Pharaos Armee!* sagen, nachdem er dem Herrscher der Herrscher von seinen *Teja* befreite, ihm den schmerzenden Zahn ausgeschlagen hatte.

Amenhotep! *Der Grimmige Löwe*!

Bent drückte die Faust auf ihr Herz, „Oh, mein geliebter Herr! Mein *Heqa Heqau*, mein Herrscher der Herrscher!", seufzend, einen schnellen, verwegenen Gedanken fassend.

Pharaos Zahn!

Heka Achu

Amenhotep, Gott! Herrscher von Uaset! Sie könnte ihn beschwören! Macht über seinen Geist ausüben! Was für eine glückliche Fügung des Schicksals!

Hier bot sich die Gelegenheit den mächtigsten Mann der Welt zu bannen, damit er auf Erden erscheine... dem Sohn Einhalt gebiete... Dazu bräuchte sie bloß *Hekau Aset*, Isis' mächtige Zaubersprüche, einige Pflanzen aus dem Kräutergarten, um eine Mixtur zu brauen ...

Aber wollte sie das tatsächlich?

Eine Geisterbeschwörung?

„Nein!"

Bent suchte weiter in ihrem Schmuck, fand die Kette mit dem Anhänger der wie die kleine Kapsel einer Mohnblüte war, versenkte den Zahn darin, hängte sich die Kette um, „Aber du bleibst bei mir!", nuschelnd.

Daraufhin huschte sie in den Keller zur Apotheke, kramte in dem großen Wandschrank, seufzte erleichtert daß Ksanamu den Schierling verschmähte, fand hinter den getrockneten Früchten des Schierlings das *Hemait*-Öl, legte sich für später alles zurecht.

Am Abend entzündete sie *Senetscher* und unzählige Kerzen, machte sich nackig, schaute tapfer in den mannshohen Spiegel, der an der Wand lehnte, schmierte sich mit dem *Hemait*-Öl ein, packte das scharfe Rasiermesser, strich damit sanft an ihren langen, schlanken Unterschenkel, unter ihren Armen und im Schritt entlang. Schließlich zupfte sie mit der Pinzette ihre Augenbrauen in Form. Ein weiterer prüfender Blick in ihren kleinen, wertvollen, silbernen Handspiegel mit dem Elfenbeingriff offenbarte nicht unbedingt eine Verbesserung. Selbst durch die Nebelschwaden des teuren Weihrauchs hindurch zeigte ihr der Anch eine verwelkte Frau mit hängenden Busen, grauem Haar und Falten an Stellen, die normalerweise niemand zu Gesicht bekommt.

„Ich bin ja auch noch nicht fertig, Geduld!", grummelte sie.

Das Bad war heiß und mit *Ben*-Öl und ihrem Parfüm *Seschta en Aset, Das Geheimnis der Isis* versetzt. Erbarmungslos schrubbte sie sich ab, als wollte sie glauben, die Falten wären wegzuwischen. Mit der fein duftenden Seife schäumte sie ihr langes Haar ein. Nach dem Abtrocknen schmierte sie sich nochmal mit dem *Hemait* ein, flocht anschließend ihr Haar in viele kleine Zöpfchen. Sodann schnitt sie Fuß- und Fingernägel, färbte hinterher Hände und Füße mit Henna, malte mächtige *Medu Netjer*, griff mit spitzen Fingern nach einer dicken, wollenen Decke und einem Leintuch, schlurfte barfuß zum Allerheiligsten, entschlossen, die ganze Nacht auf dem steinernen Thron zu verbringen.

Sie mußte morgen etwas darstellen! Die feine Dame herauskehren, Macht darstellen, die sie eigentlich nicht innehatte. Sie konnte dem Großwesir nicht als alte, vertrocknete, halbblinde, abgearbeitete Vettel begegnen. Einer Hebamme und Totenwäscherin, einer alten Hexe. Er würde der Hohepriesterin der Isis nur dann Beachtung schenken, wenn Bent eine Aura des Geheimnisvollen, Göttlichen umgab.

Darauf hoffend, daß die auf dem steinernen, harten Thron verbrachte Nacht das gewünschte Ergebnis gebracht und ihr nicht nur alle Knochen im Leib schmerzten, öffnete sie kurz vor Sonnenaufgang die Augen, schlich müde über den Hof und unter dem Säulengang zurück zu ihren Räumen. Bald würde die Sonne aufgehen, sie würde in den Anch schauen …

Ein paar Augenblicke später nahm sie gähnend vor ihrem Tisch Platz, wischte mit einem ölgetränkten Lappen das getrocknete Henna ab. Nicht eine *Qerfwu*, Runzel zeigte sich auf ihren Händen und Füßen; keine Falten, keine Schwielen, bloß glatte, weiße Haut, schlanke, gerade Finger mit gepflegten, langen, blutrot gefärbten Nägeln und Spitzen. Einen Augenblick lang rührte sie versonnen in der schwarzen Augenfarbe herum, traute kaum ihr Spiegelbild zu betrachten, doch es mußte sein, wollte sie die Farbe richtig auftragen. Sie vermied es, ihr *Heru* zu mustern, malte sorgsam ihre wäßrigen bleichen blaßblauen pupillenlosen Augen. Das würde nie wieder weggehen, gleichgültig, wieviel Farbe sie auftrug. Tupfte anschließend mit einer kleinen Quaste fein gemahlenen Rötel auf die Wangen, vermischte mit einem weiteren Tropfen Öl den Rötel, mischte dem ein klein wenig von dem gefährlichen Bleimennige, dem *Peresch* unter, und malte sich damit den Mund leuchtend rot an. *Kannst du malen?* hörte sie Bek wie aus weiter Ferne. Und ob sie malen konnte. Trugbilder konnte sie malen! Und so ihr Gesicht in ein *Nefer Heru* verwandeln.

Geduldig dröselte Bent die schmalen Zöpfchen auf, angelte aus der Schublade des Tisches einen Kamm, frisierte sich, wandte sich den Kleidern zu. Sechetet hatte sich nicht lumpen lassen und vier wunderschöne Gewänder geschickt: Ein plissiertes weißes mit türkisenen Perlenschmuck, ein satt rotes, ein gewagtes frivoles schwarzes und ein, wohl mit Zwiebelschalen gefärbtes, sonnengelbes Kleid.

„Eins für die Unschuld, und eines für die Sonne. Beides bin ich nicht. Sachmets rotes Tuch kommt überhaupt nicht in Frage! *Meine* Farbe ist die Nacht!"

Das durchscheinende schwarze Gewand umschmeichelte alsbald ihren schlanken Leib. Nach dem Kleid legte sie den Schmuck an. Was gab es da zu überlegen? Bloß der goldgefaßte schwarze Onyx mit dem roten Karneol kam in Frage! Ohrgehänge und Armreifen fanden klingelnd ihren Platz. Zwei goldene Schlangen wanden sich um die Oberarme, Ringe wurden auf die Finger geschoben und die Fußkettchen mit den vielen kleinen Muscheln mit geübten Fingern an schlanke Fesseln gebunden. Ihre goldene geflügelte Isis vervollständigte fast das vornehme Bild. Lange hatte sie sich nicht mehr so aufwendig zurechtgemacht. Eine gefühlte Ewigkeit war das her, doch sie konnte sich immer noch selbst überraschen.

Nun die Krone!

Eine Frau mit Hörnern auf dem Kopf, dazwischen ein Kringel
Tju, da stand die vornehme Dame! Das lange Haar fiel ihr lose, glänzend, schwarz, sanft gewellt über den Rücken. Gewandet in ein edles, schwarzes Kleid, geziert mit teurem blinkenden Schmuck. Vollendet schön wie eine *Ta Schepsi*, in einem Raum, einem Haus, in ihrem Tempel. Das wilde Herz in der Brust ein doppelgesichtiger Dämon, kalt und glatt, giftig wie eine Natter ...

Vergebens suchte Bent ihr Herz unter dem vernarbten, schwarzen Tintenbild. Jenes *Ib* des jungen Mädchens. Jenes fröhliche, draufgängerische Mädchen, das sich nie etwas gefallen ließ. Wo war sie? Wo hatte sie sich im Laufe der Jahre hin verkrochen? Sie war einfach weggegangen, eine alte, verbitterte Frau zurücklassend!

Bent griff nach ihrem silbernen Anch mit dem Elfenbeingriff, betrachtete ihr gemaltes Gesicht, „Ich habe dich weggeschickt, Mädchen! Und du tatest gut daran, nie wieder zurückzukommen. *Du* wärest an *meinem* Leben zerbrochen!", schaute sich tief in die bleichen Augen. Unter der schwarzen Farbe des *Sedemet*, wirkte ihr Blick wie geradewegs aus der dunkelsten, tiefsten Unterwelt. Ihre Augen!

„*Ich* bin das! Mutter der Natur, Herrin aller Elemente, Geisterfürstin, Totengöttin, Himmelsherrin, Mutter aller Götter! Die Zauberreiche, die den Dämon mit den Worten ihrer Lippen vertreibt!"

... Hüte dich vor dem Tempel der Isis! Nichts als Zauberinnen sitzen in seinen Mauern, dazu gemacht, kleine, dumme Mädchen wie dich einzufangen und für ihre Zwecke zu benutzen! ...

Du wirst sie alle überleben, du törichtes Ding! Alle die du liebst werden vor deiner Zeit sterben, dich verlassen, dich in tödlicher Einsamkeit zurücklassen! Es sei denn du schwörst Isis ab, verläßt sie ...

... Du kannst nicht davonlaufen! Nicht vor dir, nicht vor deinem zukünftigen Leben, erst recht nicht vor mir ... Ich werde dich gehen lassen, Sahu-Re. Aber sei dir gewiß, daß dies den Tod mit sich bringt ...

Zornig knallte Bent den Anch auf den Tisch, griff nach der ledernen Rute mit dem goldenen Griff, schüttelte energisch alte, unsinnige Erinnerungen ab. Furchtlos, mit hocherhobenem Haupt trat sie fertig zurechtgemacht vor den riesigen Spiegel.

Das wollte sie sehen!

Ihre große, schlanke Erscheinung mit dem pechschwarzen, glänzenden, welligen Haar! Die glatte, zarte, gepflegte Haut! Den vollen Busen in dem tiefen Ausschnitt! Die schwarz umrandeten, glühenden Augen, deren Lidstrich sich kühn bis zu den Schläfen hinzog. Den funkelnden, wertvollen Schmuck und ihr gemaltes Gesicht! Hier stand die Frau, die ohne Furcht dem großen, vornehmen Herrn sicher und entschlossen entgegentreten konnte! Nicht die vor dem endgültigen Verwelken stehende Bent, erst recht nicht die abgearbeitete, sorgengeplagte Isispriesterin Sahu-Re.

Allein diese unheimlich rätselhaft wirkende reife Frau mit ihren unheilvoll leuchtenden Augen da im Spiegel vermochte es mit der Welt aufzunehmen!

„Jetzt bin *ich* die Zauberin! Hüten soll sich die Welt vor mir, denn ich folge meinen eigenen Zwecken! Isis ist eine weise Frau, mein Herz ist listiger als das von Millionen Menschen. Mein Spruch erlesener als der von Millionen Göttern, ich allein habe tiefere Einsicht als Millionen Geister. Es gibt nichts, was ich nicht weiß im Himmel und auf Erden! Ich allein bin die Hexe von Uaset!"

Ein heißer Wind fegte durch das Gemach, es donnerte tief und grollend, im Spiegel zeigte sich eine Delle, die Glasflaschen und Tiegel auf dem Tisch hüpften und klirrten. Sachmet fauchte und die Welt hielt den Atem an. Bent ließ die Rute zischend durch die Luft sausen.

„Ich bin zurück!"

Draußen wartete Montju bereits auf sie. Anubis kläffte sich die kleinen schlichten Seelen aus dem Leib, Ksanamu war bockig und anscheinend nicht gewillt, sich mit ihm auf eine wilde Jagd durch den Hof einzulassen, die Hühner pickten gackernd Körner auf, die Kara ihnen zuwarf. Sie bemerkte Bent, die aus ihrer Tür trat, erst blieb ihr der Mund offenstehen, dann kreischte sie begeistert wie ein Backfisch.

„Was bei allen Göttern, hast *du* denn gemacht?"

„*Hemait*-Öl und Schminke." Bents barscher Ton riet zur Vorsicht.

„Aber dein Haar? Ist das eine Perücke?"

„Ruß!"

„Und das sieht *so* toll aus? Im Leben nicht..."

„Anubis! Still jetzt!" Schwirrend sauste die Rute vor dem *Tjesem* auf den Boden. „Ich hab's eilig, Kara! Sieh zu, daß das Viehzeug aus dem Hof verschwindet! Sind wir ein Bauernhof!"

Bent öffnete die Pforte, trat auf die Straße, überquerte sie, huschte die Treppe zum Anleger hinunter, betrat die *Tep Dschenech en Imachyt, Auf Imachyts Schwingen*. Die flatternden Segel wurden eingeholt, die Standarten des Tempels entrollt, die Ruder ins Wasser getaucht. Nordwärts brauchte man keine Segel. Bent stand am Bug, schaute auf das in der Sonne funkelnde Wasser und zu den gaffenden Leuten am Ufer. Kein Wunder, wenn ein solch prächtiges Schiff unterwegs war, guckte man eben. Nach den ständig hin- und herfahrenden Fracht- oder Fahrgastschiffen schaute kein Mensch. Sie hielt ihren flatternden zarten, schwarzen *Madjam* fest, genoß den kühlen Wind auf dem Wasser, die kurze Fahrt, vorbei am *Südlichen Harem* in Richtung *Ipet Sut*. Vor dem großen, verlassenen Tempel des *Verborgenen*, dem *Vollkommenen Ort*, verlangsamte die Barke ihre Fahrt, die *Chenwu*, ihre Ruderer, stakten sie in einen breiten Kanal und dort zu einem Anleger hin.

Bek stand in der strahlenden Morgensonne, wartete darauf, ihr gutgelaunt die Hand entgegenzuhalten, um sie sicher über den Steg zu geleiten. Und auf einmal war ihr, sie sähe die Vergangenheit lebendig werden! Sah sich, als Pharao Amenhotep ihr die Hand hinhielt, um die junge Hohepriesterin der Isis sicher an Land zu geleiten. Bent blieb stehen, die Hand im Ausschnitt, blickte in die Ferne, sah dort …

Die alten vernarbten *Medu Netjer* auf ihrer Brust juckten und brannten, ihr wurde in der kühlen Morgenluft glühend heiß, es flimmerte vor ihren Augen. Sachmet war wieder da!

Die mächtigen Worte auf ihrer Brust würden bluten, ihre Augen würden bluten, sie würde mit ihrem heißen Blut die ganze Stadt überfluten … Bent blinzelte in den hellen Morgen, zischte „*Ich* bin die Hexe von Uaset! *Du* kannst mir nichts mehr wollen!"

Und sie erblickte die Stadt, die Stadt des Königs!

Uaset lag vor ihr in Schutt und Asche! Die Straßen verwaist, voller Unrat. Heißer, unbarmherziger Wind pfiff mit unheimlichem Brausen durch unbewohnte Häuser. Aton, die grelle blendende Sonnenscheibe, brannte unbarmherzig auf die verdorrten Palmen am Ufer, versengte erbarmungslos das Land, ließ es austrocknen, ausbluten. Die leuchtenden Farben des *Südlichen Harems* verblaßt, abgeblättert; seine majestätische Erscheinung einer Ruine gleich …

Nur sie, die alte Hexe, listig und verschlagen, schlich in den öden, einsamen Gassen umher …

Hier gibt es keinen König mehr!

Uaset ist von allen Guten Göttern verlassen!

„Ich habe *mich* gesehen!", stöhnte Bent, betrat den Steg. „Ich habe *dies* gesehen! Ich kann es ja doch!"

„Mein wildes Mädchen!", rief Bek ihr zu, riß sie aus ihrem düsteren Gedanken, „Wie schick du bist! Was hast du eine entzückende, schicke *Bebeyt* auf!", packte ihre Hand, zog sie an sich.

„Ach, pah, Perücke! Sowas bringt auch nur ein Kerl fertig! *Wer* wohnt da?", raunzte sie schlimmes ahnend, wies mit der Rute auf das prächtige Gebäude.

„Eje!"

„*Eje?* Der Vater der Königin? *Der* ist immer noch *Imi ra nut Tjati?* Bring mich zu dem Haus! Sofort!" Im gleichen Herzschlag frischte der böige Wind auf, Sandkörner stachen wie Nadeln auf sie ein, schob sich eine dunkle Wolke vor die frühe Sonne, die Vögel hörten auf zu zwitschern.

„Eben donnerte es! Sollte es Regen geben? Warte! Du kannst so nicht über die Straße gehen, Bent!", zischte Bek, Schweißperlen standen auf seiner Stirn, als erinnere er sich an Schreckliches. „Du hast da was an deinem Ausschnitt!"

Bent schaute sich in den tiefen Ausschnitt, wedelte mit der Hand.

„Ein Grashüpfer!" Sie schnipste das Insekt weg, schob sich an Bek vorbei zur Tür der Villa.

„Du wirst doch da drin nichts anstellen…"

„Was soll ich denn da anstellen? Ich bin zu einem Gespräch eingeladen. Sei lieb und klopfe!"

Sie neigte vornehm ein bißchen den Kopf, als der Großwesir die Halle betrat.

„Wach en her? Am Hofe ist es üblich, daß man niederkniet!", meinte er barsch statt einer Begrüßung. Schon kochte ihr Zorn hoch, fast hätte sie sich zu einer scharfen Antwort hinreißen lassen, beherrschte sich aber im letzten Augenblick. „Es tut gut, einem zu begegnen, der nicht buckelt und kriecht! Bitte, tretet näher und nehmt Platz, Ehrwürdige. Ich wußte nicht, daß im Isistempel noch jemand wohnt." Der *Imi ra nut Tjati* schenkte in zwei gläserne, bunte *Tjab* roten Wein aus, reichte ihr einen Korb mit frischem Datteln, wies auf die Sessel.

Sie starrte ihm dreist ins Gesicht – er konnte ja nicht ahnen, daß sie nicht blind war – tastete für einen Herzschlag lang unbeholfen nach seinem Arm, bekam ihn zu fassen, erblickte sein Herz. Da stand er vor ihr – Pharao – hielt Dreschflegel und Hirtenstab in Händen! Schon verschwamm das unscharfe Bild vor ihrem inneren Auge und sie erblickte wieder den großen, hageren Mann, dem Sorgen und Kummer ins Gesicht geschrieben standen. Tiefe, scharfe Falten zogen sich von den Nasenflügeln bis hin zu den Mundwinkeln. Mit ihrem untrüglichen, feinen Gespür bemerkte sie seine Gerissenheit und Klugheit. Einfach so würde sie aus seinem Munde nicht hören, was sie zu wissen begehrte. Bent ließ seinen Arm los.

„Verzeiht! Ich bemerkte Eure *Schpat* nicht", meinte er, griff sie vorsichtig am Ellbogen, führte sie zu dem Sessel, drückte ihr einen der Becher in die Hand.

„Ihr bedient selbst?"

„Ihr batet um ein Gespräch unter vier Augen, deshalb."

„Als ich hörte, eine dermaßen hohe Person, ein richtiger *Schepsi*, weile in unserem geliebten Uaset, konnte ich nicht anders. Ich muß mit jemandem reden, der mir sagen kann, wie es bei Hofe ausschaut. Jemand der ein wenig Ahnung hat!", fügte sie schmeichelnd hinzu. „Der Isistempel blieb von Pharaos Güte und Weisheit verschont", plauderte sie, „weil meine Frauen heilkundig sind. Außerdem liegt er ein wenig versteckt in seinem Dattelpalmenwald. Ich glaube, weil seine Mauern von Geißblatt und Weinstöcken überwuchert sind, wurde er fast übersehen und ist dadurch ein wenig in Vergessenheit geraten." Sie kostete lobend den Wein, tat als ob sie versuche Eje anzublicken.

Er geriet auch in Vergessenheit, weil ich einen Bruder habe, der *Hati a en Niut Resit* ist! Trotz seiner vernagelten Gesinnung hält der feine Herr Bürgermeister schützend die Hand über seine Schwester! Er glaubt tatsächlich den Predigten seiner Majestät, den Lobgesängen, die der Gute

Gott für Aton erdichtet. Dieser irregeleitete, verlogene Glauben, mein Herr Eje, spaltet Familien, reißt sie auseinander. Niemandem kann man vertrauen! Nicht mal den eigenen Liebsten!

„Oh, bitte", flötete sie weiter, stellte tastend den Becher ab, „erzähl mir vom Hofe! In Uaset wohnt niemand mehr, von dem man Neuigkeiten aus der Hauptstadt erfahren könnte; außerdem keiner an den man sich bei Sorgen wenden könnte. Der *Südliche Harem* verwaist, nicht eine Tänzerin, nicht eine *Schemayt net Jamun*, der wunderbaren Sängerinnen des Amun, mehr da, bloß ein paar alte Männer und am *Vollkommenen Ort* sind bald die letzten alten Priester verschwunden. Keine Männer von Rang und Namen sind da, die uns armen Frauen, wie wir welche sind, sagen könnten, wie es weitergeht. Niemals handelte Uaset, Uaset ist die Stadt des Königs! Deshalb sind keine Kaufleute da. Die wenigen, die hier handelten, sind mit Pharao nach dem Norden gegangen. Es fehlt uns an teuren ausländischen Gewürzen und Heilpflanzen und wundertätigen Zutaten, wie sie aus Punt oder *Keftiu* kommen, um den Alten und Kranken zu helfen. Es legen kaum Handelsschiffe hier an. Vor Jahren machte ich mich selbst auf den beschwerlichen Weg nach dem gesegneten *Achet Aton*, dem heiligen Ort des Horizontes der Sonne, um unsere geliebte Königin höchstselbst nach dem wertvollen Pfeffer zu bitten. Sie verwehrte mir meine Bitte nicht, schickte umgehend die teure Medizin. Sie ist immer eine gute Frau gewesen, Eure Tochter. Wie geht es Ihrer Majestät? Ist sie wohlauf? Mir kam zu Ohren, sie hätte den Verlust eines Auges zu beklagen. Vielleicht hätte sie zu mir kommen sollen und ich hätte versuchen können, zu retten…"

Eje räusperte sich, meinte kalt: „Es war ein bedauerlicher Unfall, keine der üblichen Erkrankungen der Augen. Da hättet Ihr nicht viel ausrichten können."

„Dies zu hören, tut mir leid. Bin ich doch mit dem Herzen tief mit Eurer Familie verbunden. Eure Schwester Teje war mir wie eine eigene Schwester. Aber seit ihrem Wegzug aus Uaset habe ich kaum etwas von ihr gehört. Und in den letzten Jahren erreichte mich überhaupt kein Brief mehr von ihr. Dabei waren wir vertraut miteinander, damals in den glorreichen Zeiten, als *hier* noch die Sonne schien. Sie war eine Freundin und gute Ratgeberin. Und ich vertraue kaum jemanden, bloß Leuten, die ich kenne. So wie Euch."

„*Wir* kennen uns?"

„Oh, ja, seit damals als Ihr ein Knabe wart und bei dem Umzug wütend einen Stein vor Euch her getreten habt. Ihr wart böse, weil Ihr für Pharao den Affen machen solltet!"

Ihm wich alle Farbe aus dem Gesicht, während sie mit rollenden Augen an Eje vorbei an die bunt bemalte Wand hinter ihm schielte.

„Das hat euch wohl Eure Großmutter erzählt!", meinte er mit einem krampfhaften Lachen.

Sie beließ es bei einem süffisanten Lächeln, legte die Rute auf den Boden, nippte an ihrem Wein.

„Ich weiß noch", fuhr sie fort, „wie gerne Ihr beinahe selbst gestorben wäret, während Euch die holde Tie verließ. Wie muß sie Euch fehlen!" Als hätte sie ihn eben nicht bis in die Grundfesten erschüttert, plapperte sie weiter: „Ich stand damals zufällig auf der Straße vor Eurem Haus, als ich der Dame grauenvollen Todesschrei hörte. Wäre ich damals schon heilkundig gewesen, ich hätte nicht gezögert, ihr zu helfen."

„Ihr könnt damals nicht auf der Straße gestanden haben", zischte er gefährlich. „Das ist alles fast ein Menschenleben her! Woher habt Ihr solche Kunde?" Er erhob sich aus seinem Sessel, stand bedrohlich vor ihr. Bald hatte sie ihn soweit. Wie nach Fassung ringend schaute sie zu ihm hoch. Ihr unheimlicher bleicher Blick ging abermals an ihm vorbei, hin zur Decke des Raumes.

„Ihr müßt Nachsicht mit mir haben", heuchelte sie ehrerbietig. „Ich kann mich nicht erinnern, sehe Dinge, von denen ich glaube, sie mit eigenen Augen gesehen zu haben. Sollte ich tatsächlich nicht da gestanden sein? Mir deucht, manchmal sprechen die Götter zu mir, und ich bin nicht das, was ich scheine. Hört Euch bloß im Ort um, sie rufen mich Hexe! Wahrscheinlich ist an dem Gerede etwas dran. Aber das ist wohl der pure Aberglaube und der Wunsch einfacher Leute."

„Ihr habt das Gesicht?"

Sie neigte den Kopf in seine Richtung, betrachtete abermals die schicken Bilder an der Wand, wackelte mit dem Kopf.

„Vor Jahren", flunkerte sie frechweg, „fiel der Totentempel von Amenhotep Osiris einem Erdbeben, einem *Never ta* zum Opfer. Ich arbeitete auf dem Felde, damals, als ich ein junges Mädchen war. An diesem heiligen Ort wohnte eine Göttin. Sie erschien mir, schwebte über den Trümmern als leibhaftige Löwin und prophezeite mir die schlimmsten Verheerungen: Dürren und Hungersnöte, Plagen ungeahnten Ausmaßes, Frösche, Heuschrecken, Sandstürme, Regengüsse und Wassermassen, welche ganze Städte unter sich im Schlamm begraben."

„Das sind keine Vorhersehungen!"

„Aber mit den Jahren ist es so gekommen, oder? Wasser und Sand! Ist dies nicht in unserer glorreichen Hauptstadt, dem gesegneten *Achet Aton*, dem heiligen Ort des *Horizontes der Sonne* geschehen?" Flink wie eine Katze sprang Bent vom Sessel hoch, hielt ihn mit einem schnellen Griff an seinem Handgelenk davon ab, sich abzuwenden, um wieder Platz zu nehmen. Die beiden mit Henna aufgemalten Udjat-Augen auf ihren Handrücken schienen plötzlich zu glühen und sie spürte, wie ihre Augen mit unheimlichem bleichem, flackernden, blaßblauem Licht leuchteten. „Teje hat ein Kind geboren und den Giftbecher genommen, weil sie das Unrecht dieser Welt nicht mehr ertragen hat!", zischend, „Sie ist lange tot und das Große Haus hat es verschwiegen! Habe ich Recht?"

„Eure Vermutungen interessieren mich nicht" Eje schüttelte grob ihre Hände ab. „Was Ihr da von Euch gebt, ist nichts als dummer Klatsch. Sagt, was Ihr wollt, ich werde zusehen, was ich bezüglich der Arzneien für Euch tun kann. Ich wäre froh, wenn Ihr mich weiter meine Arbeit machen ließet. Ich wünsche Euch einen guten Tag! Gehabt Euch wohl!"

Abermals packte sie ihn mit erbarmungsloser Härte beim Handgelenk.

„Euerm Vater sagtet Ihr damals in genau dem gleichen wütenden Ton: *Du hast uns verkauft wie Vieh! Deine eigenen Kinder! Ich hasse dich!* Habt Ihr diesen Haß noch nicht überwunden?"

„Frau!", drohte er, ihre Hand abschüttelnd, „*Was* willst du von mir?"

„Das Land stirbt! Es werden weitere Dürren und Stürme folgen. Sachmet... kennt Ihr die alten Götter? Sachmet duldet nicht, daß sie aus dem Himmel gestoßen wurde. Sachmet duldet nicht, daß sämtliche Götter aus den Herzen der Menschen verbannt wurden! Sachmet duldet nicht den falschen Pharao auf dem Thron! *Die Mächtige* wird ihre gerechte Wut entfesseln, die Brunnen versiegen lassen, Pestilenz über die Menschheit bringen. Schmerz und Tod werden folgen. So wie hier in Uaset bald alles gestorben ist. Schaut Euch um! Wo ist der alte Glanz Kemets? Wo ist das Wissen hin entschwunden? *Die Herrin der Angst* wird diese Schande nicht weiter hinnehmen. Aton verbrennt und zerstört dieses Land unter seinen heißen Strahlen, aber was sind die gegen Sachmets heißen, vernichtenden Atem?"

„Ihr seid doch die Hohepriesterin der Isis, was kümmert Euch Sachmets Wut?"

Augenblicklich spürte sie die lodernde grüne Glut ihrer Augen, packte sein prächtiges *Sebechet*, zog ihn, heißen Atem ausstoßend, fauchend an sich ran:

„*Das Alles sehende Auge, die Mutter der Wahrheit!* Ihr, als *Imi ra nut Tjati*, müßt Sorge tragen, daß die Maat an ihre Stelle gerückt wird! Isis hütet das Leben, Sachmet dagegen nimmt es sich! *Das* sind die *beiden* Gesichter der Maat, *Hem Netjer em Maat*! Wollt Ihr, daß sie als *Hathor-Sachmet* sich der Frevler bemächtigt? Wollt Ihr, daß das *Auge des Re* sich entfesselt, das alles verzehrende Feuer zu uns schickt?" Sie ließ sein Pektoral los, trat einen Schritt zurück.

„Ich bin alt genug, zu wissen, was vor Aton war. Ich kenne alle unsere Götter. Ihr braucht mich nicht zu belehren!" Irgendwas stimmte den großen Mann versöhnlicher. Etwas hatte ihn dazu gebracht, ruhiger zu werden. Die unterschwellige Gefährlichkeit, die von ihm ausging, war gewichen und Nachsicht zeigte sich in seinem Gesicht. Nachdenklich griff er seinen Weinbecher, „Ihr lebt nach den alten Vorstellungen?", raunend.

„Ich lebe nach den Vorstellungen der Leute. Sie werden geboren, werden krank und sterben. Danach richtet sich meine Arbeit. Ich frage nicht danach, welchen Gott ein Sterbender anbetet. Ich helfe, wo ich kann. Den Sterbenden wie den Gebärenden. Auch kann ein Neugeborenes nicht ermessen, welcher Gott ihm gerade in diese bucklige Welt geholfen hat. Es schreit, egal ob Aton oder Amun im Himmel regieren. Mein Herr, es herrschen zuweilen schreckliche Zustände in der Stadt. Entweder sind die Nahrungsmittel knapp oder das Wasser. Meist fehlt es mir an Arzneien, denn seit der *Ipet Sut* leersteht, ist kaum etwas zu bekommen. Damals lag die Hauptlast der Versorgung Kranker in den Händen vom *Haus des Lebens* im großen Tempel und heutzutags sind lediglich alte Wehmütter oder Quacksalber unterwegs, um zu helfen. Einzig *meine* Heimstatt ist ein Ort, der mit heiligem Wissen gesegnet ist. Mit wirklich gesichertem Wissen, um den Menschen zu helfen. Ich will bloß von Euch hören, wie lange diese... aussichtslosen Zustände noch anhalten!" Sie trat mit ausgestreckten Handflächen vor ihn hin. Eine flehende Geste. Unterstrichen dadurch, daß beide mit dem mächtigen Zeichen der Isis bemalt waren: einem Thron!

„*Tju*, Herrin des Lebens", meinte er bedächtig, ließ sich auf seinem Sessel nieder. „Das ist eine Frage, der man sich stellen muß. Ihr seid in der Astronomie bewandert?"

Eine gefährliche Frage, denn damit hatte Bent sich nie beschäftigt. Sich ihre Unsicherheit nicht anmerken lassend, fauchte sie heiser: „Ich erkenne *Sebak*, den Stern von Sutech! Und *Hor Dscheru*, den Roten Horus, den östlichen Stern des Himmels. *Re Descherti*, im blutigen Zustand seiner Geburt! Ich kenne den funkelnden Stern der Isis und das große, geheimnisvolle, über den Himmel schreitende *Sebat*, das Sternbild der *Stätte des Auges* [5]."

„Ihr seht nicht in die Zukunft?"

„Die Mysterien der Isis offenbarten mir mit glühendem, brennendem Wasser ein lebendes Bild des Amun. Deshalb suchte ich Euch auf, dachte, *Der Verborgene* würde aus den Trümmern seiner Tempel auferstehen. Und ohne Euch schmeicheln zu wollen, sah ich soeben beim Eintreten, daß Ihr Königswürde habt."

„Das ist wahrlich geschmeichelt, Frau, doch solch blasphemische Gedanken hege ich nicht. Und seid beruhigt, seit ein paar Tagen wohnen einige hohe Würdenträger, die *Sah*, wieder im Haus der Freude, dem *Palast der leuchtenden Sonne*. Außerdem sind viele der kundigen Amunpriester zurückgekehrt." Er stand auf, ging zur Tür, öffnete sie, drehte sich zu ihr um: „Seid gewappnet! In fünf Tagen wird Aton sich beschämt abwenden. So sagen es die *Sebay* voraus. Kümmert Euch um die Menschen, sie werden Angst bekommen. Was nach diesem schwarzen Tag kommen wird, wissen nur die Götter." Die Tür klappte zu. Bent blieb alleine zurück.

---

[5] *Sebak* = Merkur, *Hor Dscheru* = Mars, *Stätte des Auges* = Osiris, das Sternbild des Orion

In ihre düsteren Gedanken versunken, „Dunkle Wolken, die aufziehen. Pah. Was interessiert mich das Wetter!", schnaubend, die Rute vom Boden klaubend, bemerkte sie kaum, wie eine junge Frau den Raum betrat, den Tisch abräumen wollte.

„Oh, Ihr seid noch da?", fragend, um empört hinzuzufügen: „Hat Euch denn niemand hinausgeführt!"

„Ein bißchen sehe ich ja noch; die Tür hätte ich gefunden", flunkerte Bent. Irgendwie hatte sie keine Luft mehr in den Segeln. Dieser Besuch war absolut umsonst gewesen. Sie war vollkommen niedergeschlagen.

„Ihr tragt ein gewagtes Kleid", meinte die Dame bewundernd. „Ebenso gewagt wie Euer ausgefallener Tintenschmuck. Oh... und Ihr...", sie unterbrach sich selbst, als sie Bents Kette bemerkte, schenkte aufgeregt Wein in die Becher, rückte den Sessel begeistert näher zu Bent, setzte sich und hielt ihr den Becher hin, hauchte: „... Ihr seid eine Priesterin der Isis! Ach... ehrwürdige Mutter, würdet Ihr mir ein wenig Eurer Aufmerksamkeit schenken?"

„Ihr seid die Tochter des Hauses?", vermutete Bent an der schicken Aufmachung der Frau. „Ich muß mich wirklich geschmeichelt fühlen, denn Vater und Tochter bedienen mich heute. So viel Ehre steht mir nicht zu."

„Auch wenn Vater einen hohen Posten bekleidet und ich die Gattin eines der mächtigsten Männer des Landes bin, brauchen wir nicht für jeden Handgriff eine helfende Hand." Die Dame des Hauses lächelte, reichte Bent den Korb mit den Datteln. „Ich bin Mudjemet, die Tochter des Eje und Gattin des *Imi ra Mescha* Haremhab. Und Ihr?"

„*Horus im Fest* ist Euer Gatte? Danke nein. Ach, ich kenne ihn, ein liebenswerter Junge. So so, dann ist er seinen Weg gegangen. Und der *Imi ra Mescha* Ramose? Ist er wohlauf?"

„Der Onkel starb im letzten Jahr."

„Das tut mir leid zu hören. Ich bin Sahu-Re."

„*Ihr* seid die Hex... Hohepriesterin? Ich habe mir die Herrin des Isistempels älter vorgestellt. Sind wir uns nicht schon einmal begegnet?"

„Bei der Heirat Eurer Schwester, *Ta* Mudjemet. Und *Hemait*-Öl vollbringt wahre Wunder!" Bent schaute ihr Gegenüber abwartend an. „Ihr wolltet mich etwas fragen?"

„Ach, ich wollte eigentlich nichts Bestimmtes fragen, Ehrwürdige. Ich lebe hier dermaßen zurückgezogen und habe mich in der letzten Zeit über viele Dinge aufgeregt. Mir fehlen meine Schwester und meine Tante um ein vertrautes Gespräch unter Frauen zu führen. Ich wußte nicht, daß noch Isispriesterinnen am Ort wohnen. Sonst hätte ich Euch längst aufgesucht. Und diese wirre politische Lage macht mich außerdem mehr als fahrig."

Sacheru, die Politik, und Diplomatie waren nicht unbedingt *Wafa*, also der Gesprächsstoff, auf den Bent sich verstand. Daher schwieg sie lieber.

Diese Frau suchte auch eher ein wenig Verständnis, ein williges Opfer, welches ihrem konfusen Geplapper zuhörte. Außerdem empfand Bent die Gegenwart der liebreizenden, unschuldig wirkenden Dame als unangenehm. Das beklemmende Gefühl, bei Mudjemets Geburt irgendwie dabei gewesen zu sein und auf unerklärliche Weise sowohl Zeugin als auch auf geheimnisvolle Weise verantwortlich für den Tod ihrer Mutter zu sein, hatte in Bent tiefe Schuldgefühle hinterlassen. Erst in diesem Augenblick hörte sie dem Geplapper wieder aufmerksam zu.

„Wie bitte?"

„… ich sagte, sie hätten wenigstens die Kinder da wegholen können. Damit meine ich nicht die Königin, obwohl Merit auch sehr jung ist. Aber die Kleinen brauchen das doch nicht mitzubekommen. Ich weiß nicht, was in Taduchipa gefahren ist. Geht nach *Maru Aton*, läßt Mann und Kinder im Stich… Die Mädchen brauchen doch ihre Mutter! Und der Kleine auch!"

„Nofretete hat einen Sohn?"

„Nein, Tejes Kleiner. Aber der ist in Nofretetes Kinderzimmern nicht mehr aufgefallen bei dem Gewusel der Kleinen dort. Ich hätte ihn zu mir nehmen können, aber so ist er mit Geschwistern aufgewachsen. Bei mir wäre er furchtbar einsam gewesen. Meint Ihr nicht, daß eine Frau nicht unbedingt zu Aton beten sollte, wenn ihr Leib kein Kind hervorbringt? Nichts als heiße, glühende Strahlen. Ich komme mir vor wie vertrocknet. Aber meine über alles geliebte erfolgreiche Schwester hat gleich sechs Töchter bekommen und die Söhne ihrer Tante obendrein!"

Bent entgegnete nichts, hörte sprachlos dem Redeschwall zu, bekam plappernd zu hören, wonach sie begehrte. Ohne zu fragen, ohne sich zu verstellen wurde ihr der intimste Hofklatsch geliefert.

„*Tja*, Atons Strahlen sind nicht immer segensreich. Er kann auch Felder verbrennen."

„Meine hat er alle verdorren lassen! Ich bin froh, wenn die Dunkelheit über uns alle kommt! Dann wird diesem verblendeten Größenwahn ein Ende gemacht! Hoffentlich werden wir nicht alle in die dunkle Duat gerissen. Hoffentlich ist die junge Königin stark genug. Das arme Mädchen…" Mudjemet schwieg, wandte sich geistesabwesend ihrem Wein zu. „Auch ihre Felder sind verdorrt."

„Mit Mädchen kenne ich mich aus! Sie sind stärker als man meint."

„Würdet Ihr für sie beten?"

Das klang nach einem verzweifelten Flehen, nicht nach einer Bitte.

„Aber… was ist mit Aton?"

„Ihr betet doch in Eurem Tempel nicht Aton an. Das macht Ihr mir nicht weis. Schickt ihr Isis' segensreiche Kraft mit Euren Gebeten, ich bitte Euch, Ehrwürdige, helft der kleinen Königin." Mudjemet kramte entschlossen in ihren Lederbeutel am Gürtel.

„Nicht doch! Bei mir wird fürs Beten nicht gezahlt! Ich tue es auch so! Das verspreche ich."

„So danke ich Euch, aber ich muß mich jetzt sputen, Vater bricht heute noch zum *Horizont der Sonne* auf und ich muß mich um seine Abreise kümmern."

„Die sind ja alle völlig irre!"

Schimpfend stand Bent am nächsten Morgen in ihren Räumen, schaute in den großen Spiegel. Solch ein Aufwand! Wie konnte sie sich selbst so täuschen und glauben, einem gestandenen Mannsbild Geheimnisse zu entlocken, indem sie sich auftakelte wie eine alte Barke! Er ist der *Tjai chu her wenemi Nesu*, der Wedelträger zur Rechten des Königs, und Großwesir! Glaubte sie tatsächlich, solch ein vornehmer Mensch würde ihr pikanten Tratsch anvertrauen, bloß weil sie ihn wie eine gurrende Hure anschmachtete, ihm Honig ums Maul schmierte?

Tja! Früher war ihr das gelungen; mit Männern, welche nicht unbedingt wichtige Posten innehatten. Oft genug tratschten die im Bett alles aus. Aber heute! Pah! Wenigstens hatte sie in Erfahrung gebracht, was sie hören wollte: Nofretete beging Ehebruch und wurde deswegen von Pharao verbannt, fertig, mehr gabs da nicht! Kein Geheimnis, kein Unheil, keine göttliche Wut, kein Verhängnis! Die Königin konnte froh sein, daß der König nur ihre Namen, nicht ihren Kopf abschlagen ließ, derart gnädig mit ihr verfuhr. Mit ihr und mit Tutmosis! Was fiel dem Burschen bloß ein? Seinen Eltern solchen Kummer zu bereiten?

Übelgelaunt räumte Bent all den unnützen Plunder geräuschvoll in die tiefsten Truhen und Schubladen, versenkte ihren wertvollen Schmuck wieder im Boden, legte die Kleider zusammen. Die würde sie behalten. Man kann nie wissen. Schickte eine ihrer Nichten mit Deben und Montju los, um Schminke und Schlappen zu bezahlen. Danach sorgte sie in ihren Räumen für Ordnung, beauftragte Ahmose, daß der schwere Spiegel zu seinen rechtmäßigen Besitzerinnen zurückgebracht wurde.

Anschließend fegte sie gründlichst aus, „Was kümmert's mich! Niederknien! Beten! Dunkelheit, Scham und Unfruchtbarkeit! Pah!", stocherte wütend mit dem Besen in den Ecken. „Und ein aufziehendes, böses Wetter! Soll Sachmet tun, wonach ihr dürstet! Soll sie doch über mich kommen! Die Statue zerstören, die Felsenkammer verwüsten! Regen schicken! In diesem Jammertal bin ich bloß ein kleiner Tropfen, unbedeutender als ein Sandkorn. Ich kann den Lauf der Welt nicht aufhalten! Ab heute kümmere ich mich um meine eigenen Angelegenheiten! Wer bin ich denn? Ha! Eine alte Hure, die sich in diesem Haus versteckt. Die glaubt, die gütige Isis sei leibhaftig in sie gefahren! Einzig der Wahnsinn ist in mich gefahren! Und Hoffart!" Grummelnd schob sie die Möbel an ihren Platz zurück, „Hauptsache hier herrschen Zucht und Ordnung!", knallte zornig die Tür hinter sich zu und sah zu, daß sie bei den Kranken helfen konnte. Da gab es genug zu tun!

Als sie über den großen vorderen Innenhof auf dem Weg zu den gegenüberliegenden Kammern stapfte, hörte sie es an das mächtige Portal im *Bechenet* klopfen. Bent gab nichts darauf, das Klopfen war Pesechets Sache. Abermals pochte es an das Tor. Bent schaute in Pesechets Wohnraum neben dem Eingang; wo war sie denn? Der Raum war leer, deshalb öffnete Bent selbst die Pforte in dem großen Tor. Auf der Straße stand ein kleines, halbnacktes – Bent konnte nicht sagen ob das ein Junge oder ein Mädchen war – schmutziges, klapperdürres, glatzköpfiges, vollkommen verängstigtes Kind und hielt ihr einen schmuddeligen Stoffetzen hin.

„Wir kaufen nichts!" Bent ärgerte sich, überhaupt die Pforte geöffnet zu haben, beäugte den Lumpen. Mit krakeligen Strichen war ‚Isis hilf, arm' darauf gekritzelt. Wahrscheinlich von irgendeinem Deppen, der Handlanger eines armseligen Schreibers war. Bent musterte das Kind, trat unter dem *Bechenet* hinaus, blickte über die Straße, schaute von links nach rechts und zurück. Niemand zu sehen. Es war Mittagszeit und die glutheiße Straße menschenleer.

„Wo ist deine Mutter?"

Das Kind zeigte auf den in der Sonne glitzernden *Iteru*. Weit weg konnte Bent ein *Sepi* ausmachen, welches flott gegen die Strömung nach Süden segelte.

„Wann kommt sie wieder?"

„Sie sagt, daß ich warten, klopfen und hier bleiben soll."

„Das darf doch nicht wahr sein!", blaffte Bent. „Bist du nicht ein bißchen zu groß, um ausgesetzt zu werden! Du bist alt genug, allein zurechtzukommen! Und ob *du* hierbleibst oder nicht, ist *meine* Entscheidung! Wie kommst du mir vor? So eine Unverschämtheit! Gäbe ich jedem dahergelaufenen Nichtsnutz, der an meine Tür klopft, Unterschlupf, wäre mein Haus bald voll von solchen Pechvögeln wie du einer bist!"

Dem Kind bebte das Kinn, Tränen quollen aus seinen Augen, jeden Augenblick würde es laut plärren. Bloß das nicht! Bent zog es wutschnaubend grob in den Innenhof, schloß die Tür, „Bei allen Göttern, bist du klebrig!", zischend, wischte sich angeekelt die Hände an ihrem Kittel ab. „Hier gibts weiß Gott Wasser genug, kannst du dich nicht waschen? Da drüben ist der Nil, da braucht man nur reinhüpfen! Was bist du? Mädchen?" Das Kind nickte.

„Du kannst über Nacht bleiben, aber erst wirst du dich waschen!"

Dicke Tränen liefen dem Mädchen übers Gesicht, tiefe Spuren in dem Dreck ziehend. Den gelben Schnodder aus ihrer Nase wischte sie mit dem dreckigen Lappen fort. Zurück blieb eine groteske, trotzige Miene unter einem wilden Muster aus Schmutz, Tränen und Rotz. Ein paar fröhliche Fliegen ließen sich zudem summend in ihren Augenwinkeln nieder. Bent schüttelte sich, konnte kaum hinsehen, trabte festen Schrittes durch den Innenhof, vorbei an dem großen Wasserbecken, in welchem weißer und blauer Lotus in verschwenderischer Pracht blühte. Unter dem Säulengang packte sie den Napf mit dem rauchenden *Kyphi*, schwenkte ihn rund um das müffelnde Kind. Eine kleine Hand schlich sich zögerlich in ihre eigene. Eine kleine, vertrauensvolle, warme, wenn auch klebrige Kinderhand!

Bent hielt abrupt inne.

Oh bitte, *das* halte ich nicht aus!

„Was ist das?", nuschelte die Kleine schniefend.

„*Irep!*"

Bent schaute schnaufend zu den Weinranken hoch, welche an den großen Spalieren wuchsen und köstlichen Schatten spendeten, stellte das Räuchertöpfchen zurück. „Nicht doch!" Das dumme, halbverhungerte Kind steckte sich gerade ein paar Trauben in den Mund. „Die sind nicht reif!" Bent lief augenblicklich die Spucke im Mund zusammen. Die Kleine zerbiß die sauren Trauben, verzog die Miene, als ob sich die Pforten der dunkelsten Duat für sie öffnen würden.

„Das hast du jetzt davon!", schnaubte Bent, „Da fragt man erst mal! Kannst doch nicht einfach irgendwas in den Mund stecken! Das soll dir eine Lehre sein!", zerrte das Mädchen von dem Wein weg, stapfte weiter, Kara entgegen, die mit einem vollen, tropfenden Wäschekorb auf dem Weg zur Dachterrasse war.

„Was ist das denn?"

„*Das*", spottete Bent, „ist die zukünftige Hohepriesterin der Isis!", hielt Kara mit spitzen Fingern den schmierigen Lappen vor die Nase. „Gerade eben angekommen! Ich fand sie vor der Tür, aber ich geh sie erst mal waschen, damit ich sehe, was unter dem Dreck steckt. Es soll ein Mädchen sein, aber davon will ich mich selbst überzeugen. Wenn's ein Junge ist, schick ich ihn sofort wieder auf die Straße, Buben können sich besser helfen. Ich brauch Wasser! Viel heißes Wasser! Hat Weredji die Kessel heiß? Ja? Sieh mal zu, ob du irgendwo ein kleines Hemd auftreiben kannst. Und bring was zu essen." Sie drückte Kara den schmierigen Lappen in die Hand, knurrte „Verbrenn das!", zerrte das Kind weiter, vorbei an der Kapelle des Allerheiligsten, in den zweiten Innenhof, wandte sich nach links zu den Badehäusern, öffnete die Wasserleitung eines der Badebecken, kippte reichlich Seife hinein.

„Komm mit!", schnauzte sie das Kind an und zeigte ihm die Abtritte.

„Wenn du dich erleichtern mußt, wirst du das hier tun. Du bist doch stubenrein? Du wirst nicht wie Anubis in meine Stube pieseln, denn dann müßte ich dich ins Lotosbecken tunken!"

Grenzenloses Nichtverstehen blinzelte Bent entgegen.

„Du setzt dich auf eins dieser Bretter, wenn du pinkeln oder groß mußt. Wir sind hier in einem ordentlichen Haus. Bei uns wird nicht einfach auf die Felder gekackt. Oder in eine Ecke des Hauses. Hast du das verstanden? Du kommst doch aus dem Südviertel? Hinter dem Fischerhafen?"

Das Kind wackelte mit dem Kopf.

„Dacht ich's mir! Wieviele seid ihr zu Hause?"

Zwei Händchen wurden hochgehalten.

„Zehn! Acht Kinder und die Eltern?"

Wieder ein verängstigtes Nicken.

„Und die Großeltern? Also vierzehn. Kannst du noch was anderes außer nicken? Du kannst doch reden!" Bent schaffte sich immer mehr in Rage. Mit sowas hatte sie überhaupt nicht gerechnet. Ein weggeworfenes Kind! Wie Djehutimes! Findelkinder lagen noch nie auf ihrer Schwelle. Das hatte bisher niemand gewagt. Und dies hier war eigentlich schon eine bodenlose Frechheit. So ein großes Kind, ausgesetzt, seinem Schicksal überlassen! Sie war bestimmt sieben oder acht Jahre alt. Außerdem fragte Bent sich, wieso man auf dem Land wußte, daß hier der Großen Mutter gehuldigt wurde. Es mußte jemand älteres sein, jemand, der früher öfter in die Stadt gekommen war, oder? Da Pharao alle Götter verbieten ließ, gab sich der Isistempel seit Jahren nach außen den Anschein, hier sei lediglich ein Haus für Kranke und Gebärende. Geistesabwesend hörte Bent das leise Plätschern verstummen, betätigte den Schieber, der frisches Wasser von dem hinteren Kanal her zu den Abtritten leitete.

„Das Becken wird voll sein, komm." Die Wut über das Schicksal dieses Kindes und die Wut darüber, überrumpelt und vor vollendete Tatsachen gestellt zu werden, überwältigte sie zusehends. Zusätzlich war der Ärger über ihren unnötigen Besuch beim Großwesir viel zu frisch. In ihrer Blindheit ließ sie ihren Groll an dem unschuldigen Kind aus. Ziemlich grob, mehr als widerwillig und ohne weiteres Nachdenken, denn klebrige Kinder versorgen hatte sie aufs gründlichste gelernt, zog sie dem Mädchen den schmuddeligen Schurz runter, drehte es hin und her, zog die dünnen Ärmchen in die Höhe und guckte ihr in den Mund. Als sie mit ihrer Begutachtung fertig war, prüfte sie die Wärme des Wassers, schnauzte: „Wie heißt du?"

„Sat."

„Das ist kein Name, das ist ein Zustand!", blaffte sie, augenblicklich innehaltend.

Sat?

Tochter!

Bent betrachtete den spindeldürren Körper voller Narben, Schorf und Dreck. Die Glatze. Den hungrigen Gesichtsausdruck. Die großen dunklen Augen voller Unschuld, ängstlich nach Verständnis suchend.

„Du bist die Älteste, oder?"

„*Tju.*"

„Und jetzt kommt wieder eins?"

„*Tju.*"

Bent hob das Kind in das Wasserbecken, griff nach Tuch und Seife, schrubbte die Kleine geistesabwesend ab.

Tochter! Tochter!

Das darf doch nicht wahr sein? So etwas kann sich doch nicht wiederholen? Satet! Ach, Satet! Jetzt verstehe ich dich! Das halbverhungerte Mädchen, welches einst vor deiner Tür stand, bekam nettere Worte zu hören als dieses hier. Erfuhr Herzlichkeit und Liebenswürdigkeit. Dieses arme Kind... wie ich damals... ein unschuldiges Wesen... nein, *mabjat*, niemals! Ich würde sie verderben! Sie rubbelte die Seife in dem Tuch, rubbelte dem Mädchen über den Kopf, durchs Gesicht, tunkte sie unter. Ich will mich um kein Kind kümmern! Ich bin eine Hure ohne Herz! Habe ich nicht voller Wut ein unschuldiges, ungeborenes Kind in meinem Leib getötet? Und gleichsam als Strafe dafür ermordete man später meinen geliebten Sohn? Ich kann das nicht noch einmal ertragen, ich ertrage die schmerzhaften Erinnerungen nicht, ich kann das nicht! „Hör auf zu flennen, das ist bloß die Seife, die brennt in den Augen!" Isis, Königin des Himmels! Ich halte es nicht aus! Mein Herz zerspringt! Kleine, warme Händchen halten, in Augen sehen, die leuchten. In ein Herz voller Unschuld blicken, durchstehe ich kein zweites Mal. Ich würde an dieser Liebe sterben, an meinem Schmerz zerbrechen. Ich habe Sachmet geschworen, nie mehr zu lieben! „Schau mich nicht so an! Hör auf damit!" Denk an Ranofer und sein Schicksal, du alte Vettel! Ich kann das Mädchen nicht in mein Herz lassen! Ich bin verdorben, verbranntes Fleisch, ich bin ein lebender Leichnam, eine Hexe! Isis, Herrin des Lebens! Hilf mir!

Bent bugsierte das gut duftende, gewienerte Kind in eine der leerstehenden, dämmrigen, kühlen Kammern für die Kranken, stupste es auf das leere Bett.

„Hier bleibst du, du könntest *Hemut Sa*, eine ansteckende Krankheit haben. *Du* wirst mir niemanden anstecken! Ich gehe ein *Pechret* holen..."

„Wer wohnt da?"

„Niemand! Das ist ein Zimmer und ein Bett für dich allein. Da kannst du froh sein."

Abermals erbärmliches Heulen, unterbrochen von Schluchzern und Schniefen. Dazwischen unverständliches Genuschel von Dämonen, die nachts aus den Schatten traten und sie fressen wollten, von Angst im Dunkeln und dem Alleinsein in der Nacht.

„Du brauchst keine Angst haben!"

„Doch, die Dämonen kommen aus den dunklen Ecken!"

„Hier sind keine Dämonen, du Dummkopf!", grollte Bent, das jämmerliche Geheul schwoll daraufhin noch lauter an. Am liebsten hätte Bent Sat geschüttelt, damit sie mit dem kindischen Heulen aufhörte. Das Mädchen schlotterte vor Angst, klammerte sich mit weit aufgerissenen Augen an das Bettgestell, die bitterlichsten Tränen weinend, „Laß mich nicht allein!", kreischend.

„Ich geh doch nur was holen!"

„Ich hab aber Angst!"

„Bist *du* ein Feigling! Hör mit dem Geplärre auf! Sofort! Dann kriegst du ein Stück Kuchen! Ißt dich heute mal ordentlich satt, schläfst gut. Morgen sehen wir weiter. Du bist doch schon groß, bald kannst du deinen Lebensunterhalt alleine verdienen. Was kannst du denn?"

„Binsenkörbe flechten."

„So! Das ist doch schon mal was. Und was machst du damit?"

„Die habe ich ab und zu den Fischerfrauen verkauft, erhielt manchmal einen Fisch dafür."

„Einen ganzen Fisch! Für einen Korb! So, so!" Bent schluckte mühsam den Spott hinunter.

„Wenn ich Binsen sammle", die Kleine zog die Nase hoch, wischte Tränen weg, schluchzte, „guck ich nach den Kuhreihern… die sind schön! Und dann träume ich, ich wär auch einer und könnt weit wegfliegen… und Oma hat immer zu *Mut* gesagt, bring sie in das *Hat Netjer* der Zauberinnen, dann ist endlich Ruhe… und du bist eine böse Zauberin… deine Augen… du bist auch ein Dämon… uäääähhhh…"

„Hör auf mit dem Geschrei, sonst spreche ich ein *Tschenenuwji*!"

„Neiiin! Kein Zauberwort… uäääähhh… Ich will nach Hauuuse!"

„Was willst du denn dort?", brüllte Bent, halb taub von dem Geplärr, „Körbe flechten und verhungern? Enden wie deine Mutter? Ein Balg nach dem anderen gebären? Dich wie ein Schwein in Dreck, Dummheit und Armut suhlen? Oder dich gar im Hafen an Männer verkaufen?"

Sie schaute diesem halbverhungerten, plärrenden, rotznasigen Gör eine Weile zu, war geneigt, dem Mädchen genügend Schlafmohn zu geben, daß es still werde. Oder Wein! Oder eine Ohrfeige! Viel besser noch, es mal ordentlich übers Knie zu legen! Mit unglaublicher Beherrschung ballte Bent die schweißnassen Hände zu Fäusten, biß die Zähne zusammen, „Du bist jetzt mal still du fauchende, eifersüchtige Katze in meinem Kopf!" schnauzend, „Das ist ein unschuldiges Kind!" Bent versuchte das ängstliche Gekreisch zu überhören, griff nach dem Kissen, drückte die Fäuste hinein, atmete tief durch. Alte, längst verschüttete, schmerzvolle Erinnerungen brandeten ihr hoch. Nefertem! Ihr süßer Junge! Parsers Sohn, ihr Leben, ihr ganzer Stolz! Wie hatte sie ihn mit unbändiger Mutterliebe gehätschelt und verwöhnt, getröstet und in den Schlaf gewiegt. Konnte es denn so schwer sein, dieses weinende Kind zu trösten?

Mau

„Oh, Bast, Schätzlein!", flötete Bent erleichtert, ließ das Kissen fahren, hob ihre Katze hoch, drückte sie dem plärrenden Gör auf den Schoß, setzte sich daneben. „Ich will mich nicht in ihren großen, unschuldigen, dunklen Augen verlieren! Obwohl es nicht schwer ist! Wenn das Herz frei und seine Gedanken gut sind!"

Mau

„Aber mein Herz ist nicht frei und weit! Es ist ein verkohlter Klumpen faules Fleisch, verschlossen und den Schlüssel habe ich verloren! Sie ist mir so ähnlich! Erging es mir nicht genauso, damals, als ich in die Stadt gekommen bin?"

Mau

„Seit diesem Tag habe ich in meinem Leben weiß Gott schlimmeres erlebt, als ein trauriges Kind zu trösten! Stell dich nicht so an, altes Weib! Tu es für Nefertem!"

Mau

„Du weißt überhaupt nicht, was ein *Hat Netjer* ist, du dummes Ding, gelle?"

„Nein!", schluchzte das Kind, kraulte das schnurrende, tretelnde Kätzchen am Kinn.

„Das hier ist mein *Hat Netjer,* mein Tempel. Ein großes Haus. Und darin wohnt eine Göttin. Alle Damen, die hier wohnen, dienen ihr. Sie ist gütig. Und sehr weise. Komm mal her."

Bent nahm das zitternde Kind in die Arme, streichelte tröstend den kahlen Kopf.

„Nicht mehr weinen, Kleines, sch sch… Isis heißt die Göttin, die hier wohnt und sie ist die Königin des Himmels, die Herrin des Lebens. Die große und mächtige Herrscherin aller Götter. Sie ist die *Große Göttin, Gottesmutter, Quell allen Lebens. Sie ist die Königin der Inseln, trauernde Göttin, die große und mächtige Herrscherin der Götter, deren Namen die Göttinnen preisen. Eine wohltätige Zauberin, die den Dämon durch die Worte ihrer Lippen vertreibt, die mächtige Göttin ist Inhaberin aller Macht, groß im Himmel und Herrscherin über die Gestirne, die jedem Stern seinen Platz gibt. Isis, Quell des Lebens, Königin der südlichen Wüsten.* [6] Hier gibt es keine Dämonen, denn Isis paßt auf uns alle auf, damit uns nichts passiert. Sie wacht über die funkelnden Sterne und über die sanfte dunkle Nacht. Schickt ihren hellsten Stern zu uns, damit wir uns nicht fürchten im Dunkeln. Am südlichen Himmel leuchtet er uns mit seinem schönen, blauen Licht und er vertreibt alle Dämonen."

---

[6] Aus der Hymne an Isis aus dem Philae-Tempel

Das Kind hörte mit dem Weinen auf, drückte zitternd und schniefend das Kätzchen auf seinem Schoß. Kara trat durch die Tür, hielt in einer Hand einen Korb mit Essen.

„Ach, ist die reizend!", rief sie fröhlich, „So ein hübsches, süßes Gesichtchen!", tätschelte der Kleinen liebevoll die Wangen, drückte ihr ein Stückchen Kuchen in die Hand, kramte nach einem Mundtuch. „Schneuz dich mal! So verheult! Du brauchst doch keine Angst haben. Trink mal die warme Milch, danach ißt du was und schläfst ein bißchen. Zeit für *Wenut net schenu en achay*, die Mittagsruhe. Es ist viel zu heiß heute mittag, um so munter zu sein!"

Bent stand von dem Bett auf, schaute, sichtlich um Fassung bemüht, entgeistert der gluckenden Kara zu, „Kümmer' du dich um sie", blaffend, „Ich hab wichtigeres zu tun, als mich mit feigen Rotznasen zu beschäftigen!", verschwand nach draußen, lehnte sich schnaufend an die Wand, hörte drinnen das Kind begeistert drauflos plappern:

„Die ist gar keine böse Zauberin! Sie hat wunderschöne blaue Augen und hat gesagt, sie heißt Isis und wär die Königin des Himmels. Und sie kann schnurren wie eine Katze! Und sie hat Flügel an ihren Armen, wie von Kuhreihern, weiß, riesengroß, leuchtend und wunderschön! Damit hat sie mich festgehalten, ganz fest. Und sie hat alle bösen Dämonen damit vertrieben. Das hat gerauscht wie der Wind in den Palmen. Ich hab jetzt überhaupt keine Angst mehr!"

„Aha, du kannst also schnurren wie eine Katze!" Karas Kichern riß Bent aus ihren düsteren Gedanken. „Was erzählst du denn dem Kind für einen Unsinn? Du wärst die Königin des Himmels!"

„Das hab ich überhaupt nicht gesagt!", empörte sich Bent. „Ich sagte, hier wohne Isis, die Königin des Himmels. Das ist ein Unterschied."

„Für das Kind nicht! Weiße Flügel, pfff!" Kara pikste sie stochernd mit dem Zeigefinger in die Rippen. „Was ist in dich gefahren? Allenfalls eine alte Krähe sehe ich! Von wegen schnurren; du fauchst höchstens wie eine räudige Katze!"

„Ach, pah! Halt die Klappe, du moppelige, alte Vettel!" Bent pikste grinsend zurück.

„Darf ich sie behalten?", bettelte Kara honigsüß.

„Sie ist doch kein Hündchen!"

„Sie ist ein ausgesetztes Kind, Bent!" Kara ließ die Späße sein, meinte ernst „Wenn wir sie nach Hause schicken, bringt ihre Familie sie über kurz oder lang nochmal fort, vielleicht noch weiter weg. Wer weiß, was dann mit ihr geschieht. Alles mögliche könnte ihr in den unsicheren Gassen zustoßen. Hier wäre sie wenigstens sicher aufgehoben!"

Bent grummelte etwas von wegen unnützer Esser.

„Ach, hör schon auf! Was will uns der piepsige Spatz da wegessen wollen. Hier ist genug von allem, wir darben doch nicht!"

„Sie hat ein Geschwulst am Fußgelenk!", unkte Bent düster.

„Der *Wurm*?" Kara schlug sich die Hand vor den Mund, um nicht zu kreischen.

„Wahrscheinlich. Das sollten wir uns genauer ansehen."

„Das arme Kind! Wir müssen ihn schnellstens mit einem Stäbchen entfernen. Sie muß so oder so erst einmal hierbleiben"

„Also gut, meinetwegen. Aber *du* kümmerst dich! *Ich* will damit nichts zu tun haben. Wenn sie bleiben soll, verabreiche ich ihr erst mal eine ordentliche Reinigung von innen. So schleimverseucht bleibt sie mir nicht im Haus! Wahrscheinlich hat sie mehr Würmer in den Eingeweiden als Grips im Kopf."

„*Tju*! Ein gutes Mittel gegen die *Hefat* der Eingeweide ist: Nimm fünf *Ro* von der Wurzel des *Inehemen*, also des Granatapfelbaums, setz sie mit zehn *Ro* Wasser an, laß es über Nacht draußen stehen, laß es sich absetzen und gib es ihr einen Tag lang. Sie schläft übrigens. Ich habe *Schepen* in ihre Milch getan."

„Ein guter Einfall! Ich bin dann in der Apotheke!" [7]

„Ich hörte", Meretre hing auf der Dachterrasse ihre feine Wäsche auf, Bent stellte schnaufend den schweren Korb mit ihrer eigenen Wäsche ab, mit dem sie gerade die Dachterrasse betreten hatte. „im *Ipet Sut* seien Priester eingezogen. Hast du was mitbekommen?"

„*Mabjat*." Bent schaute sich um. Es war sonderbar kühl und nicht mehr strahlend hell, obwohl keine Wolken am Himmel standen. „Da hat dir bestimmt jemand ein Märchen erzählt. Das ist eigenartig heute morgen! Die Welt sieht seltsam fremd aus!"

„Ob ein Sandsturm aufzieht?"

„Das ist nie und nimmer ein Sandsturm!" Bent schaute in den unheimlich wirkenden Himmel, suchte vergebens dunkle Wolken, blinzelte in die bleiche Sonne, nuschelte: „Als würde Re sich auf Nachtfahrt begeben, obwohl er strahlend am Himmel steht!", schüttelte ihren tropfnassen Schleier aus, legte

---

[7] Mit Wurm ist der parasitäre Medinawurm gemeint
Abführmittel und Klistiere waren damals das Heilmittel überhaupt und wurden so gut wie bei jeder medizinischen Diagnose verordnet
Ro = kleinstes Hohlmaß zu 1/320 Heqat zum Abwiegen von Arzneien
Schepen = vermutlich Schlafmohn

ihn ordentlich über das Seil, machte ihn sorgfältig mit einer *Cha'a* fest, folgte einer Eingebung, hielt sich den schwarzen, dünnen Stoff vor Augen, blickte nochmals in die grelle Sonne.

In Nuts gewaltigem Leib tat sich ein Loch auf![8]

Und Re verschwand in diesem schwarzen, grausigen Loch im Himmel!

... Ich bin froh, wenn die Dunkelheit über uns alle kommt! Dann wird diesem verblendeten Größenwahn ein Ende gemacht! Hoffentlich werden wir nicht alle in die dunkle Duat gerissen. Hoffentlich ist die junge Königin stark genug...

„Der *Imi ra nut Tjati*!", krächzte sie, Meretre grob am Arm packend, daß der die Klammern aus der Hand fielen. „Laß die Wäsche! Geh runter, kümmere dich um unsere Gäste, um die Kranken! Er hat mir keinen Humbug erzählt! Oh, ich verstehe! Kein Regen! Keine Dunkelheit irgendwann im Nirgendwo, im Jenseits! Sondern jetzt! Aton verbirgt beschämt sein Antlitz! Die leibhaftige Sonne! Es wird dunkel werden. Am hellichten Mittag! Oh, ihr Götter!"

„*Was?*"

„Re besteigt seine Barke!", fauchte Bent. „Geh runter, sag allen, sie sollen ruhig bleiben, Kerzen anzünden, es wird Nacht werden! Nimm dir Kara und Tachut an die Seite, sag, ich hätte dich geschickt. Geh, lauf los... Macht alle Lichter an!"

„Und du?" Meretre schaute bang hoch zum Firmament, als könne sie nicht glauben, was da geschehen sollte.

„Ich muß ein Versprechen einlösen!" Bent raffte ihren Rock, eilte maulend die Treppe wieder hinunter. „Wie konnte ich so schlampig gewesen sein! Dieser Mann hat mir die Wahrheit gesagt! Verpackt in schöne Worte! Er lebt in einer gefährlichen Welt, in welcher keiner dem andren vertraut! Du dummes altes Weib!" Grummelnd und schimpfend über sich selbst kramte sie mit fahrigen Händen den Schlüssel aus dem dicken, klimpernden Bund, öffnete die Kapelle, betrat den Vorraum, öffnete die Tür des Allerheiligsten.

Sie hatte versprochen für ein Mädchen zu beten! Für eine Königin!

Und es völlig vergessen!

Schnaufend schloß sie wummernd die Türflügel hinter sich, angelte im stockdunklen nach dem Zunder neben der Tür, blickte sich im Lichtschein der *Tekau* um. Der Thron auf den drei Stufen und die bunten Wandgemälde um sich herum. Mehr war hier nicht. Japsend rutschte sie an der Tür entlang zu Boden, „Zu was soll ich denn hier beten?", seufzend, ließ sich auf den kühlen Kacheln nieder. „Ich habe es versprochen!"

Der schimmernde weiße Thron stand wie ein Fels vor ihr, ein sicherer Sitz, Halt gebend.

---

[8] Nut ist die Göttin des Himmels, sie wölbt ihren gigantischen, mit Sternen übersäten Leib über ihren Gatten Geb, dem Erdgott. Abends verschlingt Nut die Sonne, um sie am Morgen wieder zu gebären. Ihrer beider Sohn ist Sutech/Seth

Bent verdrängte die aufsteigenden grauenvollen Bilder von Ranofer, den sie einst blutend, röchelnd und sterbend mit Karas Hilfe dort hinauf gezerrt hatte, sie wollte zur Stunde nicht an ihn erinnert werden. An seine Liebe, an seinen Tod, an sein Weggehen; an das, was sie in *Swenu* erlebt hatte...

„Wenn du da bist, Königin des Himmels, dann höre meine Bitte, hilf dem Mädchen, wenn ich es auch nicht kenne. Du hast mir doch auch geholfen!"

Bent kniete sich hin, beugte demütig den Oberkörper vor, schob die Handflächen nach vorne. Mit der Stirn auf dem blanken Boden liegend, verharrte sie, die stille Kühle genießend. In diesem Raum war ihr schon so oft Wundersames widerfahren ...

„Warum sollte Isis mir nicht zuhören? Warum plagen mich ausgerechnet heute, in dieser dunklen Stunde, Zweifel? Warum will mir kein gescheites Gebet über die Lippen kommen?" Vergebens versuchte Bent ruhiger zu werden, aber es gelang ihr nicht. Unruhig rutschte sie in ihrer unbequemen Haltung auf dem Boden herum, kratzte sich im Ausschnitt, setzte sich zappelig auf ihre Unterschenkel.

„Du bist doch sonst immer da! Läßt mich in die Nacht hören, läßt mich die Herzen der Menschen sehen, schickst mir Träume!" Wütend schlug Bent unerwartet voller Wucht mit den flachen Handflächen vor sich auf den Boden.

„Du bist überhaupt nicht da!", geiferte sie. „Jetzt, wo ich ein Versprechen einlösen soll!" Ärgerlich geworden rutschte sie auf Händen und Knien ein Stück in Richtung Thron, merkte, wie ihr Zopf sich auflöste, die losen Strähnen ihr in die Augen fielen, sich tückisch um ihren Hals wickelten; fast wäre sie mit der Hand auf eine Strähne gestiegen. Unwirsch wischte sie das lange Haar beiseite, kratzte sich abermals. Ein Gefühl aggressiven Wahnsinns überkam sie, unbeschreiblich abartige Hitze brodelte ihr hoch, als würde sie in glühender Sommersonne mitten auf einem Feld stehen. Beißender Schweiß tropfte ihr von Stirn und Oberlippe, sammelte sich zudem klebrig und schmierig unter ihren Brüsten und in ihren Leisten. Sie fühlte sich schmuddelig und minderwertig, wie wenn sie sich tagelang nicht gewaschen hätte, zerrte vollkommen aufgewühlt an ihrem Kleid, zerriß es, um der ätzenden Hitze zu entfliehen, kratzte sich den juckenden Ausschnitt...

„Ärgerst du dich, weil ich nichts für das Gebet genommen hab? Oder weil ich mir anmaßte, ich wüßte über alles und jeden Bescheid?", geiferte sie. „Nein! *Mabjat!* Deswegen bist *du, die Gute* nicht beleidigt!" Höhnisch klang das und ruchlos. Abermals schlug Bent mit den flachen Händen klatschend auf den Boden. „Nicht wegen solcher Kleinigkeiten! Du bist mißvergnügt, Schwester, weil ich mich auf *deinen* Thron gesetzt habe und deswegen wieder hübsch und bezaubernd bin!"

Keifend hallte ihre biestige Stimme im Allerheiligsten wider. Lästerlich und gemein hörte sich das an. Trotz ihres wahnhaften Wutanfalls wußte Bent genau, daß sie in diesem Augenblick weder anmutig, geschweige denn begehrenswert oder gar hübsch und bezaubernd wirkte. Vollkommen wehrlos war ihr dennoch bewußt, daß sie, mit hochrotem Kopf, den Haaren die ihr wie schmuddelige Schnüre wirr um den Kopf baumelten, verschwitzt und sabbernd wie ein ekler Wurm auf allen Vieren kroch. Bent kam überhaupt nicht dagegen an, mußte es hilflos geschehen lassen. Die Wände wichen auf einmal zurück, wurden weit und klein, erschienen wieder nah und bedrohlich, als ob Bent stockbesoffen sei. Dabei veränderte sich wabernd die Wandbemalung. Ihr wurde dabei schwindlig, sie krallte sich am harten Boden in die Rillen der Fliesen, um nicht umzukippen. Den Schmerz der blutigen, abgerissenen Fingernägel beachtete sie nicht; erst recht nicht den feurigen Schmerz der aufplatzenden *Medu Netjer* auf ihrer Brust. Die schwarzen vernarbten Linien brachen auf, heiß brennendes Blut quoll hervor, tropfte auf den Boden.

Auf allen Vieren rutschend blickte Bent in einen fremden, großen, nebelhaft wirkenden Raum, beobachtete diesen unheimlich dämonischen Vorgang blutrünstig, lauernd und abwartend.

„Was willst du tun, Große?", fauchte sie, die grell brennende Lohe, welche aus ihrer Kehle schlug, mißachtend. „Gar nichts! Denn *ich* bin hier und du konntest mich nicht aufhalten! *Mein* göttlicher Vater zeigte mir den Ausweg aus der Düsternis meines Gefängnisses, in welches mich *die Herrin des Südens und des Nordens* und meine Magd sperrten! Re trat zur Seite, machte meinen Weg in die Welt frei! Heute ist der Tag gekommen, nach dem ich so viele Jahre schon lechze! Heute fordere ich meinen Blutzoll. Heute wird *sein* Vater gerächt! Heute bekommen die Gottheiten ihren angestammten Platz im Himmel zurück! *Ich* bin Sachmet, an meiner Seite göttliches Recht! *Heka Achu!* *Ich* bemächtige mich der Frevler! *Ich* bin das verzehrende Feuer! *Ich* bin die Wahrheit und die Gerechtigkeit! Der Verblendete steht außerhalb der Maat, aber ich bin das rächende Auge des Re! *Ich* bin Hathor-Sachmet, welche sich ihrer Feinde bemächtigt! An meiner Seite *Sia* und *Schai*! [9] *Achu! Heka!* Höre mich Ka! *Heka Achu!* Du, Herrin des Lebens, kannst ihn nicht mehr schützen! Hier in deinem eigenen Haus bin *ich* jetzt die Herrin und sie hier, jene welche hochmütig glaubte, sie habe mich gebannt, ist immer noch *meine* Dienerin! Ihre Buhlschaften beendet! Das ist meine Strafe für sie! Sie liebt nicht! Wie sie einst geschworen hat! Sie liebt niemals wieder! Bentsachmet gehört wieder mir allein!" Laut warf das Echo Bents Brüllen von fremden, düsteren Korridorwänden zurück. Vor ihr, verschwommen wie durch einen unheimlichen Nebel erblickte Bent eine sich öffnende Tür, im kerzenerleuchteten Raum dahinter ein verzweifeltes kleines Mädchen, welches sich mit zerrissenem, hochgeschobenem Kleid gegen einen

---

[9] Wille und Bestimmung

gewalttätigen, aufgegeilten Mann wehrte.

„Wird denn diese Schweinerei nie aufhören!" Als würde ihr dieses Abscheuliche gerade selbst widerfahren, brüllte sie voller Zorn, vielleicht ließ der Kerl dann von dem Kinde ab: „Wehr dich, Kleine! Tritt ihm ordentlich ins Gehänge!" Rasend vor Wut versuchte Bent den Mann zu erreichen, vergebens trat sie wie in einem bösen Alptraum auf der Stelle. Doch da nahte Hilfe! Unverhofft trat ein anderes Mädchen, fast eine junge Frau, durch die Tür, von oben bis unten blutbesudelt, hielt in Händen einen blutigen Dolch, wirkte verwirrt und verstört, überlegte für Bents Begriffe viel zu lange. Bald würde das kleine Mädchen geschunden am Boden liegen, für den Rest seines Lebens mit diesen entsetzlichen Erinnerungen leben müssen.

„Hilf dem Kind!", fauchte Bent blutrünstig, puren Geifer versprühend; sie war sich sicher, daß blutige Tränen durch ihr Gesicht liefen, blutiger Schweiß ihren Körper bedeckte.

„Du hast ein Messer! Mach! Was stehst du denn so dumm da? Auf was wartest du? Daß er es nochmal tut? Halt ihn auf! Stech ihn ab! Stech ihn ab wie eine Sau und laß ihn bluten! Er ist es nicht wert! Wenn ich damals eins gehabt hätte, ich hätte es dem Schwein in die Rippen gejagt und dabei gelacht! Tu es!" Wie Donner dröhnte Bents Stimme im Allerheiligsten wider, sie hörte das Rasseln unendlich vieler Heuschrecken, heißer Wind fegte durch das enge Allerheiligste. „Ohne zu zögern! Solange es dunkel ist! Nimm Rache für deine arme Mutter! Und nimm endlich Rache für dich, den Jungen den du liebst und deine tote Schwester! Nur du kannst meinen Schwur der göttlichen Blutrache erfüllen! Du, *Dame des roten Tuches*, du bist mein Werkzeug! Du bist heute, in dieser finsteren Stunde, die alleinige *Herrin der Angst!*"

Drohend blitzte der Dolch in der unheimlichen Düsternis, entschlossen schlich die Große leise ein paar Schritte vorwärts, hob quälend langsam, mit verhaltenem Atem den Arm…

„Bent!"

„Herrin!"

„Sahu-Re!"

Harte Schläge an das Holz der Tür ließen Bent fauchend hochfahren. Es wurde an der Tür gerüttelt, geklopft und nach ihr gerufen. Brüllend, voller Wildheit riß sie die Riegel zurück, die Türflügel weit auf.

Kara stand da, hinter ihr Tachut.

„Uadja würde sagen, es sei von Vorteil eine Irre im Haus zu haben!"

Bent schaute zitternd vor Wut an sich herunter: das Kleid zerrissen und blutbesudelt, die blutigen Hände in ihrem Ausschnitt, die scharfen, abgerissenen Fingernägel bohrten sich wie Krallen in ihr gemartertes Fleisch. Mit dem Ärmel versuchte sie sich Spucke und Haare aus dem Gesicht zu wischen, „Ich bin immer noch ihre willigste Magd!", keuchend.

Müde und erschöpft wie nach einer durchwachten Nacht lehnte Bent sich an die Wand im Vorraum, stützte die Hände auf die wundgescheuerten Knie, horchte dem Gesang einer Amsel. Der Vogel zwitscherte wie am frühen Morgen. Irgendwo gurrten Tauben, die Kühe weit draußen muhten, als ob sie gemolken werden wollten und ihr bunter Gockel ließ sein heiseres hih-he-ri-hie hören.

„Du bist wieder auf dem Thron gesessen!", zischte Tachut wütend. „Hast du nichts dazugelernt? Siehst du nicht, was es mit mir machte? Bist du so dumm?"

„Thron? Was für ein Thron? Die Sonne verschwand, wie in der Nacht!", jammerte Kara. „Ich ging zur *Setschat*, aber die Sonnenuhr sagte, es sei *Metret*, deshalb ging ich zur Wasseruhr, die *Schabet* sagte aber auch, es sei Mittag! Was haben wir für Ängste in dieser gruseligen Dunkelheit ausgestanden und du gehst hin und versteckst dich! Ich dachte da drin haust eine leibhaftige Löwin! Bent, was hast du gemacht? Du hast getobt wie eine Irre. Schau dich mal an. Immer wenn du da drin bist, passiert etwas schlimmes!"

„Ich weiß es nicht, Kara", schnaufte Bent. „Ich schlief wohl wegen der Dunkelheit ein, träumte schlecht, wurde furchtbar böse, fiel in blutgierige dämonische Raserei. Gut, daß ich mich eingeschlossen hatte."

„Red' keinen Stuß, Mädchen!", fiel Tachut ihr ins Wort. „Du hast *Sie* beschworen!"

„Nein! *Mabjat!*"

„Was ist da drin passiert?"

„Nichts!"

Tachut starrte Bent an, starrte entgeistert an die Wand hinter ihr „Lüg mich nicht an!" brüllend.

Bent zuckte zurück, drückte sich fester an die Wand, starrte Tachut in die leuchtenden Augen, flüsterte: „Ich glaube, ich habe mich eines großen Vergehens schuldig gemacht."

Grob packte Tachut Bent am Arm, zog sie von der Wand weg, schubste sie brutal zur Seite, Kara kreischte als sähe sie einen Geist.

„*Was* ist da drin geschehen?", zischte Tachut, betrachtete fassungslos die Wand.

„Das weiß ich nicht!", fauchte Bent voller Seelenpein, stierte bestürzt auf die weiß getünchte Mauer, legte die Hand darauf, trat einen Schritt zurück, musterte voller Entsetzen das grausame, blutige Abbild der brüllenden Sachmet welches sich just an jener Stelle zeigte, an die Bent sich vor wenigen Augenblicken gelehnt hatte.

„Ihr hättet nicht klopfen dürfen!", schrie sie, kopflos das Gesicht der Löwin, ihren schlanken Leib in dem Kleid betastend, „Das arme Kind!"

„Welches Kind?", stöhnte Kara. „Der kleinen Sat geht es gut, ich war eben dabei, den Wurm ein Stückchen weiter aus ihrer Haut zu drehen. Bald haben wir es geschafft; das Gewürm ist nicht so groß wie wir anfangs vermuteten."

„Dem Mädchen wurde Gewalt angetan, und ich konnte sie nicht retten."

„Du redest wirres Zeug! Jetzt retten wir *dich*!" Tachut packte Bents Arm, zog sie zu ihrem Gemach. „Komm, Kara, du wäscht sie, hilfst ihr sich umzukleiden, damit sie wieder wie die Herrin des Isistempels und nicht wie eine vollkommen unberechenbare Irre ausschaut! Und ich werde dies Bildnis von der Wand wischen! Möge *die Mächtige* mir dies verzeihen!"

„Was ist bloß mit dir los, Bent?", fragte Kara kurz darauf, reichte Bent ein *Sedsch en Tschert* zum Abtrocknen. „Du bist ständig böse, unausgeglichen, reizbar und fortwährend auf Streit aus."

„Ich bin nicht böse, Kara, ich bin wütend!" Bent entriß Kara das große Handtuch, wickelte sich hinein.

„Wo ist da der Unterschied?"

Bent tupfte mit dem Tuch vorsichtig über ihre Brust. Die roten Striemen ihrer Fingernägel zogen sich von den Schlüsselbeinen bis hin zu der Mulde zwischen ihren Brüsten. Es brannte abscheulich. Sie schmierte behutsam von dem *Hemait*-Öl drauf, kämmte sich, zog einen frischen Kittel an, schaute zu Tachut, die gerade hereinkam „Es läßt sich nicht abwischen" raunend, die Tür schließend, Bent den Schlüssel hinknallend. „Und die da sitzt zu oft in ihrem dunklen Keller, rührt in den Arzneien herum, ist zuviel allein, hat zuviel Zeit zum Grübeln", grollte Tachut, gab Bent einen erbarmungslosen Klatscher ins Genick, schimpfte „Was hast du da vor ein paar Tagen angestellt? Hast du dich mal angesehen? Was rührst du da in deiner Apotheke an? Eine Frau in deinem Alter kann gar nicht so aussehen, selbst wenn sie im *Hemait* baden würde! Du hast mal wieder auf dem Thron gesessen! Gib es zu! Ich habe mehrfach versucht es abzuwischen, es geht nicht ab, verblaßt und ist etliche Wimpernschläge darauf wieder zu sehen. Was ist das? *Heka Achu*? Oder gar schwarze Magie?"

„Es ist Sachmets wilde, heiße Wut in mir!", flüsterte Bent. „Sie hat sich in die Wand gebrannt."

„Ich hege den Verdacht", warf Kara ein, „daß sie dort unten mit gefährlichem Zeugs hantiert. Sie machte mir weis, ihr Haar mit Ruß eingefärbt zu haben. Das ich nicht lache! Außerdem höre ich sie ständig mit sich selbst plappern. Das ist nicht gesund, das tun nur alte Leute, bei denen es *da oben* nicht mehr richtig ist!" Sie stupste mit dem Zeigefinger Bent grob an die Stirn.

„Ich doch nicht!", maulte Bent, schlug nach Karas Hand. „Und du bist mal wieder zu blöd, zuzugeben, daß du das Bild an der Wand gesehen hast!"

„Lenk nicht ab! Du redest mit dir! Du fegtest deine Räume aus und hast mit dem Besen geredet."

Eine Weile schwiegen die drei Frauen, Kara suchte Becher, öffnete die Tür, rief der draußen vorbeihuschenden Scherjt zu, sie solle einen Krug Bier und Kuchen bringen.

„Ich glaube, allmählich wird es Zeit, daß Kara in das Mysterium des Allerheiligsten eingeweiht wird. Alleine schaffst du das nicht mehr!"

„Hast du vor abzutreten?", giftete Bent Tachut an.

„*Tju!*"

„Blöde Nilgans!"

„Was weißt du über das Allerheiligste, Kara?"

„Darin wohnt Isis!"

„Warst du je drinnen?"

„Natürlich nicht! Das darf allein die Hohepriesterin, danke Scherjt, mach die Tür hinter dir zu." Kara schenkte das Bier aus, meinte versonnen: „Doch, einmal war ich dort drinnen. Es war dunkel, unheimlich, etwas Böses lauerte in der Düsternis. Und dann kam ein warmes, gütiges, blaues Licht auf mich zu, eine Stimme wünschte mir ein langes, glückliches, gesundes Leben."

„Iaret, meine Vorgängerin, Tachuts Gefährtin, hat nie etwas erwähnt?"

„Nein. Iaret war eine liebevolle, gütige Frau."

„Ich bin das nicht."

„So meinte ich das nicht, Bent. Iaret war herzensgut. Aber sie hat mich natürlich nie mit in das Allerheiligste genommen."

„Wenn mir etwas zustoßen würde, unverhofft, du wüßtest, was zu tun sei?"

„Tachut ist ja auch noch da."

„Die will sterben."

„*Was?*"

„Hör nicht auf die dumme Gans!"

Bent kratzte sich mit dem Fingernagel die eben versorgten Wunden auf, drückte Karas Hand in das frische Blut über ihrem *Ib*: „Schwöre, bei meinem Herzblut, daß du schweigst über das, was ich dir nun sage. Schwöre!"

„Du liebes bißchen, *tju*, ich schweige! Das schwöre ich bei der Mutter des Himmels, der großen Göttin Isis!"

„Vor Jahren…", Bent zögerte, denn so schonungslos wie sie es Kara und Tachut erzählen wollte, lösten sich die *Medut* nicht von ihren Lippen. Sie mußte sich beherrschen, ihre Worte nicht schwülstig klingen zu lassen, denn Worte besaßen eine ungeheure Macht. Schließlich zwang sie sich dazu, das Geschehene einfach und unverblümt zu schildern. „… ich war sehr jung, gerade dreizehn, wurde ich von einem Mann brutal genommen, wurde davon schwanger, ging in den Tempel der Bastet, dort trieb man mir für viele Deben das Kind aus dem Leib und ich wurde sehr krank. Daß dort Huren wohnten, wußte ich nicht, aber um meine Schulden abzuarbeiten, wurde ich eine von ihnen. Dann traf ich einen, den ich wie keinen zweiten liebte. Ich trug sein Kind, aber er mußte mich verlassen und das Kind sollte ich nicht bekommen. Aber eine zweite Abtreibung hätte ich nicht überlebt, also trug ich es aus, liebte meinen Sohn wie nichts auf der Welt. Damals glaubte ich, das Sitzengelassen werden wäre das Schlimmste, was mir in meinem Leben widerfahren könnte. Ich war am Boden zerstört. In meiner Wut und Verzweiflung ritzte ich mir einen mächtigen Namen auf die Brust, schwor bei Sachmet einen grausamen Schwur. Diese Worte, diese ruchlosen *Medut*, in jugendlichem Leichtsinn ausgesprochen, vergesse ich mein Leben lang nicht:

Von dem heutigen Tage an entsage ich der Liebe. Dein strafender Atem soll mich treffen, wenn mein Herz von Treue und Hingebung spricht. Kein Mann soll von mir je wieder Liebe empfangen! Nie wieder will ich lieben! Und niemals mehr werde ich mich jemandem untertan machen, noch mich ihm fügen!

Ich will mein Herz verhärten! Kalt soll mein Blut bleiben, Haß soll mein Begleiter sein, Wut soll mich führen! Gib mir deine Kraft, Göttin des Blutes, reich mir deinen Arm, damit ich mich an dir aufrichten kann! Siehe, ich werde ein Bündnis mit dir schließen! Deinen heiligen Namen werde ich für alle Zeiten in meinen Leib ritzen, damit ich nie vergesse!

Denn Sachmet hat den blutigen Schwur angenommen, bemächtigte sich meiner! Das junge, liebreizende Mädchen, welches ich einmal gewesen bin, verschwand und ich ließ mir von nichts und niemandem mehr etwas gefallen. Eines Tages traf ich meinen Peiniger noch einmal. Zufällig. Es gibt Menschen, die sind böse um des Bösen Willen. Sie tun anderen weh, weil es ihnen Spaß macht, ihnen Befriedigung gibt, ein Gefühl unendlicher Macht über die Gequälten! So einer war er. Er zündete mir das Haus überm Kopf an, erschlug meine Freundinnen, die Hausangestellten und mein armes Kind. Ich irrte gefühllos umher, bis ein Gönner mich in einer abgehalfterten Spelunke fand und mich in diesen Tempel brachte. Verbrannt, zerstört, nach *Schepen* süchtig. Wahnsinn legte sich über all den Schmerz. So hast du mich kennengelernt."

Kara nickte, trank von ihrem Bier.

„Iaret hat mich vor Sachmet und dem Sterben gerettet. Ihr Tod hat mein wiedergewonnenes Leben erst möglich gemacht! Ich habe sie nicht darum gebeten; sie schenkte mir mein neues Leben aus reiner Güte, reiner Barmherzigkeit, reiner Nächstenliebe. Und die Bedingung, der Preis für mein Leben war, daß ich Iarets Erbe annehme, ihre Nachfolge antrete. Aber Iaret konnte Sachmet nicht restlos bannen, nur besänftigen. Die *Dame des roten Tuches*", fuhr Bent fort, „lebt *in mir* Kara! *Die Herrin der Angst* wohnt neben Isis in meinem Herzen. Im Allerheiligsten steht ein Thron. Dort ist keine Statue der Himmelsherrin, der Mutter aller Götter. Prächtige Wandgemälde zeigen ihr Bildnis, erzählen ihre Geschichte. Ansonsten ist der Raum leer. Wenn mich damals nachts Schmerzen geplagt haben, wenn ich glaubte, die alten Brandnarben würden immer noch im Feuer brennen oder wenn ich Angst bekam, weil all das Erlebte mich nachts nicht schlafen ließ, bin ich ins Allerheiligste gegangen, habe mich auf diesen Sitz, den Baumeister Bek aus feinem Kalkstein fertigte, gesetzt. Dort war es friedlich. Dort konnte ich zur

Ruhe kommen. Mit den Jahren heilte mein Geist. Meine geschundenen Seelen konnten nicht heilen, aber ich fand dort Sicherheit. Und je ruhiger ich wurde, umso öfter bemerkte ich, daß ich die Welt um mich herum spüren konnte, die lautlosen Rufe der Fledermäuse hören oder die lautlosen Flügelschläge der Eulen. Ich kann in jedes Herz sehen, wenn es nicht zu sehr verhärtet ist, ich sehe auf den Grund einer jeden Seele. Und je länger ich nachts auf dem Thron saß, desto frischer und jünger fühlte ich mich morgens. Das ist das Mysterium der Isis."

Kara klappte den Mund zu, schnaubte ungläubig: „Erzähl keine Märchen! Von wegen, du kannst die Fledermäuse husten hören! Und Tachut hat wohl auch schon drauf gesessen! Was? Von wegen ein Wunder! Warum sagt ihr Uadja nicht, was es mit eurer jugendlichen Schönheit auf sich hat! *Tja! Mahjat!* Ihr laßt die arme alte Frau im Glauben, wenn sie nur schön weiter gläubig auf Knien vor ihrem Schrein rutscht, widerfährt ihr…"

„Sei still! Das gehört nicht hierher!"

„*Tja, tja,* das habt ihr beiden *Rahtji,* Genossinnen ja fein geheimgehalten!"

„Von diesem Geheimnis darf einzig die Hohepriesterin erfahren!"

„Ach?", Kara verschränkte zornig die Arme vor der Brust, höhnte: „Seit wann ist Tachut Hohepriesterin? Das ist ja ganz was Neues! Hm, da hat sich die alte Schrulle aber mal was gegönnt…"

„Die alte Schrulle schlägt dir gleich aufs vorlaute Maul, Kara! Sei endlich still und hör Bent weiter zu!"

„Du hast mir gar nichts zu sa…"

Bents Rute knallte laut auf den Tisch.

„Ich bin eine Mörderin!"

„*Jach?"* [10]

„Vor ein paar Jahren…", knurrte Bent, legte die Rute beiseite, pickte aus einem Stückchen Kuchen die Rosinen heraus, „wehe du unterbrichst mich jetzt noch einmal … erschien mir Sachmet mitten in der Nacht, warnte mich, ließ Osiris Amenhoteps *Haus der Millionen Jahre* einstürzen, forderte Isis auf, Pharao zu… ja, entmachten ist wohl das richtige Wort, anderenfalls würde sie das Land zerstören." Sie zerpflückte den Kuchen ohne davon zu essen, suchte nach den richtigen Worten. „Achanjati ist der falsche Herrscher auf dem Thron! Er leugnet die Götter, verbietet den Glauben an sie, betet Aton an, läßt Priester umbringen. Ich versuche herauszufinden, was am Hofe los ist. Es muß ein neuer Herrscher her, denn diese Zustände sind nicht mehr auszuhalten, das Land stirbt! Ich muß etwas unternehmen! Sachmet wütet, schickt Verwüstung und Tod… Ich hörte, daß der Großwesir in Uaset weilt, hoffte, von ihm könnte ich Wichtiges über die Zukunft erfahren. Doch so abgearbeitet wie ich aussah, wollte ich dem feinen Herrn nicht begegnen,

[10] *Jach* = Was?

verbrachte vor einigen Tagen eine ganze Nacht im Allerheiligsten, deshalb sehe ich so aus. Der Thron ist das Geheimnis dieses Tempels. Isis' Thron…"

Bent unterbrach sich, fegte die Krümel zu Boden, sprang von ihrem Stuhl hoch, schlug sich an die Stirn, „Oh, ich dumme Kuh! Der Thron! Kara!", schüttelte die Gefährtin mit beiden Händen an den Schultern. „Ich *lag* davor! Saß nicht darauf! Verstehst du?" Kara schüttelte verständnislos den Kopf. „Isis *ist* der Thron! Und wenn ich darauf sitze… schützt, *beschützt* sie mich…" Bent schlug heftig die Faust auf den Tisch, wütend über sich selbst. „*Deshalb* konnte Sachmet im Allerheiligsten Macht über mich gewinnen! Weil ich dummes Schaf zu blöd zum Nachdenken war! Kroch auf dem Boden wie ein ekliger Wurm! Ich habe dem armen Mädchen Sachmets Wut, all ihre zerstörerische Kraft geschickt! Wegen mir hat sie…"

„Welchem Mädchen? Du sagtest, du hättest geträumt…"

„*Das* war kein Traum! Und ich weiß jetzt, wer das Mädchen war, welches ich gesehen habe. Ich habe sie mit all meiner verwünschten, verfluchten Kraft dazu gebracht, den Dolch zu heben! Es war die junge Königin! Ihr habt geklopft und gerufen und ich bin sicher, daß sie voller Wut zugestoßen hat! Ich glaube, Pharao ist tot! Und ich bin seine Mörderin!"

Dieses niederschmetternde Geschehnis, diese grauenvollen Bilder, die furchterregenden Vermutungen verkraftete Bent kaum; entgegen ihrer wilden Art erholte sie sich nicht davon. Träumte Nacht für Nacht von diesem fürchterlichen Erlebnis, sah in den dunkelsten Stunden ein ums ander mal die junge Frau und das blutbefleckte Messer, welches im Licht der flackernden Kerzen dämonisch funkelte. Aber sie stieß das Messer nicht in den Leib des Schächers, nein, sie rammte sich den Dolch ins eigene Herz! Schweißgebadet fuhr Bent dann keuchend aus den Kissen hoch, massierte ihr eigenes Herz, hörte es in der Dunkelheit stürmisch pochen und das heiße, wilde Blut in den Ohren rauschen.

Die Hand auf der Brust, spürte sie die vernarbten schwarzen Linien ihres Tintenbildes, glaubte, die mächtigen *Medu Netjer* tot, horchte in sich hinein, suchte vergebens wildes Feuer, heißes Blut, ihr feuriges Naturell. Als sei all ihre Wut, all ihre Kraft seit dem unheimlichen dunklen Tag verbraucht und ausgebrannt, in die Wand des Allerheiligsten gebannt. Außerdem verspürte sie unruhig das dringende Bedürfnis sich zu vergewissern, nach dem *Horizont der Sonne* zu reisen, stromerte ruhelos wie ein Wiedergänger Tag für Tag über den Markt, lauschte sämtlichen Gesprächen, dem Klatsch und Tratsch dort.

Aber alles drehte sich bloß um die unheimliche Dunkelheit. Nicht ein Wort hörte man aus dem *Großen Haus*. Sowas Bedeutungsvolles wie Pharaos Tod würde man aber nicht verschweigen?

Oder doch?

Sie ließ selbst ihre Barke kommen, sich mit der *Tep Dschenech en Imachyt* rüber nach *Pen Tjehen Aton* bringen, durfte aber im Hafen des Palastes nicht aussteigen, die Wachsoldaten erdreisteten sich gar, sie wegzuschicken!

„Ich bin *Djed chet neb iret nes*!" [11]

„Wir unterstehen nicht *Eurem* Befehl, Dame!"

Und sie, bar jeglicher Wildheit, legte sich weder mit den *Rametsch Mescha* an, noch beharrte sie mit gewohntem feurigen Zorn auf ihren Willen. Es schien, daß Sachmet, die ihr in all den Jahren stets den Rücken stärkte, ihr Wut, Zorn und Kraft schickte, ihr all das genommen, sie verlassen hatte!

Sie hörte an diesem Morgen nicht auf das Gebrabbel des mageren Alten, horchte an seiner eingefallenen Brust nach dem Atem, dem *Tscha'u*, nuschelte was von wegen du kannst dich wieder anziehen, bedauerte den Verlust ihrer Jugend. Damals standen andere Männer vor ihr! Da betastete sie bewundernd starke Muskeln, faßte an harte, mächtige, steil aufragende…

„Hier, nimm deinen Schurz, Väterchen. Es ist alles gut. Geh nach Hause."

„Und das Jucken da unten?"

Sie überhörte geflissentlich seinen gewitzten Unterton, übersah das listige Zwinkern seiner Äuglein, „Wenn's dich da unten juckt, dann wasch dich!" schnauzend, „Am besten mit kaltem Wasser!"

„Du gescht jetschpt ma da weg!" Weredji, bleich wie ein Leintuch, betrat aufgelöst die Kammer, schubste den Alten grob zur Seite, „Jetschpt bin isch mal dran!", umarmte Bent mit großer Geste, „Du muschd misch mit deinen Flügeln ganz feschphalten! Dann geh isch!", nuschelnd.

Bent stöhnte. Konnte sie Weredjis unverhofften Umarmungen und Kuschelbedürfnissen meist ausweichen, so erwischte es sie augenblicklich aber heftig. Die *Imi ra Secheru* – ihre abgearbeiteten Hände und Arme grob und stark von jahrzehntelanger schwerer Arbeit an den Waschkesseln – klammerte sich mit Inbrunst an Bent fest, daß der beinahe die Luft wegblieb. Bent legte die Arme um die Aufseherin der Wäscherinnen, klopfte ihr, wie einem Wickelkind daß aufstoßen soll, sanft den Rücken. Nur so konnte man Weredji neuerdings dazu bewegen, mit dem affigen Klammern aufzuhören.

Doch Bent konnte sie kaum halten, kam ins Taumeln, weil Weredji stöhnend in sich zusammensackte, Bent mit nach unten riß!

„Weredji! Hör auf damit! Weredji!" Bent ließ sie auf den Boden sinken, tätschelte ihre Wange, schaute entsetzt in das friedlich scheinende, flache

---

[11] *Die irgendwas sagt, daß man dann sofort für sie ausführen wird*

Gesicht, abermals „Weredji!" kreischend. „Helft! So helft doch! Kara!"

Doch jede Hilfe war vergebens!

Bent sank neben der toten Weredji schluchzend auf den blanken Boden, fühlte die Hand des rüstigen Greises tätschelnd an ihrer Schulter, hörte wie er entgeistert „Ein schöner Tod! Sie hat es hinter sich. Mir steht das noch bevor!" flüsterte.

Als Weredji zu den Mumienmachern gebracht wurde, alles für ihr feierliches Begräbnis gerichtet war, die Priesterinnen der Isis und alle anderen im Haus sich ein paar Tage später einigermaßen von diesem Schock erholt hatten, zog Bent das neue weiße Kleid mit dem türkisenen Perlenschmuck an, machte sich nachlässig zurecht, klatschte schwarze Schminke um die Augen, zog den *Madjam* über den Kopf, griff nach Rute und Fächer, verließ das Haus, wandte sich draußen rechts um, trabte in glühender, drückender Hitze hin zu Beks Haus. Vielleicht fand sie bei einem guten alten Freund Trost.

Als sie dahineilte, frischte der Wind auf, eine heftige, heiße Bö blies ihr den Schleier fort, das Kleid hoch, feuerte Dreck und Sand in ihr Gesicht. Fluchend den Schleier einsammelnd und tränenden Auges bemerkte sie, wie der Himmel sich eintrübte, dunkle, bedrohliche Wolken über das Firmament jagten und Bent befürchtete, es ginge schon wieder einer der seltenen und gefürchteten Regenschauer nieder. Drüben, auf der Westseite, im *Sechet Aat*, dem *Großen Feld*, hatten Regenschauer vor einiger Zeit ganze Hänge ins Rutschen und Geröll zu Tal gebracht. Jetzt grollte gewaltiger Donner drüben im Gebirge, hallte bedrohlich. Froh darum, Beks Haus erreicht zu haben, klopfte sie an das Tor, ihr wurde aufgetan, fand das Haus in größter Aufruhr.

„Dame Titji, was ist geschehen? Keine Angst, das war nur *Cheru Sutech*, die Stimme von Seth, ein Donnerschlag."

„Er stirbt!"

Das Kinn von Beks Gattin bebte, Bent wurde schlecht, gleichzeitig heiß und kalt.

„Ich muß zu ihm!", kreischend, packte sie Titjis Arm.

„Bek ist drüben!"

„*Drüben?*"

„Na bei ihm!"

„Kann es sein, Dame Titji, daß wir aneinander vorbeireden? *Wer* stirbt?"

„Der Vetter! Amenhotep. Drüben. In seiner Villa. Und Bek ist gerufen worden. Seit drei Tagen ist er am Sterben und heute morgen riefen sie ihn... anscheinend geht es zu Ende..."

„*Mein ist die Rache!*", fauchte Bent gurgelnd, „*Mein ist die Wut! Ich bin Sachmet! Ich bemächtige mich der Frevler! Ich bin das verzehrende Feuer! Ich bin die Wahrheit und die Gerechtigkeit!*", kratzte sich den Ausschnitt, zerrte an ihm, versuchte die blinde Wut, die ihr aufstieg zu beherrschen.

„Was ist Euch, Dame?"

Die Knie versagten ihren Dienst; nach Titjis fürsorglicher Hand und einer Sessellehne tastend sank Bent auf den Sitz, „Ihr habt mir einen gewaltigen Schrecken eingejagt!", hauchend.

„Oh, verzeiht, Dame Sahu-Re. Aber, ach ihr Götter, mich nimmt sowas immer mit. Als der Schwiegervater starb…"

„Möge-er-in-Frieden-ruhen."

„*Em Dschet*, so sei es, *dwa Netjer ink*, als er starb, ging mir das so sehr ans Gemüt, daß ich mich zwei Tage lang hinlegen mußte… Ich war sein Ein und Alles…" Titji angelte schniefend ein zartes, feines Tüchlein aus dem Ärmel ihres schicken Kleides, schneuzte sich geräuschvoll.

„*Tja, tja*, Dame Titji! Ein und Alles, pah! Reißt Euch zusammen! Der Vetter ist Eurer Tränen nicht wert!"

„Wie könnt Ihr so herzlos sein!"

„Er hat mich einst vergewaltigt! Als ich ein Mädchen war! Jetzt ereilt ihn seine gerechte Strafe!", blaffte Bent. „Seid still, ich will seiner voller Haß gedenken!"

„Oh!" Darauf konnte die zimperliche Dame des Hauses nichts erwidern, setzte sich schweigend Bent gegenüber, betrachtete sie verwundert.

„*Ich* bin die Hexe von Uaset!", knurrte Bent nach einer Weile wie nebenbei, „Und *Hemait*-Öl. Er hat sein Leben lang nichts anderes getan, als sich mit kleinlichen, böswilligen Machenschaften Vorteile zu verschaffen. Rücksichtslos spannte er Menschen zu seinem Nutzen ein, erniedrigte sie, demütigte sie. Bek wollte nichts mehr mit ihm zu tun haben, aber ich verstehe ihn. Er ist der letzte Verwandte, den er hat und es ist ihm hoch anzurechnen, daß er bei…" *Das Monstrum, der Sauhund*, „dem Tod seines Vetters dabei sein will."

„Mein Gemahl hat mir erzählt, er sei einsam vergreist. Nie hat er sich eine Frau genommen, kinderlos wird er nun sterben. Niemand war da, der ihm sein Essen kochte, seine Wäsche wusch, sich liebevoll um ihn kümmerte… wie traurig…"

„Er hat eine große Villa drüben im *Aufstieg Atons*. Er unterhält Gesinde, welches alles für ihn erledigt, geht zum Ficken in die Hurenhäuser. Er mußte gewiß nicht darben, hat unendlichen Reichtum mit den Baudenkmälern, die er für Pharao Amenhotep machte, gescheffelt. Er braucht dein Mitleid nicht."

„Krankheiten haben ihn befallen, unzählig wie lästige, summende Fliegen über einem Stück Fleisch, welches in der Sonne liegt. Das hat ihn griesgrämig werden lassen, sagt Bek."

„Hatte er einen *Aqet em rutj*?"

„Nein, keinen Schlaganfall."

„Schade."

„Aber meine Dame!" Weiter kam Titji mit ihrer Empörung nicht, der Hausherr betrat seine Halle, wirkte müde, verstört, aufgewühlt.

„Bek!" Bent stand auf, nahm tröstend seine Hand.

„Laß starken Wein bringen, Weib! Ich muß mich setzen!" Bek sank in seinen Sessel, starrte konfus vor sich hin, stürzte den Becher Wein in seine Kehle, räusperte sich.

„Als seine Todesstunde nahte, erblickten wir... seine Leute und ich... ihn leidend, alt, krank, vom Leben gezeichnet und ausgezehrt auf seinem Totenbett. Erleichterung stand ihm in den ausgemergelten Zügen und Hoffnung auf ein schnelles Ende..."

... Ich werde dir etwas schenken, woran du dich dein ganzes Leben lang erfreuen kannst – und glaube mir, es ist schlimmer als der Tod! ...

Bent lehnte sich in ihrem Sessel zurück, wartete aufgewühlt was Bek zu berichten hatte, denn sie konnte sich denken, was ihn derart erschütterte. So schnell war dieser Tag gekommen, so unverhofft. Deswegen donnerte es! Deswegen jagten die Wolken am Himmel! Darum frischte der Wind auf! Das war nicht Sutechs Stimme! Das war die *Herrin der Angst*, die *Dame des roten Tuches*!

Der Mächtigen Fluch hatte sich erfüllt!

Sie starrte Bek an, lauerte geduldig wie eine Löwin auf Beutefang auf seine Worte. Und, trotz aller Genugtuung, trotz aller heißen Rachegefühle und der Befriedigung ihrer Wut, ihres unglaublichen Hasses, schlich sich ein Quentchen Trauer, Mitleid und Grauen in Bents Herz. Es gab kein schnelles Ende! Keine Erlösung! Kein Gehen in die ewigen Gefilde des Friedens! Kein Aufwachen in den Gefilden der Binsen, in *Sechet Jaru* ...

... du wirst niemals sterben! Auf ewig sollst du den Tag verfluchen, der dein Todestag sein sollte ...

„Er starb", fuhr Bek fort, „tat röchelnd seinen letzten Atemzug, dieser letzte Odem entwich ihm seufzend. Alle glaubten, es sei vorbei. Amenhotep tot. Ich fühlte nach dem Tanz des Herzens an seinem Handgelenk, der *Chebet* hatte aufgehört, Amenhotep war ein stilles Herz. Alle fingen an zu wehklagen und zu jammern, wie es sich bei einem Todesfall gehört. Doch dann... es dauerte ein paar Herzschläge, habt ihr den grauenvollen Donner gehört? Danach atmete er wieder! Setzte sich auf, verlangte Essen und Bier, scheuchte sein heuchelndes Gesinde... rüffelte es, schimpfte es faule Brut... ob sie nichts Wichtigeres zu tun hätten, als dumm gaffend dazustehen... verstört über sein Weiterleben, über seinen nächsten Atemzug, stürzten alle überhastet kreischend hinaus, sammelten ihre Habe ein, verließen für immer sein Haus... einzig der Totenpriester und ich blieben zurück, hörten sein Altmännergekeife. Er zeterte, was der Priester da wolle und... und... faselte, er sei im Drüben angelangt, an der Pforte zur Duat, aber die Wächter dort sagten du kannst nicht vorbei, der Weg ist dir versperrt... also kam er wieder zurück... ich... wenn ich auch keine große Liebe für ihn empfinde... war so froh, daß wir uns irrten..."

... Sachmet hat dich geküßt und verflucht! ...

Bek lachte bitter in sich hinein, trank von seinem Wein.

„Er war nur krank! Stellt euch vor, wir hätten ihn in die *Stätte der Wahrheit* gebracht und aufgeschnitten...!"

Niedergeschlagen kehrte Bent zum Tempel der Isis zurück, geisterte in seinen kühlen Hallen, den dämmrigen Korridoren und lichtdurchfluteten Höfen umher, suchte im Garten, im köstlichen Schatten unter der alten *Nehet* vergeblich Antworten auf all ihre unbeantworteten Fragen, auf all ihren Herzschmerz, ihre Trauer um Weredji und ihre unerklärliche Mattigkeit. Selbst im stickigen Keller, in den düsteren, weiten Gewölben dort unten suchte sie Ablenkung. Lediglich das Allerheiligste mied sie, konnte sich, nachdem sie ein paarmal zögernd im Vorraum gestanden, das blutige Abbild *der Mächtigen* betrachtend, nicht aufraffen, die *Kar*, die Kapelle zu betreten.

Der Glaube, daß sie ein Mädchen allein mit der Macht ihrer bösen Gedanken wahrscheinlich zu einer Mörderin, gar einer Königsmörderin gemacht hatte, ließ ihr keine Ruhe. Schlaflos lag sie in den glutheißen Sommernächten, haderte mit sich, tat alles für einige Augenblicke als Hirngespinste ab, doch schon im gleichen Atemzug lebten die schaurigen Bilder, die sie sich zudem weiter ausmalte, vor ihrem geistigen Auge wieder auf, vermischten sich mit dem Gedanken an Amenhotep Hapu. Was für eine grauenvolle Vorstellung! Alt, krank, verbraucht, mit krummen, schmerzenden Gliedern, kraftlos und abgezehrt Millionen von Jahren einsam auf dieser Welt zu wandeln...

Jeder der ihn kannte, würde irgendwann gestorben sein. Oder – was schlimmer war – jung genug sein, um seinen Tod zu erwarten! Irgendwann würde man erkennen, daß er eigentlich ein *Jach*, ein Geist ist. Niemand würde seine Dienste in Anspruch nehmen, in seine Dienste treten, jetzt schon war sein Gesinde auf Nimmerwiedersehen verschwunden. Und dann, wenn er es nicht mehr verheimlichen konnte, sein Vermögen aufgebraucht war, was dann?

Bent wälzte sich beinahe den gesamten *Schemu* Nacht für Nacht stöhnend und schwitzend in den Kissen. Diese schlaflosen, durchwachten, grauenvollen Nächte! Diese unendliche prasselnde Gedankenflut, Weredjis plötzlicher Tod, Ranofers Abschied, diese Bilder, Alpträumen gleich, dennoch wachend, zermürbend, aufwühlend, kraftraubend. Selbst die Flucht hoch auf die kühle Dachterrasse, auf eins der Bettgestelle brachte keinen Schlummer.

Eines Morgens blieb sie einfach kraftlos, vollkommen erschöpft, wie leer und ausgebrannt im Bett liegen, fand keine Kraft aufzustehen. Unfähig einen einzigen klaren Gedanken zu fassen, nicht in der Lage, sich zu waschen und zu kämmen, dämmerte sie ein paar Tage stumm in ihrem Kummer dahin. Bis Kara merkte, daß Bent seit geraumer Zeit überhaupt nicht mehr zu sehen war.

„Wo steckst du denn? Bist du krank?" Sie betrat Bents Räume, schloß die Tür hinter sich.

„Müde, unendlich müde."

Bent zog die Decke über den Kopf, drehte sich zur Wand.

„Hast du überhaupt etwas gegessen?" Kara zog ihr die Decke weg. „Ach, Mädchen, wann hast du dich das letzte Mal gewaschen? Du stinkst! Steh auf! Wasch dich! Ich geh dir was zu essen holen."

„Ich will nicht! Laß mich in Ruhe!"

„Du wirst hier gebraucht! Alle vermissen dich! Jede fragt nach dir!"

„Wer braucht mich schon?"

„Du bist die Hohepriesterin dieses Hauses! Und ich kann mich nicht erinnern, daß du mich aufgefordert hast, deine Aufgaben zu übernehmen! Vieles ist liegengeblieben, ein paar Kranke und Alte haben wir auch zu versorgen. Die Angehörigen des Mannes, der uns gestern gestorben ist, jammern über die hohen Kosten... vor allem über die der Mumienmacher... was die neuerdings aber auch verlangen ist der reinste Wucher! Die Leute hören nicht auf zu nörgeln. Rennen mir die Tür ein, wollen dich sprechen. Erst deswegen ist mir aufgefallen, daß du seit Tagen..."

„Ich kann keine Toten mehr sehen!", schnauzte Bent. „Ich kann keine kranken Leute mehr sehen, keine halbverhungerte Menschen! Keine Dahinsiechenden! Keine Schwindsüchtigen! Ich ertrage es nicht mehr! Sollte ich vielleicht einen einheitlichen Preis veranschlagen, was meinst du?" Trotz ihres Schmerzes konnte Bent sich beißenden Spott nicht verkneifen. „In dieser Stadt zählen nur der Gewinn und das Recht des Stärkeren! Vielleicht sollte ich das Doppelte für die Behandlung halb Verhungerter verlangen? Bringt sie her, eure Kranken, eure Siechenden! Eure Schwangeren! Eure Krüppel! Die mit den schwärenden Wunden! Selbst wenn sie es nicht überleben, kostet es keinen Deben mehr, denn ich nehme sie höchstpersönlich für euch in unserem Innenhof aus, pökle sie eigenhändig, wickle sie in feinstes Leinen... Alles aus einer Hand! Wenn euch das teure Handwerk der Mumienmacher nicht paßt, laßt es bei mir machen. Nehmt eure Toten mit nach Hause, stellt sie in die Wohnstube..."

„Ja, ja schon gut! Ich geh Essen holen. Wenn ich zurück bin, will ich sehen, daß du dich aufgerafft hast und gewaschen bist! Sonst leg ich dich übers Knie!"

Bent schaffte es tatsächlich, sich zu waschen, nachlässig zu kämmen und ein frisches Kleid anzuziehen. Danach fühlte sie sich derart erschöpft, als hätte sie den Tag über schwer gearbeitet. Matt und zusammengesunken saß sie bei Karas Rückkehr auf der Bettkante.

„Tapfer!", bemerkte diese spottend, stellte den Korb ab. „Sieh mal, was ich Leckeres gebracht habe. Peset hat sich heute feines ausgedacht: gebackener Nilhecht mit scharfem Sud, *Juryt Keftiu* und Knospen vom Lotus. Das riecht lecker! Jetzt essen wir zusammen, dann geht es dir gleich besser."

„Von den kretischen Bohnen kriegt man böse *Dscha'u em pechuyt…*"

„Na und? Dann läßt du eben mal krachend einige Fürze! Das macht den Kopf frei!" Geschickt richtete Kara tönerne Teller, Schüsseln, Brot und Löffel auf dem Tisch, rückte ihn vor Bent, schenkte Bier aus, drückte ihr das Mundtuch in den Schoß. Widerwillig probierte Bent das feine Essen, stocherte im Teller rum, flüsterte „Hast *du* je an Isis gezweifelt?"

„Ich? Nein! Isis gibt mir immer Kraft."

„Ich frage mich, wo sie ist? Das ist doch ihr Haus! Ich finde sie nirgends."

„Im Allerheiligsten. Du brauchst bloß hineingehen!"

Bent lachte bitter in sich hinein. „Dort fand ich sie auch nicht. Lediglich Sachmets Wut fand ich dort. Neuerdings sogar für alle Ewigkeit in die Wand gebrannt."

Kara schaute sich suchend in den beiden Räumen um, betrachtete das zerwühlte Bett, den großen Tisch mit Bents geheimnisvollen Gerätschaften und Schriften, ihr übliches Chaos, die zwei Stühle und die zwei Truhen. Der kleine Eßtisch stand vor dem Bett, davor das abgewetzte Leopardenfell.

„Der abgenutzte Lappen wurde wohl von irgendeiner Vorgängerin hier vor Unzeiten vergessen", nuschelte sie lachend mit vollem Mund.

„Ich benutze es als Teppich. Der Boden ist manchmal kalt. Vor allem im *Peret.*"

„Du bist immer noch so schlicht eingerichtet, wie damals, als du Iarets Räume übernommen hast. Warum nimmst du dir nicht ein paar schickere Sachen? Es sind genug schöne Möbel im Keller. Einige der Kammern für unsere Gäste sind schicker eingerichtet als diese Räume."

„Ich brauch nix."

„Du bist die Hohepriesterin des Hauses! Du solltest mehr darstellen! Guck doch wie ich wohne…"

„*Deine* Bude ist mit unsinnigem Nippes vollgepfropft!"

„Blöde *Semen…*"

„Selber Nilgans!"

„Hast du keine Sachmetstatue? Du solltest zu ihr beten. Ich hab eine, bete jeden Morgen zu ihr! "

„*Du* betest Sachmet an?"

„Aber natürlich! Sie ist die beste Heilerin! Die Schutzpatronin aller Heilenden! Das mußt gerade du doch wissen."

„Ich kenne nur Sachmets Wut. Geheilt hat mich diese noch nie."

„Aber du lebst doch nach Sachmets Regeln! Du bist eine der besten Heilerinnen die wir im Hause haben. Pesechet ist, in aller Bescheidenheit, neben mir die beste der Hebammen hier. Aber was die Heilkunst angeht, da bist du unübertroffen! Es hat auch niemand behauptet, daß Sachmet dich heilen soll. Du bist es, die heilt, mit Sachmets Hilfe."

„Sachmet ist böse! Und ich bin es auch!", flüsterte Bent, schob den Teller zur Seite, schaute Kara mit Tränen in den Augen an.

„Du bist nicht böse, Bent, wie kommst du denn dazu, sowas zu behaupten!"

„Ich bin ein altes Scheusal, stelle Unfug an, bringe wie ein wütendes *Heju* den Tod!"

Kara packte grob ihre Hände. „*Semen tschju!* Reiß dich zusammen! Du bist wirklich krank! Wer hat dir denn diesen Schwachsinn eingeredet? Du bist kein Monster. Arbeitest härter als wir alle! Kümmerst dich, umsorgst die Kranken, hast die Verantwortung für die Verwaltung unseres Hauses und der Apotheke! Hältst alles hier am Laufen und zusammen, seit die Zeiten so schwierig geworden sind. Wir alle bewundern dich dafür, wie du das schaffst. Zieh dich nicht selbst in den Dreck. Du hältst Sterbenden tröstend die Hand, bis sie ihren letzten Atemzug tun. Wenn ich dich dabei beobachte, erscheinst du gütig wie Isis selbst. Wie ihre schützenden Flügel breitest du die Arme aus, um Pein und Kummer aufzufangen. Du bringst niemandem den Tod, selbst wenn jemand von den Kranken und Alten in deinen Armen stirbt... Wie kommst du bloß auf solch dumme Gedanken..."

„Aber Weredji..."

„Bist du wohl still! Auch das war nicht deine Schuld! *Sie* kam zu *dir!* *Wollte* in deinen Armen sterben! Sie war unverdorben wie ein Kind, wollte gehalten werden... Was war *das* denn für ein Pfeifen?"

„Das sind die Schwälbchen, die im Säulengang und im Festsaal wohnen, du dusselige Kuh! Sie sind wieder da! Der Sommer neigt sich dem Ende!"

„Ach, geht's dir wieder besser? Kannst wieder frech sein!"

„Es war gut, daß du mich gescholten, mir den Kopf zurechtgerückt hast. *Dwa Netjer ink*, Mädchen!"

„*Tja!* Sollen die *Ta Menet neferet*, die *Menet* tun, wofür wir sie im Haus halten: Sie sollen deine Krankheit, deine Schwermut nehmen und damit davonfliegen! Die Rückkehr der Schwalben ist ein gutes Zeichen, bald wird es dir besser gehen!"

„Sie sind zurück, die Schönen! Ich liebe sie! Weißt du, wohin sie jedes

Frühjahr hin verschwinden? Nicht eine sieht man den Sommer über."

„Nein, das ist ein unergründliches Schwalbenmysterium!" Kara grinste von einem Ohr zum anderen. „Jetzt können wir bald die Trauben ernten. Du stellst dich in den Bottich, nackt, mit einem hübschen Band um die Hüfte und dem Sistrum in den Händen. Dann kannst du ordentlich treten und rasseln, ich flöte dir was, damit du im Takt bleibst. Du wirst sehen, mit ein bißchen Spaß bekommen wir den besten Wein aller Zeiten!"

„Du spinnst doch!"

„Ich hab dich auch lieb!" Kara räumte das Geschirr zusammen, stellte es in ihren Korb. „Ich schicke dir Sat, dann kannst du dich kümmern!"

„Och bitte!"

„Bei dir hält sie still! Keine Widerrede!"

Bent versuchte ein freundliches Gesicht als das Mädchen zu ihr auf das Bett krabbelte, sich setzte, etwas hölzernes, bunt bemaltes, fusseliges in ihren Händchen drückte. Sie konnte kaum auf Sats kleinen, zarten Knöchel gucken, wo der auf ein dünnes Stöckchen aufgedrehte, mindestens eine Elle lange Wurm langsam und stetig aus ihrem Bein gezogen wurde.

„Was hast du denn da?"

„Ein Püppchen! Hat Kara mir geschenkt."

„So so." Bent schloß die Augen, sank in ihre düstere Schwermut und in die Kissen zurück.

„Bist du krank? Dann schenk ich dir das Püppchen. Du kannst ihm alles sagen und es liebhaben. Dann hast du keine Angst mehr."

„Du solltest ihr Haar kämmen, sie sieht fürchterlich aus. Und ihr Kleidchen waschen, das ist schmuddelig!"

„Wie du! Dein Haar ist auch verstrubbelt! Hast du viel Weh?"

„*Tju!*"

„Wo tut es denn weh?"

„Im Herz!"

„Warum?"

„Mein Liebster hat mich verlassen, kennt mich nicht mehr!"

Ein kleines warmes Händchen streichelte Bents Wange.

„Nicht weinen. Ich vermisse meine *Mut!*"

„Ich meine auch!", schluchzte Bent, drückte das Kind an sich.

„Wo ist sie denn?"

„Tot!"

„Meine will mich nicht mehr. Kann ich bei *dir* bleiben?"

Bent setzte sich auf, schneuzte sich in das Mundtuch, rang sich eine Lüge ab: „*Tju!* Komm, leg dich hin, wollen wir sehen, daß wir dieses eklige Ding aus dir herausbekommen, sch, sch, nicht weinen, halt schön dein Püppchen fest!"

Die Tage des glühendheißen Sommers vergingen, *Pa en Ipet* verrann und auch *Hut heru* neigte sich bald dem Ende zu. Bent, hier und da noch von düsteren Gedanken, Trauer und tödlicher Müdigkeit gepeinigt, flüchtete sich in den Garten mit der guten Absicht Zwiebeln ausmachen zu wollen. Kara fand sie schlafend unter der *Nehet* auf ihrem Stuhl, rüttelte sie am Arm.

„Bent! Werd wach! Ja sag mal! Nennst du das Zwiebeln ausmachen? Es wurde ein Kranker gebracht, er verlangt eindringlich nach der Herrin des Hauses. Komm hoch da!"

Müde erhob Bent sich aus dem Stuhl, „Wie habe ich nur früher all diese Arbeit geschafft? Wo ist er?", seufzend.

„In dem Raum meinem gegenüber. Der ist sehr krank und sehr reich, Bent! Dem kannst du die üblichen sechshundert Deben abverlangen!"

Bent ging sich waschen, umkleiden, nahm das Räuchertöpfchen in die Hand, betrat, es schwenkend, die Kammer, stöhnte. Schon wieder eine dieser abgemagerten, ausgezehrten, wandelten Leichen! Bent wollte gar nicht mehr hinsehen, erkannte schon von weitem, woran der litt. Zu viele von der Sorte waren in letzter Zeit gekommen um hier zu sterben. Sie wandte sich an die beiden Knechte, die den Kranken herbrachten, „Euer Herr ist bei mir in guten Händen, ihr könnt gehen", schloß die Tür hinter ihnen, trat an das Bett, erstarrte.

Tiefliegende Augen mit dunklen Ringen, ein faltiges, eingefallenes, ausgemergeltes, bleiches Gesicht, eher einem Totenkopf gleich, denn einem Antlitz. Doch sie erkannte dieses Gesicht, würde es in Millionen Jahren erkennen, obwohl das Alter und die auszehrende Krankheit seine wunderbare zarte Schönheit fast bis zur Unkenntlichkeit entstellt hatten. Ihr schmerzendes Herz blieb beinahe stehen, hörte für einen Wimpernschlag mit seinem dummen, lächerlichen Tanz auf. Todtraurig sank sie neben dem Bett auf die Knie, griff nach seiner fiebrig heißen Hand, legte sie auf ihr Herz, spürte seine fürchterliche Schwäche.

Parser!

„Du wolltest die Herrin des Hauses sprechen?", krächzte sie, schluckte bittere Tränen runter. „Hier bin ich, sprich."

„Ich suche eine Frau", röchelte er, halb ohnmächtig, zu schwach, um die Augen zu öffnen. „Brachte sie vor Jahren her. Ihr Name war Bentsachmet. Kennt Ihr sie? Ist sie hier? Ich zahlte gut für ihre Heilung. Wißt Ihr, wer sie ist? Oder wohin sie gegangen ist?"

„Sie ist immer noch hier, soll ich sie rufen?"
„Hol sie! Eil dich!"

„Kara!", laut nach der Gefährtin plärrend stolperte Bent raus in den Hof, „Kara! Verdammt bei allen Dämonen, wo steckst du?", rannte zu ihren Kammern, riß die Truhen auf, warf Kleider umher, kramte ihren Schmuck aus dem Boden, hastete mit dem Kasten in den angrenzenden Baderaum, spritzte sich dort kaltes Wasser ins Gesicht, zog kopflos, mit fahrigen Händen den Kittel aus, das nachtschwarze Kleid an, streifte den Schmuck mit dem Karneol und dem Onyx über, löste den Zopf, kämmte das lange Haar, bis es knisterte und kleine Funken daraus schlugen.
„Was ist denn?" Kara trat durch ihre Tür. „Was takelst du dich so auf?"
„Hilf mir! Beeil dich! Hör auf, so blöd zu gucken, du mußt mich schminken! Ich hab zitternde Hände, mach!"
„Du hast Tränen in den Augen, Bent, wie soll ich die Augenfarbe auftragen? Was ist denn los? Halt still!"
„Er stirbt! Kara, das ertrage ich nicht! Er hat Bentsachmet an sein Sterbebett gerufen. Trag die Farbe auf, dick, es ist egal ob es schön ist oder nicht, beeil dich, er hat keine Zeit mehr! Und dann komm mit!"

Zaudernd trat sie kurz darauf parfümiert, mit gemaltem Gesicht, klingelndem Schmuck, aufgetakelt und verführerisch schön wie eine prächtige, kostbare Hure abermals an das Bett. Er öffnete matt die Augen, lächelte, und für einen schmerzhaften, traurigen Augenblick schien die Zeit still zu stehen, schien das Rad der Zeit zurückgedreht.
„Tanze für mich!", hauchte er.
„Ich tanze nicht!", schnauzte Bent, brauchte ihren ganzen Mut dafür.
„Dann spiel mir was auf der Harfe!"
„Auch das tue ich nicht!"
„Sing meinetwegen!"
„Singen werde ich auch nicht! Ich bin nicht zu deiner Belustigung hier!"
„Bei der heiligen Frau, der dieses Haus gehört, was tust du denn?"
„Ich kann dir helfen!"
„Sieh an, sie ist *nefer sij er chemet Nebet netet em Ta pen er dscheref*! Ich liebe dich, Bentsachmet! Aber ich durfte es dir nie sagen."
„Das weiß ich doch!"
Abermals glitt er in ungesunden Schlaf. Bent klammerte sich an Karas Hand. Irgendwer mußte doch diesen furchtbaren Schmerz von ihrem Herzen nehmen!
„Bent?"
„*Was?*"
„Er sagt, du seist schöner als alle anderen Frauen im Land? Deine Augen!

Geht es dir gut?"

„Was ist damit?"

„Sie sind dunkel, braun, fast schwarz, das habe ich noch nie gesehen!"

„Hilf mir, ihn abzuwaschen! Dann machen wir kalte Umschläge, damit sein Fieber sinkt."

„*Wer* ist das?" Kara machte Parser den letzten kalten Wickel, deckte ihn zu. „Du kennst ihn doch! Warum sollst du tanzen und singen?"

„Niemand!", fauchte Bent, „Verschwinde! Es ist *Hemut Sa*, eine ansteckende Krankheit. Laß mich allein! Bring genügend *Antju* her! Und noch mehr Tücher, ich kann und will nichts, was er von sich gibt mit bloßen Händen anfassen. Geh dich umziehen, gründlich waschen, auch das Haar, und sieh zu, daß draußen jemand Musik macht!"

„*Musik?*"

„Chemsit soll die Musiker herschicken! Peset eine schöne Platte mit Obst, Kuchen. Einen Krug Wein. Mach, beeil dich! Hinaus mit dir, du warst schon viel zu lange hier drin!"

Kara schüttelte verständnislos den Kopf, tippte sich, „Bist du jetzt völlig bekloppt?", fragend, an die Stirn.

„Habe ich dich je um was gebeten?", hauchte Bent verzweifelt. „Habe ich je etwas von dir verlangt?"

„*Mabjat.*"

„Tu einfach, um was ich dich bitte!"

Stunde um Stunde blieb sie bei ihm, entzündete Weihrauch und mehr Myrrhe, wusch wieder und wieder seinen heißen, fiebernden Leib mit kühlem Wasser, welches sie mit *Irep* und Minze versetzte, erneuerte die kalten Wickel, gab ihm in den seltenen wachen Augenblicken von dem Wein zu trinken, in den sie die schmerzstillende, fiebersenkende Rinde der *Tscheret* gegeben hatte, hielt seinen Kopf über die Schüssel, wenn er sich mit dem vielen Blut seine Seelen aus dem Leib hustete, wischte mit einem *Setep en paqt* durch sein Gesicht. Endlich schien das *Seref* gesunken und er wieder ansprechbar.

„Ein Arzt! Ruf endlich einen *Wer Sunu*, Frau!", röchelte er irgendwann an diesem heißen, endlosen Nachmittag, entriß ihr das feine Leinentüchlein, tupfte sich die aufgesprungenen, trockenen Lippen.

„*Der* wird dir nicht helfen." Bent tunkte den Zipfel eines sauberen Tüchleins ins Öl, rieb ihm damit ein wenig von dem *Baqet*-Öl auf die Lippen. „*Ich* bin Heilerin. *Ich* bin die Hexe von Uaset. Hier sind keine *Wer Sunu* mehr. Und wenn; ein quacksalbernder Arzt schiebt es auf Dämonen, gibt dir Amulette und Zaubersprüche. Doch du bist nicht mehr in der Lage, ihrem Aberglauben zu folgen, dumme Sprüche siebenmal aufzusagen oder einen aufgemalten

Spruch von der Hand zu lutschen. Du bist ein *Cherji mut*, ein Todgeweihter, du hast die Schwindsucht, Parser, und da hilft nichts mehr! Kein Arzt, kein Zauber, kein Amulett! Diese Krankheit kann *niemand* behandeln! Das ist *Mer jrju nj*. Nur *ich* stehe an deiner Seite, kann dir helfen! Schierling und Bilsenkraut, der süße Schlummer der *Reremet* und des *Schepen* und *Heka Achu, Hekau Aset*, mein heiliger Zauber! Du könntest sanft einschlafen, wirst nichts mitbekommen. Ich sage den Göttern, daß du an deiner Krankheit gestorben bist. Niemand wird je erfahren, daß es von eigener Hand geschah. Parser, du wirst elendig krepieren, langsam *bebu*, ersticken, mit jedem weiteren blutigen Hustenanfall. Nur Sachmet allein kann dir noch helfen! Wenn du willst, helfe ich dir."

Pfeifend nach Atem ringend starrte er sie einige Augenblicke lang an.

„Du bist verdammt ehrlich, Weib! Das liebte ich an dir! Wie lange dauert es ohne der *Mächtigen* Hilfe?"

„Das kann noch viele Tage so gehen. Du hast gut gelebt, es hat dir an nichts gefehlt. Nicht wie bei den Armen, Ausgezehrten, bei denen geht es rasch."

Sie hörte sein bitteres Lachen, welches sich schnell in einen weiteren blutigen *Fayt net seryt* wandelte. Röchelnd sich das Blut abwischend zischte er: „Das ist wahrlich ein Witz der Götter! So wird dieses Bett zu meiner *Ra nemet*, Richtstätte! Ausgerechnet *du* wirst zu *meinem* Henker, richtest mich! Fürwahr! So ist es gerecht! All die Leben, die ich genommen habe! Jetzt nimmst du meins. Laß Sachmet über mich kommen. Tu was du nicht lassen kannst, Tochter der *Mächtigen*, aber mach schnell! Noch in dieser Stunde!"

Einige Herzschläge lang sahen sie sich schweigend in die Augen. Sein Blick klar und wach.

„Hast du das Kind bekommen?"

„Nein!", log sie, kalt wie Eisen.

„Schade!", hauchte er, griff, bevor sein Blick sich wieder verschleierte, unter die Matte auf dem Bettgestell, drückte Bent eine dicke Schriftrolle in die Hand. „Das ist für den Tempel! All mein Vermögen! Ich bezahle gut! Sorg dafür, daß hier mehr Lampen aufgestellt werden und schau, daß sich mehr Musikanten im Garten einfinden. Bring gleich Essen und Wein mit. Ich will ein Fest feiern."

Bent wischte sich Tränen von den Wangen, legte die *Djema* beiseite, trat hinaus, stellte einen kleinen Topf mit Wein in die Holzkohleglut, welche draußen stets brannte. Zurück in der Kammer öffnete sie ihren Kasten, stellte die *Mechat* auf, wog getrocknete Wurzeln und Blätter des schwarzen Bilsenkrauts, der Schlafbeere, der *Reremet*, Mandragora, und des Schierlings ab, zerstieß im Mörser die trockenen Schlafbeeren und *Schepen*, rührte mit allem zusammen ein *Pechret* an. In einem Räuchertöpfchen entzündete sie zudem trockene Blätter des Bilsenkrauts, stellte das neben seinen Kopf, hastete hinüber in ihre Kammer. Dort hortete sie ein paar der teuren Kügelchen, die sie von Ranofer hatte. Der steckte sich die getrockneten Blätter in die Backentasche, aber das würzige Kraut verbreitete angezündet einen feinen angenehmen Wohlgeruch und tat der Brust und der Laune gut. Karas Räume durchwühlte sie auf der Suche nach der Statue der Sachmet, rannte zurück nahm den kochendheißen Wein, drückte Parser die Göttin in die matte Hand, legte mehr *Senetscher* auf, warf das Blätterkügelchen zu dem Bilsenkraut in den Räuchertopf, gab *Kyphi* hinzu, damit er den Wohlgeruch *am,* inhalieren konnte. Mit ihrem scharfen, eisernen Messer kratzte sie etwas von dem harzigen Ruß aus dem Räuchertöpfchen, gab das und Honig in die bittere Arznei, füllte sie leise betend mit dem süßen, heißen Wein auf. [12]

„Sachmet, du *Mächtige,* Göttin des Blutes und der Schlacht, du bist Maat, die Große, steh mir bei in diesem Kampf! Nimm ihm die Angst, nimm mir die Trauer! Meine Liebe, meine große Liebe, er liegt wie ein Opfer vor dir! Heute bringe ich ihn dir dar, doch habe ich ihn dir bereits zusammen mit meiner Liebe, meiner Zärtlichkeit vor Jahren geopfert. Niemand weiß das besser als du! Hilf ihm, auch wenn ich dich verraten, dich gebannt habe, ich flehe nicht für mich! Laß ihn schnell und schmerzlos hinübergehen, laß Osiris, die große *Stätte des Auges* sagen: *Da das Herz des Gestorbenen leicht war, laßt ihn gehen, auf daß er sich nach eigenem Willen unter die Götter und die Geister der Toten mische,* geleite ihn sicher in die ewigen Gefilde des Friedens. Isis, trauernde Gattin, nimm dich seiner an, du weißt um meinen reißenden Schmerz. Geisterfürstin, Totengöttin, Himmelsherrin, Mutter aller Götter, steh ihm bei in der Stunde seines Todes, laß ihn nicht allein in seiner letzten schweren Stunde, führ ihn sicher in den Westen!"

Es klopfte, Bent nahm Kara die schöne Obstplatte und den Kuchen aus der Hand, versuchte ihn wachzubekommen, schüttelte die Kissen auf, legte seinen Kopf in ihren Schoß, streichelte sein kurzes Haar. Draußen spielte irgendwer auf einer Harfe ein trauriges Liebeslied.

„Nur bei dir bin ich glücklich", murmelnd legte er die Statue beiseite, griff in ihre wallende duftende Haarpracht, zog sie über sich, bis sie ihn fast bedeckte, „kann allein Mann sein. Mit dir habe ich das Leben gefeiert! Nur mit dir habe ich all die Toten und Verstümmelten vergessen können! Du hast dich heute besonders schön für mich gemacht!"

Sie beugte sich tiefer, küßte ihn zärtlich auf die Stirn.

„Der Wein wurde gebracht, Liebster…"

---

[12] Schlafbeeren = Withania somnifera.
Die Wurzeln und Blätter der Schlafbeere werden auch heute noch u. a. als Aphrodisiakum, gegen Impotenz, Alterserscheinungen und Schlaflosigkeit verabreicht. Die Früchte der Pflanze werden nicht verwendet, sie sind aufgrund ihres hohen Alkaloidgehaltes giftig.

Ihr versagte die Stimme, als sie ihm hoch half, den Becher hinhielt.

„Ich mischte die Wurzel der Schlafbeere unter, sie verlängert den Akt, gibt dir Kraft und Stärke. Schmerzen wirst du keine mehr haben, *Bag* wird dich niemals treffen, *meches* wirst du niemals sein! Stark und kraftvoll bleibt dein *Henen*, ruhig und ungestört deine Nächte." [13]

Parser griff nach dem Becher, roch daran, schaute ihr tief in die Augen.

„Ich bin nicht so weggetreten, als daß ich nicht wüßte, was du da tust. Ist das *dein* Schwert?"

Sie nickte.

„Schmerzlos?"

„Wie *deine* Klinge!"

Er stellte den Becher ab, schaute ihr abermals eindringlich in die Augen.

„Dein ehernes Messer täte den gleichen Dienst. Doch das wäre weit weniger elegant und eine ziemliche Sauerei, nicht wahr. Du könntest mir einfach die Adern öffnen, du weißt, wie das geht... oder mir ein Kissen aufs Gesicht drücken, das ginge schnell. Aber Frauen spielen lieber mit Gift..."

„Ich bin keine Mörderin! Ich will, daß du schmerzlos, sanft und friedlich einschläfst, Parser, deine Seelen leicht ins *Sechet Iaru* hinübergelangen. Deshalb mache ich das."

„Schon gut, Dame..." Er hustete abermals *Senef*, bezwang keuchend die *Jetemu*. „Ich bin kein Feigling. Aber hast du noch anderen *Irep*, solchen, der nur berauscht? Laß mir noch ein paar Atemzüge in dieser Welt, laß mir noch ein paar schöne Augenblicke mit dir! Laß uns ein wenig feiern. Erinnre dich: Ich möchte mit dir feiern, Bentsachmet. Eine schöne Nacht verbringen. Willst du mir das verwehren? Einen gleich vollen Beutel mit *Schenati* gab ich der Oberpriesterin. Es ist mein gutes Recht, was ich hier verlange."

Bent lächelte ihm zu.

„Und ich antwortete: Also gut! Dann laß uns feiern!"

Sie stand auf, versteckte das Messer, kramte von dem Regal an der Wand zwei saubere Becher, schenkte in die *Tjab* von dem guten roten süßen *Irep*, würzte ihn, gab Honig hinein, goß etwas von dem heißen *Irep* dazu, reichte ihm einen, nippte an dem anderen.

„Weißt du noch?", er versuchte ein Schmunzeln, holte tief keuchend Luft, stieß pfeifend den *Tscha'u* aus, trank den Becher leer, rezitierte affig:

„*Baue dir selbst ein Haus, dann wirst du die Gehässigkeiten des gemeinschaftlichen Zusammenwohnens vermeiden! Sage nicht, ich werde das Haus meiner Eltern erben, denn das mußt du mit deinem Bruder teilen. Und dein Anteil werden immer die Ausgaben sein.* Hast du ein eigenes Haus, Tochter der Löwin?"

Ihr gelang ein weiteres liebevolles Lächeln, füllte ihm den Becher wieder.

„*Tju!* Ich habe fünf Häuser. Trink aus, Liebster! Willst du etwa nüchtern

---

[13] *Bag* = Impotenz, *meches* = impotent, *Henen* = männliches Glied.

bleiben? Nennst du das vielleicht Feiern? Und ich warf den klebrigen Bruder aus dem Haus meiner Eltern! Parser, ich richtete sie!"

„Gut! Was hast du da?" Seine schlanke Hand streifte ihren Busen, zog am Ausschnitt, streichelte über das vernarbte, schwarze Tintenbild.

... Ich schwöre bei Maat: Von dem heutigen Tage an entsage ich der Liebe! Dein strafender Atem, o Mächtige, soll mich treffen, wenn mein Herz noch einmal von Treue und Hingebung sprechen will ... Nie wieder will ich lieben! ...

Deine Schuld!

Nur wegen *dir* ist mein Leben so geworden!

... Wir werden uns nicht wiedersehen!

Nein! Nein! Das darfst du nicht! Du mußt hierbleiben, mein Schatz. Ich liebe dich doch! Wenn du gehst, verlösche ich wie eine Kerze im Wind ...

„Nichts!"

... Bist du immer nach so einem Tag zu mir gekommen?

Oh Bent! Das hättest du nie erfahren dürfen! ...

„Der Name von *Nebet Sedau*."

... Ich will mein Herz verhärten! Kalt soll mein Blut bleiben, Haß soll mein Begleiter sein, Wut soll mich führen! ...

„Ich habe ihr geschworen..."

Glühendheißes, rußiges Harz, ein scharfes, kaltes Messer, heißes Blut auf meiner zarten Haut! Ich war so jung...

... Gib mir deine Kraft, Göttin des Blutes, reich mir deinen Arm, damit ich mich an dir aufrichten kann! ... Siehe, ich werde ein Bündnis mit dir schließen! Deinen heiligen Namen werde ich für alle Zeiten in meinen Leib ritzen, damit ich niemals vergesse! ...

Es war meine eigene Schuld! Niemandes sonst, einzig meine eigene dumme kindische Schuld! Es war nichts als verletzte Eitelkeit und falscher Stolz!

... Ich habe mich darauf verlassen! Auf deine Ehre als Hure! ...

Und die barmherzige Lüge kam wie von selbst über ihre Lippen:

„... ich habe der Göttin geschworen, dich immer zu lieben!" Sie lächelte ihn an, küßte seine Hand, „Wie ist es dir ergangen in all den Jahren? Willst du mir nicht aus *deinem* Leben erzählen?"

„Da gibt es nicht viel, Schönste. Du weißt, was ich für Pharao tat. Ich reiste umher, in seinem Auftrag, von Nord nach Süd, ich nahm all die unzähligen verpfuschten Leben...", grübelnd starrte er Bent an, „Ich fürchte, *dscheba tu sach em mijtet ef*... Jeder Schlag wird mit seinesgleichen vergolten. Werden sie drüben auf mich warten?", hauchend.

„Nein! Ich glaube nicht. Es waren Verbrecher, sie werden in der dunklen Duat sein. Dort gehst du nicht hin!"

„Woher willst du das wissen?"

„Ich diene Isis, sie ist die einzige Zauberin unter allen Göttern. Isis ist eine weise Frau, ihr Herz listiger als das von Millionen Menschen, sie hat tiefere

Einsicht als Millionen Geister. Es gibt nichts, was ich nicht weiß im Himmel und auf Erden! Bist du mit Achanjati in den Norden gegangen?"

„Ich bat den *Sohn der Sonne* um meine Entlassung, nachdem sein göttlicher Vater zu seinen Ahnen gegangen war. Nein, ich ertrug es nicht mehr! Das unstete Leben, stets auf der Suche nach Ruhe, nach Vergessen. Mein Schwert… nimm es an dich, wenn es vorbei ist! Vergrabe es!"

„Aber…"

„Wirf es meinetwegen in *Iterus* kalte tiefe Fluten. Niemals wieder soll sich diese Klinge an dem Blut eines Menschen satt trinken! Obwohl unglaublich wertvoll, ist sie unrettbar. Es liegt ein *Sehwur*, ein Fluch auf ihr. Der Fluch des Todes klebt an ihr! Unzählige Köpfe habe ich damit abgeschlagen, und mir deucht, unter den *Cheru*, den Verbrechern, war manch unschuldiges Herz. Nur mit beiden Händen konnte ich das schwere *Schad* führen, mit ruhigen Händen, damit ich treffe. Genau zwischen die Halswirbel, Bent. Sonst wäre der Schlag vergebens und alles andere als tödlich gewesen…" Er faßte nach Bents Hand, „Ich blieb auch den größten Verbrechern gegenüber stets gütig, *Henut*!", flehend. „Ich fürchte mich!"

„Das brauchst du nicht. Ich bin bei dir!"

„Mein Leben lang suchte ich nach einer wie dir… Ich fand sie nirgends! Niemals ist mir wieder eine Frau wie du eine bist begegnet." Um jeden Atemzug kämpfend schaute er ihr einige Herzschläge lang ins Antlitz, als wolle er um Vergebung bitten.

„Du solltest nicht so viel reden, es strengt dich an. Verzeih, daß ich dich ermunterte."

„Ich liebe dich! Ich habe dich nie vergessen!"

„Du liebtest die Hure Bentsachmet. Sie ist lange tot. Geschändet und verbrannt in einer rasenden Feuersbrunst. *Ich* bin Sahu-Re."

„Ich liebe Bent! Ich habe dich gesucht, erinnere dich! Ich fand dich in der Schenke und brachte dich hierher! Stets lag mein Augenmerk auf deinem Wohlwollen! Ich tat gut daran, dich in dieses Haus zu bringen; sie heilten dich! Sieh doch, was aus dir geworden ist!"

„Sei still!" Bent wischte sich unwirsch Tränen fort. „Was für ein vergeudetes, verpaßtes Leben! Warum fandest du *damals* nicht den Mut, Pharaos Dienste zu verlassen, um zu mir zu kommen und mich hinfort zu nehmen? *Her em*? Warum! Warum gestehst du mir jetzt, da es zu spät ist, deine Liebe? *Her em*?"

„Wolltest du vielleicht Gattin eines Henkers werden?", grollte er. „In abertausend, in abermillionen Nächten sah ich dein Gesicht, angewidert, als du damals an jenem verhängnisvollen Tag auf der Straße auf mich wartetest, mir eine Ohrfeige gabst, du mir sagtest, auch die abgebrühteste Hure könne sich in ihrer Liebe irren… da verließ mich all mein Mut, all meine Lebensfreude…"

„Ich trug *dein* Kind unter dem Herzen! Ich wollte nur dich! Aber du sagtest, du dürftest niemals eine Frau nehmen!"

„Ich wollte dir ein Leben wie meines war, ersparen. Ich wollte dir nicht zumuten, in die Fremde zu gehen, wo niemand wissen konnte, was ich tat, wer ich bin."

„Ich wäre *überall* mit dir hingegangen!"

Beide schwiegen eine Weile, hielten sich an den Händen, bis Parser mutlos flüsterte „Und jetzt ist es für alles zu spät..."

Bent füllte die Becher erneut, reichte ihm seinen, meinte traurig lachend „Ich habe dir zu danken! *Dwa Netjer ink*, mein Herr, du hast meine Peiniger gerichtet... Trink von dem warmen gewürzten *Irep*. Er wird dir guttun."

„Du brauchst mir nicht danken, Bentsachmet! Ich war dabei! Ich war so froh, dich wohlhabend und bei bester Gesundheit in diesem Haus wiedergefunden zu haben! Und ich habe gesehen, wie sie sich immer weiter in Raserei brachten, wie du sie, uns alle, hinausgeworfen hast... Ich hätte sie aufhalten müssen, nicht weggehen dürfen. Bloß diesem Schönling, diesem aufgeblasenen Affen konnte ich nichts anhaben. Er war Pharaos Schützling, buckelte stets in seiner Nähe, klebte ihm wie eine Zecke am Arschloch, kroch fast hinein..."

Sein Lachen wurde vom *Seryt* unterbrochen, Bent reichte ihm Tuch und Schüssel, wedelte mit ihrem Fächer den duftenden *Chetj* zu ihm hin, „Ich weiß, ich kenne ihn", hauchend.

„Sie winselten wie Hunde, als ich sie stellte, ihnen sagte, weswegen ich zu ihnen gekommen war... sie sollten wissen, weshalb sie gerichtet wurden... sie verrieten alles, die Namen der Kameraden, wo sie wohnten, was geschah... ich gewährte keine Gnade, Bent."

„Du hast mir meine Rache genommen, Parser! Süß sollte sie schmecken, Schmerz sollte über sie kommen. Weißt du, wie der Schierling wirkt?"

„Nein, *Henut*."

„Er..." Bent schluckte, vergewisserte sich im Geiste, daß sie genügend davon in sein *Pechret* getan hatte, malte sich zum millionsten Male das Erlahmen der Körper, beginnend bei den Füßen, das Ringen um Luft aus, das Ersterben der Stimme, das qualvolle stille Ersticken bei vollem wachen Bewußtsein, die stummen Qualen der schmerzhaften Krämpfe, ihr Zappeln, die verzerrten Gesichter, die lautlosen Schreie, das quälende Herzrasen, ihre eigene befriedigte Rache...

Verdammt sollen sie sein! Was war dagegen Parsers Schwert?

„Sie starben", keuchte er, „während das erbärmliche Leben ihnen mit jedem Tropfen Blut, mit jedem Tanzschritt des Herzens aus dem Leib wich, Bent, sie krepierten qualvoll, ohne daß sie schreien konnten! Ich weiß, wie das geht, Liebste. Du kennst mein kleines Messer, welches aussieht wie Schmuck für den Finger. Ich habe..."

„Lassen wir", sie legte besänftigend die Hand auf seinen Schwertarm, „die schmerzhafte Vergangenheit ruhen, Parser. Du bist müde. Allein das Wort erschafft alle Dinge. Nichts ist, bevor es nicht mit klarer Stimme geäußert worden. Es sind aller Worte gesagt, Liebster, alle Taten getan. Laß uns von schönen Dingen reden. In meinem Elternhaus nehme ich Waisenkinder auf, arme vernachlässigte, weggeworfene Kinder. Sie werden gehätschelt, umsorgt, bis wir eine gute Unterkunft, gute Arbeit oder gar eine Familie für sie gefunden haben. So können sie ein glückliches Leben führen. Kleine, liebe Seelen…"

„So tust du Gutes. Ich erkannte dein wahres Wesen, Schönste. Dein warmes Herz unter all deiner harten, unerbittlichen Kälte. *Während der Nacht ging ich an ihrem Hause vorbei, ich klopfe, doch niemand öffnet. Es ist eine gute Nacht für diese Tür; denn dich, Riegel, werde ich öffnen! Pforte, du bist mein Schicksal, mein guter Geist! O, Tür, zeige nicht deine Stärke. Wir werden dem Riegel ein Opfer bringen, einen Stier dem Türschloß! Eine Gans der Türschwelle; und ihr Fett dem Schlüssel! Dem Tischler geben wir einen Ochsen, dann wird er einen Riegel aus Schilf bauen und eine Tür aus Stroh! So werde ich, wenn ich zu der Schönen komme, ihre Bleibe immer offen finden. Das Bett mit feinen Tüchern geschmückt, und darin das schöne Kind.*" [14]

„Du weißt das noch!"

„*Tju!* Das Kind…" Er faßte sie brutal am Arm, „lüg mich nicht an… einen Sterbenden… der fröhliche Knabe in deinem Haus, an jenem grauenvollen Abend… sag mir, daß ich nicht nur meine Liebe, auch mein *Kind* rächte!"

Sie starrte ihn an, mit tränengefüllten Augen, wohl wissend, daß sie ihm keine Lüge mehr auftischen konnte, wollte, spürte wie eine heiße Träne sich verräterisch den Weg über ihre Wange bahnte, ihre Lippen koste, dort verharrte, als warte sie auf einen sanften Kuß von ihr.

Ihr werdet mich beide niemals mehr küssen

„Er war ein guter Junge… ich brachte ihm alles bei, alle Gedichte, welche wir aufsagten, alle Lieder, die wir sungen, er hatte ein gutes, schönes Leben. Ihm fehlte nichts…"

„Sein Name, Weib!", fauchte er, wild wie ein schwarzer Leopard.

„Ich nannte ihn Nefertem. Er war so schön wie du! Ich liebte ihn, wie nur eine Mutter ihren Sohn lieben kann."

„Hat er leiden müssen?"

„Nein."

„Ich werde ihn drüben finden! Ich verspreche es dir! Ich werde ihm ein guter Vater sein." Matt sank er schläfrig in die Kissen, suchte wie nach Trost heischend ihre Hand. Sie nahm die seine, drückte sie.

---

[14] Liebesbrief aus dem mittleren Reich. Dieses Gedicht und der Ausschnitt aus den *Maximen des Any* rezitieren beide schon in SACHMET DER SCHWUR

„Ruf einen meiner Knechte und eine deiner Vertrauten, beeil dich!"

Sie tat wie er sie geheißen, deutete Kara und dem Mann an der Tür zu warten und nicht näher zu kommen.

„Der Mann ist hier. Genau wie meine Freundin."

„Hört ihr mich?"

„Ja, Herr!"

„Ich werde heute sterben, ihr, meine Knechte, werdet ohne mich nach Hause gehen. Du bist jetzt mein Zeuge! Ich tue nun, was ich schon vor Jahren hätte tun sollen. Und dies ist mein freier Wille: Bent, genannt Sahu-Re, willst du meine *Nebet Hay* sein?" Entgeistert starrte sie ihn an, daran denkend, daß sie am Ende dieses Tages nicht nur Gattin, auch *Charet*, Witwe sein würde…

„*Tju!*", hauchte sie.

„Was hat sie gesagt, Kerl?"

„Sie hat *Ja* gesagt, Herr!"

„Frau, hast du das auch gehört? Ja? Gut! Sahu-Re ist ab sofort meine Erbin und deine *Nebet*. Du kannst gehen!"

„*Tju*, Herr…"

„Geh schon!"

Bent schloß die Tür hinter Kara und dem erschütterten Mann, setzte sich wieder zu Parser an die Bettkante.

„Mein Vermögen, *Henut*,", keuchte er, entzog ihr seine Hand, streifte seinen goldenen Siegelring ab, gab ihn ihr, „gehört nun dir! Meine Villa drüben im *Aufstieg Atons* ist jetzt deine! Dort findest du alle nötigen Schriften. Mach mein schönes Grab fertig, mach einen Raum für den Jungen darin… mal mir ein Bild von ihm dort an die Wand… Und jetzt… ich bin müde… reich mir deinen Becher, Frau, er soll nicht länger auf seinen *It* warten…"

Sie gab ihm den *Tjab*, „Du mußt das nicht trinken!", hauchend.

„Es ist vorbei Herrin! *Ich* weiß, wann es zu Ende geht. Laß mir den letzten Rest Würde. Gewähre mir, in deinen Armen zu sterben."

„Das gewähre ich dir! Du wirst friedlich und ohne Schmerzen einschlafen, du wirst nichts spüren, ich gab, wie auch in den *Irep*, genügend *Schepen* und *Reremet* hinein."

Er hob den Becher an die Lippen, trank ihn aus.

„Lebe glücklich, Tochter der Löwin!"

„Mögest du ewig leben, Geliebter! Finde ihn! Beschütze ihn, daß seine unschuldigen Seelen von allem Bösen unberührt bleiben. Finde meinen Kleinen, meinen Liebling, meinen Schatz und gib ihm einen Kuß von seiner *Mut!*" Sie hob ihren eigenen Becher, reichte ihm die Statue der *Mächtigen*.

„Sie wird dich geleiten."

„Bleib bei mir!"

„Ich gehe nicht weg, ich halte dich! Isis wird dich begleiten…"

Wie ein Gespenst trat sie spät am Abend aus dem Raum, seinen schweren güldenen *Dscheba'ut* fest umklammernd. Die schwarze Augenfarbe, den Rötel der Lippen verschmiert, das Haar zerrauft und wirr, von der Asche des Weihrauchs und der Myrrhe bedeckt. Kara wartete wie ein treues Hündchen, saß auf der Mauer des Lotosteiches, sprang auf, als sie Bent heraustreten sah. Schluchzend, die bitterlichsten Tränen weinend fiel Bent ihr um den Hals, sank auf die Mauer. Kara drückte sie, ließ sie weinen, fuhr ihr übers Haar, wollte was sagen.

„Ruf die Balsamierer", unterbrach Bent, zog die Nase hoch, „und laß den Raum ausräuchern! Ich nahm deine Statue der Sachmet, wasch sie gründlich ab. Ich will nichts hören, Mädchen, schweig still, ich bitte dich! Ich werde *jirji samet*, Trauer tragen, und ich will nie wieder an diesen Tag erinnert werden!"

Wenn sie erst wieder für Ordnung gesorgt hatte, nach dem *Horizont der Sonne* gefahren, sich vergewissert, daß der König lebte, sie dieses kleine unnütze Balg losgeworden, der dumpfe Schmerz um Parser abgeklungen war, sie Bek um die prächtige Ausstattung für seinen Grabbau und das Bild von Nefertem gebeten, dann, so glaubte sie leichtfertig, würde ihr wehes wundes Herz endlich Ruhe finden!

Auf der Suche nach Sat schritt sie ein paar Tage später durch ihr Haus, spähte in jeden Winkel, auch in den Festsaal, fand das Kind bei Uadja, die Sat ein paar Kräuter erklärte, während das Mädchen die Stube der alten Frau aufräumte und ausfegte. Half sie gestern nicht Kara fleißig im Garten beim Harken und Jäten? Und vorgestern erblickte Bent das Kind, als Tachut mit ihr feine Seife kochte und die Kleine ihr stolz erzählte, wie tapfer sie den eklen Wurm loswurde…

„Komm mal mit!" Sie zog Sat an der Hand aus dem Haus, huschte mit ihr die Treppe zum Anleger runter, „Wir machen einen Ausflug!", krächzend.

Bald darauf, nachdem sie ein Stückchen südwärts gesegelt waren, verließen sie die Barke. Bent achtete nicht auf das Geschrei der Leute, welche hofften, mit dem Anlegen von *Auf Imachyts Schwingen* ein gutes Geschäft zu machen, winkte Montju und einem mit einem Eselskarren, ließ sich von dem zu dem Dorf bringen, verließ am Brunnen den Karren, stapfte in die dritte Gasse westlich des Brunnens, hielt vor ihrem Elternhaus, klopfte an die Pforte, ein rotznasiger Dreikäsehoch öffnete.

„Ist der Herr Mahir da?"

„Der ist krank."

„Laß mich rein!", schnauzte Bent, schubste das Kind beiseite, eilte durch den Hof in die Stube, fand Mahir, ihren ehemaligen Nachbarn und jetzigen Herr ihres Hauses leidend und stöhnend auf seiner Matte liegend, sank neben ihm keuchend zu Boden.

„Was ist dir? Allmählich hab ich die Schnauze voll von Kranken und Sterbenden!"

Seine Frau trat ein, stellte einen Krug ab, seufzte.

„Seit Tagen geht das schon so, Herrin. Er jammert, klagt über Bauchweh, will nicht aufstehen, nicht arbeiten."

„Sat! Du bist ein großes Mädchen, du gehst zurück zu meiner Barke! Montju geht mit dir mit, hier, nimm die Kupferdeben, sucht den mit dem Karren. Der kann noch nicht weit sein, der sucht eine Schenke. Fragt ihn, ob er euch fährt, es ist eilig. Auf dem Schiff ist mein Kasten, daneben liegen ein paar Schriften, bringt alles her! Sagt dem Kapitän, ich hätte euch geschickt! Und du bringst mir warmes Wasser und Tücher." Sie wartete, bis alle verschwunden waren. „Und jetzt zu dir! Weg mit der Decke, weg mit dem Schurz!"

„Aber Herrin!"

„Keine Widerrede! Ich seh mir deinen Bauch an!"

Sie betastete Mahirs Bauch, schaute in seinen Mund, fühlte nach dem Tanz seines Herzens, guckte tief in seine Augen. „Du hast Glück! In diesen Zeiten habe ich stets einen Kasten mit den nötigen *Pechrets* und ein paar wichtige Schriften dabei. Man weiß nie."

„Hm", brummte Mahir angesichts des Kommenden. Wahrscheinlich ahnte er Übles. Seine Frau reichte das Gewünschte durch die Tür, schloß sie wieder; Bent machte dem armen Kerl einen feuchten Umschlag, hielt tätschelnd seine Hand, tröstete ihn.

„Das wird wieder, Mahir! Keine Sorge! *Mer jrji!* Das ist eine Krankheit, die ich behandeln werde. Hast du das Mädchen, mit dem ich herkam, gesehen? Kennst du sie? Ich suche ihre Eltern, sie sagt, sie käme von hier. Wehe ihnen, wenn ich sie gefunden habe!"

„Das Kind habe ich noch nie gesehen."

„Wenn ich ihre *Jt Merut* nicht finde, will ich sie bei dir lassen, vielleicht kannst du einen Platz für sie…"

„Ich kann keine Kinder mehr aufnehmen, Herrin. Das Haus ist voll, birst aus allen Nähten. Das Nachbarhaus, welches ich vor Jahren dazukaufen konnte, ebenso. Ich kann nichts für sie tun. Zuviele Kinder werden ausgesetzt in diesen schlimmen Tagen. Zuviel Armut ist über die Leute und über uns gekommen."

„Darbt ihr?"

„Nein, nein, wir haben alles, Dank Eurer Hilfe."

„Dann muß ich sie wohl oder übel wieder mitnehmen."

„*Tju*. Vielleicht findet ihr in der Stadt eher einen, der sie aufnimmt."

„Ah! Da kommt deine Frau mit meinem Kasten. Gib mir die Schriften, Sat."
Bent entrollte ihre *Djema*, in welcher sie alles Wichtige notiert hatte, fuhr mit
dem Zeigefinger über die geheimnisvollen *Medut*, murmelte:

„Zum Leiden des Verdauungstraktes:

Wenn du einen Mann mit einer Verstopfung seines Verdauungstraktes
untersuchst, der es schwer hat, Speise zu essen, und das, indem sein Bauch
eng und sein *Ib*, sein Herz, sein Gemüt, zu matt zum Gehen ist, wie bei einem,
der an Hitze am Rektum leidet, betrachtest du ihn folglich, indem er auf dem
Rücken liegt. Findest du seinen Bauch brennend vor und eine Verstopfung in
seinem Verdauungstrakt, sagst du dazu: ‚Das ist ein Vorfall der Leber.' Und
du bereitest ihm folglich das Geheimmittel aus Kräutern, das ein *Wer Sunu*
gewöhnlich bereitet aus Schafsmelone und Schnipsel von Datteln. Das werde
gemischt, werde mit Wasser ausgepreßt und werde vom Mann über vier
Morgen hinweg getrunken, so daß du seinen Bauch entleerst. Nachdem dies
getan wurde, wenn du dann die beiden Kanäle in seinem Bauch vorfindest,
indem die rechte Körperhälfte warm ist und die linke Körperhälfte kühl, sagst
du folglich dazu: ‚Das ist eine Krankheitserscheinung beim Bändigen ihres
Fressens.' Und du betrachtest ihn folglich erneut. Findest du seinen Bauch
gänzlich abgekühlt vor, sagst du folglich: ‚Seine Leber ist geöffnet. Sie hat sich
gewässert. Er hat das Mittel angenommen.' Hast du gehört, Frau! Bring mir
Datteln, Schafsmelone und", Bent zog den Krug zu sich, roch daran, kippte
alles aus, „gutes Wasser! Koch es vorher ab! Sat – hör auf dem Mann die
Hand zu streicheln – soll dir helfen. Und bring eine große Schüssel und ein
wenig Öl, wenn du hast! Wenn nicht, geht auch Fett."

Bent rührte sorgfältig zwei *Pechret* an, kippte eins davon in den Krug, „Sat,
gib mir aus meinem Kasten den Trichter", murmelnd, „Dreh dich mal um!",
zu Mahir nuschelnd.

„Wozu?"

„Ich werde dich *wadech em pehewji*!" Bent rieb die Tülle vom Trichter in dem
Stückchen Speck.

„*Mabjat*!" Mahir erbleichte.

„Oh doch! Das Klistieren gehört zur Behandlung! Seit wann widerspricht
man einem *Wer Sunu*?"

Demütigst drehte Mahir sich auf den Bauch.

„Raus mit euch!", knurrte Bent, „Sat, stell vorher die Schüssel parat",
rammte den fettigen Trichter in seinen dunklen, tiefen Bestimmungsort, hob

die Kanne hoch, sagte den Spruch auf: [15]

„Zusammen mit den Herren des Schutzes, den Herrschern der Ewigkeit haben die Götter mir ihren Schutz gegeben. Mir gehören die Lehrsprüche des Allvaters, um zu beseitigen die Einwirkung eines Gottes, einer Göttin, eines Untoten, einer Untoten die in diesem meinem Kopf, in diesem meinem Nacken, in diesen meinen Schultern, in diesem meinem Fleisch, in diesen meinen Körperteilen sind, um den Verleumder leiden zu lassen, den Obersten derer, die eine Störung in dieses mein Fleisch eindringen lassen, eine *bjbj*-Schädigung in diese meine Körperteile, als etwas, das in dieses mein Fleisch eindringt, in diesen meinem Kopf, in diese meine Schultern, in diesen meinen Körper. Ich bin zugehörig zu Re, er ist mir nahe, er, der gesagt hat: *Ich bin der, der ihn vor seinen Feinden beschützt.* Thot pflegt die Schrift reden zu lassen; er gibt mir, Sahu-Re, Wirkungsmacht, um den zu erlösen, von dem der Gott will, daß ich ihn leben lasse."

„Gottverdammt! Weib! Es zerreißt mir die Eingeweide!"

Es knallte und zischte bedrohlich, Bent machte, daß sie aus der Kammer flüchtete. Im Hof ermahnte sie Mahirs Frau: „Hast du das verstanden? Du gibst ihm das Pechret vier Tage lang jeden Morgen und fühlst, ob sein Bauch kühl wird. Wenn der Bauch abkühlt, wird es abheilen, wenn der Bauch weiter heiß bleibt, läßt du mich wieder rufen!"

„*Tju*! Was sind wir schuldig?"

„Ach, pah!"

In der schmalen, düsteren Gasse, auf dem Weg zum Brunnen zog sie energisch an Sats Hand.

„Und *du* zeigst mir jetzt, wo dein Zuhause ist!"

Das Mädchen schaute mit großen Augen zu ihr hoch, zuckte mit den Schultern, wackelte mit dem Kopf.

„Weiß nicht."

„Aber du sagtest doch, du kämest aus diesem Dorf", erhitzte Bent sich.

„Ich kenn das *Wachyt* aber nicht. Ich weiß nicht, wo mein Dorf ist. Wird der arme Mann wieder gesund?"

„*Tja*!" Bent fiel die *Wagyt*, die Kinnlade runter, warf die Hände in die Luft, starrte Montju entgeistert an, der sich vergebens ein Grinsen verkniff. „Wie kann ich auch einen Tölpel fragen! Natürlich wird der gesund, du dummes Ding!"

---

[15] Aus dem Papyrus Ebers. Der medizinische Papyrus, vermutlich um 1550 v. Chr. verfaßt, enthält mit die ältesten erhaltenen medizinischen Texte und Zaubersprüche aus dem alten Ägypten. Die in meinen Romanen erwähnten Rezepte, Lehrmeinungen und Behandlungsmethoden entstammen überwiegend daraus

Zurück an Bord, befahl sie ihrem Kapitän *em Chedji*, nordwärts, der *Nefu* nickte, ließ die Ruder eintauchen, die Barke legte ab. Geschickt nutzte der *Nefu Imachyts* Kraft, segelte raffiniert quer vor dem segensreichen Nordwind über die funkelnden Wellen nordwärts, um kurz drauf an der Westseite, im *Perju Aton*, dem *Aufstieg Atons* anzulegen. Unter den wuselnden schreienden Sänften-Trägern, Eselstreibern und denen mit einem Gefährt verschaffte sie sich mit ihrer Rute Respekt und Gehör, mietete sich abermals einen Karren, machte sich mit Sat und ihrem Leibwächter auf den Weg zur *Nayt* von der Tochter von Neschons Tochter, Sechetet. Dort würde Sat bleiben können! Da gab es Arbeit genug! Sie würde sich ihren Lebensunterhalt verdienen können, wie Bent das selbst einmal getan hatte!

Entschlossen betrat Bent die kühle Eingangshalle, erblickte durch die hintere Tür Frauen, welche den Flachs in die Breche legten oder über das Riffelbrett schlugen, erinnerte sich ihrer eigenen wehen wunden Finger, als sie das vor vielen vielen Jahren selbst machen mußte. Unbewußt fühlte Bent die tiefen Schrunden und die Hornhaut auf ihren rauhen, aufgeplatzten, blutigen Fingerkuppen, als sie damals den groben, harten Faden an der Spindel drehen mußte, bevor er nach unzähligen tausenden von Stunden zu einem wunderschönen Kleid verwebt wurde.

Sinnierend betrachtete sie das kleine, zarte Händchen in ihrer eigenen Hand.

„Die Dame Bent! Welch eine Freude! Was kann ich tun?"

„*Mabjat!*", schnauzte Bent gereizt, aus ihren Überlegungen gerissen. „Niemals soll sie das erdulden! Ach, Dame Sechetet, verzeiht, ich war in Gedanken. Ich komme die Kleider bezahlen und bin auf der Suche nach ein zwei schicken Kleidchen für diese junge Dame hier! Sie hat sich eine Belohnung verdient! Hat mir soeben helfend zur Seite gestanden und ihre Sache gut gemacht, ohne zu klagen, ohne zu fragen! Wir werden bald das *Opet*-Fest feiern und da wollen wir doch alle hübsch aussehen!"

Wieder draußen fragte sie den, der den Karren fuhr, ob er die Villa des Herrn Parser kannte, er ahnte es, fragte sich durch und brachte sie hin. Zögernd stieg Bent von dem Fuhrwerk, deutete Montju und Sat zu warten, öffnete das Haustor, trat ein. Drinnen im Hof geschäftiger Alltagstrott, qualmende Herdfeuer in der offenen Küche, appetitlicher Duft von Essen, flatternde Wäsche, herumhuschendes Gesinde, welches Bent nun erblickte, mit der Arbeit innehielt. Die Mägde machten einen unsicheren Knicks, die Knechte neigten den Kopf. Derjenige welcher bezeugte, daß Bent und Parser den Bund eingingen, eilte ihr entgegen.

„*Henut*! Ich bin sein *Imi ra Per*, sein Haushofmeister."

„Ist noch irgendwer krank geworden?"

„Nein, Herrin. Er hätte dieser Schenke fernbleiben sollen. Ich mache mir die größten Vorwürfe."

„Das brauchst du nicht. Zeig mir das Haus!"

„Selbstverständlich, *Henut*! Hier, kommt herein in die Halle. Da vorn geht es in den Garten, hier sein Schlafgemach. Da drüben jener Raum, in welchem er seinen Schriftwechsel erledigte."

Bent trat durch die Räume, betrachtete alles, öffnete die Tür zu dem luftigen Schlafgemach, flüsterte „Laß mich allein!", schloß sie hinter sich, schaute sich um, erblickte auch hier feine teure Eleganz – so wie er gewesen. Mit Tränen in den Augen nahm sie auf seinem breiten Bett Platz, roch seinen Duft, sein Parfüm, horchte in die vermeintliche Stille, drehte seinen Siegelring an ihrem Daumen, hörte seine Leute tuscheln und wispern, hörte irgendwo eine *Miu* maunzen, lauschte dem steten Tropfen der *Schabet*, der Wasseruhr. Wehmütig streichelte sie das *Sched*, das Kissen.

Wäre es das gewesen? Sie, die Gattin des feinen, vornehmen Herren? Die *Ta Schepsi* Bentsachmet! Kam da nicht Nefertem juchzend angehopst, einen glitschigen Frosch in der Hand der quakend sie erschreckte? Und sie, die feine Dame, tat ihm den Gefallen, kreischte erschrocken, „Nimm das eklige Ding da weg" quiekend? Bent mußte ob der Vorstellung schmunzeln, erblickte vor ihrem inneren Auge, wie sie sich in diesem geschmackvollen Gelaß für ein feines Festmahl bei vornehmen Freunden zurechtmachte, die Magd scheuchte, welche ihr beim Ankleiden und beim Anlegen des teuren Schmuckes half. Oder sprach sie selbst Einladungen aus, feierte feudale Feste in der großen schönen Halle da vorn? Stand sie nicht an deren Eingang, an der Seite ihres stattlichen, liebenden, fürsorglichen Gatten, jeden einzelnen ihrer noblen Gäste begrüßend? Erblickte sie da nicht Nefertem? Groß und schön, so schlank wie sein Vater, ein Bild von einem prächtigen, liebenswerten jungen Mann; an der Hand ein reizendes Mädchen, welches schüchtern zu Boden schaute. Bat er nicht flehentlich darum, die Eltern mögen ihn und seine große Liebe segnen? Natürlich taten sie das, wünschten ihrem Kind und der bezaubernden Schwiegertochter alles Glück auf Erden, hießen das Mädchen in ihrem Heim willkommen! Und da, kam der liebende Sohn nicht mit dem niedlichen Enkelkind im Arm auf sie zu…

Das ist *meine* Familie!

Hier wäre mein Zuhause!

Dies ist *mein* gestohlenes Leben …

„Wäre *so* mein Leben gewesen? Hätte ich dergestalt meine Tage verbracht?", hauchte Bent ungläubig, „Kaum zu glauben!", schneuzte sich kopfschüttelnd, verließ seufzend den Raum, zog die Tür hinter sich zu.

„Welcher Handwerker ist für seinen Grabbau zuständig?", fragte sie den *Imi ra Per*, der neben der Tür gewartet hatte.

„Soweit ich weiß, macht das alles das Haus des *Schepsi* Baumeister Bek. Hier verwahrt Herr Parser seine Schriften, da könnt ihr alles nachsehen… soll ich einen Schreiber rufen?"

„Nein. Wo verwahrt er sein Schwert?"

„Hier, in dieser Kammer." Der Mann öffnete die Tür zu einem kleinen Kabuff. Darinnen nichts als eine wertvolle, verzierte Truhe auf einem Tisch. Bent öffnete sie, schaute mit Grausen das gewaltige *Schad,* erinnerte sich daran, wie sie ihn vor Jahren zufällig gesehen, in jenem sonnendurchfluteten, glühenden Hof des Gerichtes, Re selbst mit seinen heißen Strahlen diese tödliche Bronze läuterte, Parser damit einem Mann *hesaq,* köpfte…

„Henut, unser bescheidenes Mahl ist fertig. Wenn Ihr speisen wollt, seid Ihr herzlichst eingeladen."

„Danke, ein andermal. Aber draußen warten mein Wächter und mein Ziehkind. Laß sie hereinrufen, sie sollen nicht auf der Straße warten und vielleicht haben sie Hunger. Dieses Schwert und die Truhe nehme ich mit. Dann zeigst du mir alle Räume, alles Vermögen, jedes Schmuckstück, alles Geschirr, jedes Wäschestück. Anschließend sehe ich die Schriftstücke durch."

„Natürlich. Was sollen wir jetzt tun? Meine Frau und ich, wir alle sieben sind seit Jahrzehnten sein Gesinde. Unser Herr fehlt uns."

„Ihr führt das Haus weiter, wie ihr es gewohnt seid. Ich werde wiederkommen! Und wehe, ich finde das Haus nicht so vor, wie ich es nun verlasse! Bin ich mit euch zufrieden, dürft ihr bleiben."

„Tju, Herrin! *Dwa Netjer ink."*

Zum *Heb* gegen Ende des Mond *Hut heru* saßen sie alle zum Festmahl im Festsaal zusammen. Die reichlich gedeckten Tische bogen sich unter all den köstlichen Leckerbissen. Peset und Nefru tischten neben frischem Obst gegrilltes Schwein, gebratene Hühner und würzige, in Fett ausgebackene Klößchen aus *Cheru Bjk* auf. Kaum daß sich Bent einen knusprigen Hühnerschlegel und einen duftenden Kichererbsen-Klops auf den Teller packte, hörte sie lautes Trommeln und:

„Jetzt kommt die *Kenjiwer!* Was ist das hier für eine lahme Gesellschaft, hä? *Ich kann nicht hungrig singen, nicht die Harfe halten zum Gesang, wenn ich nicht satt vom Biere bin!* Platz da, für die besten Musikanten der Stadt!"

Alle kreischten begeistert, klatschten in die Hände, jubelten den Musikern zu, grölten *„So singe doch!"*

Chemsits Mädchen wirbelten mit fliegenden Gewändern und zarter Anmut durch den Saal, tanzten einen aufregenden *Chebet.*

„Du bist dran!", nuschelte Kara mit vollem Mund, stupste Bent spaßeshalber begeistert mit dem Ellenbogen in die Seite.

„Aber gewiß!"

„Du kannst das immer noch nicht?"

„Nein! Und ich will es auch nicht!"

„Was?", ereiferte sich einer der feuchtfröhlichen Musiker. „Alle können das! Hoch mit dir, schönes Kind!"

„Ich habe noch nie getanzt!", giftete Bent, erntete mitleidiges Gelächter, trat auf den übermütigen Lebensmüden mit funkelnden Augen zu, „Und, du Wicht, ich fange auch erst gar nicht damit an!"

„Komm, laß den!" Kara zupfte Bent am Ärmel. „Der ist schon wieder besoffen! Ich war letztens bei feinen Leuten auf einem Fest; da war vielleicht was los!" Kara schaute zu Sat, die begeistert, unbeschwert und fröhlich herumhopste, der Musik zuhörte und sich mit ihrem neuen schicken Kleidchen des Lebens freute. Chemsit nahm die Kleine bei der Hand, brachte dem glücklich strahlenden Kind Tanzschritte bei.

„Gut, daß du dich für sie entschieden hast! Schön, daß das Kind ein gutes Zuhause bei uns haben wird." Kara griff übermütig nach einem weiteren Becher des starken, süßen Bieres, „Fein machsu das, Kleines! Geh, hol dir von dem Kuchen! Bent, duglaubsaum, was neuerdings als schickgilt."

„Dein Kichern wirkt ein wenig albern! Trink noch einen Becher *Henket* und du wirst dich anhören wie eben der Musikant! *Wo* warst du?"

„Dumme Gans! Ich wurde eingeladen, weil ich dem strammen Stammhalter auf die Welt geholfen habe. Als ich zur Geburt gerufen wurde, sollte ich mich als *Heket* verkleiden!" Kara tippte sich tapsig an die Stirn, trank von ihrem Bier. „Sowasmachichnich... habbich noch nie gemacht!" [16]

„Du kannst froh sein, daß du die Stirn getroffen hast!"

„Hm? Brachte stattdessen einen kleinen Frosch aus Ton mit, der besänftigte die Loide. Aber das Tollste kommt erst! Die feinen Damen haben eine neue Grille! Sessensich Fettklöße auf die Perücke! Mit Pa-fümm versetzt... das duftet fein! Aber das Ding schmilzt...", sie trank kichernd von ihrem Bier, „...und dann läuft das fettige Zeuch über die Perücken, in die Gesichter, in den Nacken, in den Ausschnitt, über die Kleider! Das iss vielleicht eine Schweinerei Aber es duftet göttlich!"

„Nein!", prustete Bent, mußte bei der klebrigen Vorstellung selbst laut und herzhaft lachen. Kara starrte sie mit Tränen in den Augen an, als sei sie schlagartig nüchtern geworden.

„Schdee... steht dir gut... mussu mehr lachen! Nichimmer so ernst sein, Mädchen!" Sich rührselig in ihr Mundtuch schneuzend, packte sie tätschelnd Bents Hand.

---

[16] Heket ist die Göttin der Geburt. Sie wird entweder als froschköpfige Frau oder als Frosch dargestellt und tatsächlich verkleidete sich manche Hebamme, um das Glück nicht herauszufordern

„Siehst du", maulte Bent. „Das ist es, was uns unterscheidet. Du bist gefühlvoll, mitleidend, gehst mit Herzblut an eine Sache ran. Kannst lachen und weinen im gleichen Atemzug. Ich kann nicht mitleiden, genausowenig wie ich herzlich lachen kann. Ich bin was ich bin und ich bin Bent und... Du hast Recht: ich sollte fröhlicher durchs Leben gehen! Hör mal zu! Ich muß nach *Achet Aton* und will daß du mich begleitest!"

„Acha-atn? Waswillsndu dort?"

„Das sag ich dir, wenn du wieder nüchtern bist!"

„Ich kann hier nich weg! Ich bin deine Stellvertreterin. Wennu wech bist, und ich wech bin, wer paßt dann auf's Haus auf, hä?"

„Tachut ist ja da. Und Uadja!"

„Wadscha... pah! Liegt auf Knien, hat dort schon Schwielen. Iss heilig, denk an meine Worde, gibbma den Kruch her..."

„Du hast genug, solltest zu Bett gehen. Wir fahren morgen!"

„Morgen kannichnich!"

„Warum nicht?"

„Mumu... ich ausschlafen und dann packen. Was nimmt man mit auf so eine Reise? Ich war noch nie fofo...fon daheim."

„Wo sind nur die Zeiten, als du Samut schöne Augen machtest?", stöhnte Bent, betrachtete die angeheiterte Freundin.

„Na komm hoch, ich bring dich zu Bett!"

„Kommt der wieder mit?", fragte zwei Tage später einer der neuen Ruderer. Ach, ihr Götter, bediente sich dieser Mensch einer Aussprache. Wo kam der denn her?

„*Tja*, ja ja, das kommt alles mit, alles da auf dem Steg!" Bent hatte es eilig, wedelte unwirsch mit der Hand zu dem Kram hin, schaute nicht mal zurück, konnte kaum glauben, daß sie tatsächlich nach dem *Horizont der Sonne* aufbrachen, schloß die Kabinentür hinter sich, betrachtete ihr Zeug.

Alles da?

Auch der alte Stuhl? Ja! Jeden Augenblick legte die Barke des Tempels Richtung Norden ab. Sie gönnte sich einen wehmütigen Blick zu der Tür zwischen den beiden Kabinen, dachte an die längst vergangenen Reisen. Jedesmal wenn sie zu einer *Tep Wat* aufbrach, veränderte das ihr Leben. Was würde diese Reise verändern? Versonnen erblickte sie Ranofer, bewunderte ihn, der nackt, schön wie ein Gott, zu ihr trat, fühlte im Geiste seine heiße Haut, seinen warmen, großen, harten...

... *So empfängt Ihr mich? Mit köstlicher Nacktheit! Nicht einmal die Sterne sollten Euch, meine Göttin, so sehen! Diese Nacht soll dich nicht ängstigen, Herrin. Ich bin jetzt da! ...*

„Der gehört mir nicht!"

Brutal wurde Bent aus ihren süßen, wehmütigen Träumen gerissen, Kara trat durch die Tür, stellte auf dem alten Stuhl einen Korb ab, der Bent gehörte.

„Nicht da hin!", brummte Bent mürrisch, stellte den Korb auf den Boden, „Es sind gut zwei Monate vergangen, man hätte längst was hören müssen. Wahrscheinlich bildete ich mir alles ein."

„Hör mit dem Grübeln auf und gib dir bloß keine Schuld. Du kannst nicht wissen, was passiert ist. Wir fahren los und wenn wir da sind, haben wir Gewißheit. Wenn du glaubst, daß die *Mächtige* durch dich etwas Schlimmes geschehen ließ, gehen wir nachsehen! Warum hast du diesen gammligen Stuhl in der *Tscharet* stehen? Der gehört verbrannt, der hält es kaum mehr aus, wenn man sich draufsetzt."

„Wenn *du* dich draufsetzen würdest, schon gar nicht! Ich hab Hunger wenn ich reise; setzen wir uns raus an den Tisch! Scherjt! Bring Kuchen!"

„Aber wir sind doch noch nicht mal losgefahren!"

Bent wollte ja die vorbeiziehende Landschaft bewundern und genießen, aber eigentlich hatte sie nichts Besseres zu tun, als sich gründlich zu langweilen. Zwar versuchte sie immer wieder mit Kara tiefschürfende Gespräche zu führen, wie sie das in Mußestunden von und mit Ranofer gewohnt war, aber Kara war für Spitzfindigkeiten und wohlüberlegte geschliffene Plaudereien nicht zu gebrauchen. Das kindliche Geplapper ihrerseits wirkte wie niedliches Geschnatter einer Ente, ihr kleines Hirn flatterte wie ein bunter Schmetterling auf Blüten von einen Gedanken zum nächsten, konfus, chaotisch, liebenswert und hier und da ein bißchen angeschickert von Scherjts kühlem *Henket nedschmet*, dem Süßbier, welches im Krug an einem Seil im Wasser baumelte.

„Hast du mit dem Herrn Baumeister Bek geredet?", fragte sie im Augenblick. „Wird das Grab für den Herrn Parser rechtzeitig fertig sein?"

„*Tju*. Bek wird noch eine weitere Kammer aus dem Felsen schlagen, sie verputzen und schön bemalen. Für mich…"

Kara blieb vor Schreck der Mund offenstehen, wie ein kleines Mädchen „Ich will nicht hören, daß du an deinem Grab baust!" trotzend.

„Ich bin nicht unsterblich! Es wird Zeit, daß ich mich um eine Grabstätte bemühe. Und ich will versuchen, Nefertem aus dem kleinen Grab zu holen…"

„Ich will das trotzdem nicht hören! Will nicht von deinem Tod wissen! Und man kann doch keine Toten aus ihren Gräbern holen…"

„Parser ist der Vater meines Kindes! Wir werden wenigstens irgendwann im Jenseits vereint sein! Als Familie! Es war uns im Leben nicht vergönnt; vielleicht schafft es der Tod!"

„Reich mal das Bier her, diese Hitze ist nicht zum Aushalten! Guck mal, da drüben! Die winken! Ju-hu! Wink doch auch mal!"

In *Gebtiu* angelangt, suchten sie wie vor Jahren einen Anlegeplatz.

Auch dieses Mal war es eine aufregende Posse, einen gescheiten Platz zu finden! Vergebens! Handelsbarken wohin das Auge blickte, ein Gewusel am Ufer, als gäbe es im ganzen Ägypterland nichts als die Anleger dieser Stadt! Wegen dem fallenden Hochwasser kamen gegenwärtig viele durch den Kanal, um auf dem Nil zu fahren und zu handeln.

Während Re sich allmählich auf seine Nachtfahrt vorbereitete, stand Bent am Geländer ihrer Barke, betrachtete das Wirrwarr, nuschelte: „Man meint gerade *jau ta pen rederef heper u em senhem em udsch, uam hed, ky em henet!*"

„Was murmelst du da?", meinte Kara, naschte von den süßen *Wenechji*, hielt Bent das Körbchen mit den Rosinen hin. „Hast du den wunderbaren Sonnenuntergang gesehen? Die Farben am Himmel! Wie im Traum…"

„Ach pah! Das ganze Land ist zu einem Heuschreckenschwarm im Abflug geworden, einer will nach Norden, ein anderer nach Süden! Mach Platz, du Trampel mit deinem wurmstichigen Nachen, sonst…"

„Gibs ihm, Mädchen! Er soll ruhig wissen, daß du *medes Bjit*, energischen Charakters, bist!"

„Nein! Das bringt nichts, noch ist es hell, fahren wir ein Stückchen weiter, *Nefu*! Es wird sich draußen auf dem Land bestimmt ein Plätzchen für uns finden."

Das Dörfchen besaß keinen Hafen, aber eine kleine Schenke am Ufer direkt neben dem Anlegesteg, in deren offenem Hof man für ein Scherflein übernachten konnte. Dort schlugen sie ihr Lager auf. Die *Chenwu* rollten ihre *Tema*, die Schlafmatten aus, der Wirt der Schenke brachte große Krüge mit Bier und Körbe mit frischem Brot, über dem Lagerfeuer brodelte in Nefrus großem Kessel ein deftiger Eintopf aus *Arschan*, Linsen, mit ordentlich *Jaqet*, Lauch, und Sellerie, abgeschmeckt mit gebratenen Zwiebeln. Scherjt warf gerade ein paar Knoblauchzehen hinein, Bent Salz, in der Absicht gleich ihren teuren Pfeffer aus dem kleinen Lederbeutelchen zu nehmen.

„Ihr versteht Euch wirklich aufs Kochen, Herrin!", meinte einer der Ruderer begeistert, brachte mehr von dem knorrigen Feuerholz.

„Man meint, dir läuft schon das Wasser im Mund zusammen."

„Aber ja, das duftet köstlich. Und doch frage ich mich, wann wir den Widder schlachten?"

„Welchen Widder?"

„Na den wir an Bord haben, unten, bei uns! Ich habe doch gefragt, ob der Widder mitkommt!"

„*Tja!*"

Jetzt war die Suppe versalzen! Kara lachte lauthals.

„Das darf doch nicht wahr sein!" Bent ließ Pfeffer und Salz fahren, eilte auf das Schiff unter Deck.

Mäh

„Natürlich! Wer sonst!"

Sie erkannte ihn nicht nur an dem Ohrring, den sie ihm vor Jahren in einem eitlen Anfall eigenhändig durch das pelzige Ohr gestochen hatte. Auch deswegen, damit es nicht einmal irgendwann zu peinlichen Verwechslungen führte und sie den von eigener Hand großgezogenen Bock auf dem Teller vorfand. Bent suchte ein Seil, band es dem *Jayuer* um den Hals, zog Ksanamu schimpfend an Land, knüpfte das Seil an einen starken Zweig der knorrigen alten Sykomore, unter der sie saßen, schöpfte einen Kübel Wasser aus dem Brunnen, stellte den Kübel wütend vor dem Schafsbock ab.

„Der hat fleißig für viele kleine Lämmer gesorgt. Der wird nicht geschlachtet, das ist ein heiliges Tier! Obwohl, wenn ich ihn mir so ansehe…!"

Mäh

„Ich weiß nicht, ich habe das Gefühl, mich verrannt zu haben", sinnierte Bent am nächsten Morgen, kurz nach der Abfahrt, betrachtete Montju, der wie einst Ranofer müßig auf seiner Matte saß, den Rücken ans Geländer gelehnt, sein Schwert schärfend. Daneben lag der Bock, der sie offensichtlich schuldbewußt kauend musterte.

„Schäm dich!", zischte sie zu ihm hin. Sie saß mit der eifrig winkenden und lachenden Kara – „Ju-hu!" – unter dem Sonnendach an ihrem Tisch, stand auf, zog energisch die wehenden Vorhänge zu, schob das Geschirr der Morgenmahlzeit beiseite.

„Ja laß mich den fröhlichen, juchzenden, pfeifenden Kerlen auf den anderen Schiffen doch zuwinken! Außerdem guck ich nach den…"

„*Tja, tja*! Nach den Millionen Kindern, die lachend und winkend ans Ufer gelaufen kommen, nach den wiehernden Eseln, nach den muhenden Kühen, nach dem Fischer in seinem Bootchen, nach der Gesellschaft, die übersetzt und sich am anderen Ufer kreischend freut, als hätten sie *Iteru* von Nord nach Süd befahren! Der da hinten schimpfte und meinte, ungestraft seinen Arsch zu entblößen hast du allerdings übersehen!"

„Du bist so ein gemeines Biest!"

„Es ist eine Strafe mit dir zu reisen! Und die Große, da oben, die, die mein Leben schreibt, scheint zu überlegen, was sie mir als nächstes aufbürden will. Was soll ich am *Horizont*? Ich habe eigentlich keinen einzigen triftigen Grund, dorthin zu fahren! Warst du einmal da? Schon mal in dieser Stadt? Nein, natürlich nicht! Du sagtest ja, hast Uaset nie verlassen. Das merkt man! Das ist sehr vornehm dort. Da kannst du dich nicht so benehmen! Kindisch winken und kreischen… tz! Und schick. Uaset dagegen verfällt im Dreck. Versinkt in Dummheit."

„Na ja…"

„Die Stadt des Königs! Die Stadt des Glücks! Pah! Bald sieht es da aus, wie damals in dem Dorf, wo ich herkam."

„Wo ist das nochmal?"

„Du kennst den Hafen? Südlich davon liegt der Fischerhafen mit seiner Siedlung, wo ganz ordentliche Leute wohnen, dahinter kommt das Gerberviertel…"

„Dort stinkts gewaltig!"

„*Tja*, weil sie die Pisse sammeln … weit dahinter, getrennt durch den großen Kanal, der die dortigen hinteren Felder bewässert, liegt ein kleines Dorf."

„*Tju*. Gehört *das* noch zu Uaset? Das war damals aber keine gute Gegend! Heute soll es besser sein, hörte ich."

„Ja, es ist besser. Das war eine Gegend, wo dich das Fürchten gelehrt wurde. Verlotterte Lehmbuden, Baracken, enge Gassen, Dreck und Abfall. Zwielichtiges Gesindel, Bettler, Gauner, Faulenzer und Tagediebe kamen von dort. So wie es damals dort aussah, so sieht es bald in ganz Uaset aus."

„Ach was! Gibt's heute Kuchen?"

„Mit dir kann man sich einfach *nicht* unterhalten!"

„Aber du unterhältst dich doch mit mir! Red schon weiter. Oder ich zieh die Vorhänge wieder auf!"

„Ich lebte bei Onkel und Tante. Der Onkel war dumm wie ein Schaf und hat gesoffen wie ein Loch. Wenn er, was selten genug vorkam, nüchtern war, verrichtete er im Fischerhafen oder bei einem Gerber für wenig Lohn die niedrigsten Arbeiten, schleppte die Pißpötte. Wenn es Getreide als Lohn gab, konnten wir sicher sein, ein paar Tage lang genug zu essen zu haben. Aber wenn es Deben gab, ist er direkt in den Schenken am Hafen verschwunden, um tagelang zu saufen und zu huren. Ein Kind nach dem anderen hat er seiner prügelnden Frau gemacht und ich hab sie alle fünf am Hals gehabt. Ich bin in widerlichem Dreck und fürchterlichem Elend aufgewachsen. Mein großes Glück war, daß ich genug gesunden Menschenverstand hatte, um dieser Armseligkeit zu entfliehen. Eine weit entfernte Nachbarin, Satet hieß sie, aus der Siedlung der Fischer, konnte das anscheinend nicht mehr mit ansehen und brachte meine Tante dazu, daß ich bei ihrer Herrschaft arbeiten durfte. So kam ich nach Uaset. Ein Glück! Sonst würde ich heute noch in diesem Loch sitzen…"

Bent schlug die flache Hand auf die Tischplatte. „Ich werde nicht dulden, daß *mein* Uaset im Dreck versinkt! Ich leistete einen Eid! Ich versprach: Isis wacht über Uaset, deshalb wird es glückselig leben. Ich habe den Eid nicht einhalten können! Ich mache mir die größten Vorwürfe! Was wenn…"

„Jetzt reg dich nicht auf! Komm, wir legen ein bißchen *Kyphi* auf, trinken ein süßes Bier, das erheitert uns."

„Und wenn ich ihn eigenhändig *jiri schat*, niedermetzel, aufschlitze! Angebunden an einen *Weseret*, den Marterpfahl! Bei vollem Bewußtsein! Ihm die Eingeweide, die Därme rausreiße; ihn daran am *Weseret* aufhänge, ihn daraufhin losbinde, auf daß er sich selbst darniederstürzend ausweidet! Ich weiß, wie man das macht! Ich weiß, wie man schlachtet..."

„Bent!" Kara schubste sie, „Mädchen! Hör auf, du blutest! Hier, nimm das Mundtuch und sag niemals mehr so unheilvolle Worte! Wenn dich jemand hört!"

„*Ich* habe es gehört!", flüsterte Scherjt, stellte saubere Teller und den duftenden, warmen Kuchen, den sie kurz vor der Abfahrt gebacken, auf den Tisch, sammelte das schmutzige Geschirr ein. „Und ich hörte diese Worte schon einmal. Ich war ein junges Mädchen, habe ihn angeschmachtet, Herrin, diesen schönen Mann, mit dem ihr auf Reisen gingt. Ich wollte ihn sehen, anschauen, von ihm träumen und habe euer Gespräch gehört. Wir alle, Herrin, die wir im Haus der Isis wohnen, stehen hinter Euch, wir alle kennen die alten Götter, Aton ist uns fremd. Wir alle, *Henut*, lieben unsere Stadt und werden dir helfen, wenn du ihn *jiri schat!*"

„*Dwa Netjer ink*, Scherjt. Du kannst gehen."

Kara schwieg, wartete bis Scherjt fertig und verschwunden war, stand auf, zog den Vorhang beiseite, winkte fröhlich – „Ju-hu!" – einem lustig hopsenden kleinen nackten Jungen am Ufer. Bent verdrehte die Augen, stöhnte herzhaft. Schließlich sagte Kara:

„Ich will nicht sehen, was du und Tachut da im Allerheiligsten anstellen. Ich will nicht wissen, was ihr da treibt, warum ihr so jung ausseht. Wenn du sagst, es ist ein Wunder, dann glaube ich dir! Ich will nicht wissen, wie dieses gruselige blutige Bild der Göttin an die Wand gekommen ist. Ich wollte nicht wahrhaben, daß Iaret in einem funkelnden Nebel für immer verschwand. Und ich nahm es als gegeben und als Gesetz hin, daß du von dem Augenblick an Herrin des Hauses warst. Des Hauses, welches ich liebe und gleich welche Wunder sich darin abspielen: ich *glaube* sie. Ich bin eine einfache Frau, Bent. Hier und da nehme ich mir einen Liebhaber. Etwas Ernstes hab ich nie gewollt. Ich liebe meine Freiheit, kann tun und lassen, was ich will, wo und wie ich will. Ohne mich zu binden, ohne Verpflichtung. Ich will denken können, was ich will, anbeten, wen ich will, glauben, was ich will, hin und hergehen, wie ich will, sagen können, was ich will. Ich lasse mir außerhalb unserer Mauern nicht das Blaue vom Himmel herunterlügen und vorbeten, erst recht braucht man mir keine braune Scheiße ums Maul schmieren, damit ich still bleibe! Ich wurde vor dem Isistempel ausgesetzt, weiß nicht, wer ich bin und wo ich herkomme, es ist auch nicht wichtig. Unser Tempel ist meine geliebte Heimat, mein sicheres Zuhause. Ich kenne kaum etwas anderes. Aber eins weiß ich gewiß: ich liebe Uaset wie du, Bent, ich liebe Kemet wie du! Ich verteidige meine geliebte Freiheit! Notfalls mit Zähnen und Klauen! Und ich bete Nacht für Nacht zu allen gütigen Göttern, daß dein Traum im Allerheiligsten *wahr* sein möge!"

Bent starrte die Gefährtin eine Weile lang an. Dieses kleine, moppelige, harmlose, freundliche Dingelchen mit dem lieben Gesicht.

Tju! Kara stand wie in all den langen Jahren neben, nein, hinter ihr, stärkte ihr das Rückgrat. Wie eine Klinge! Eine scharfe Klinge!

„Ich habe ganz vergessen, Kara, wie scharf *dein* Schwert sein kann!"

„Was ist denn hier passiert?"

„Vornehm und schick?", spottete Kara verwirrt.

Fassungslos schauten Bent und Kara sich um, blickten sprachlos auf die angeblich so strahlende Hauptstadt!

Nahezu übergangslos wandelte sich die glühende Deshret zu einem verlotterten Garten voller abgeernteter, unkrautüberwucherter, brach liegender Felder, Dattelpalmen, Feigenbäumen und vertrockneten, vernachlässigten, von *Degem* überwucherter Bewässerungskanälen! Keine fleißige Ochsen, die geduldig das Rad drehten, Wasser schöpften, von Bauern mit kräftigem Schwung auf das schwarze Land gegossen!

Die riesigen Lagerhallen, wie die unzähligen gemauerten Kais – weit hinaus in den Fluß gebaut, so daß selbst bei Niedrigwasser das Anlegen möglich war – verwaist! Nirgends war eine Menschenseele zu erblicken, keine Leute auf den Straßen, keine Karren, kein Viehzeug, keine Sänftenträger.

Schwalben sausten fröhlich pfeifend durch die stille Luft und irgendwo hoch oben rief ein Falke seinen heiseren Ruf.

„Die Kais waren belagert von zahllosen Barken, Kara! Beladen mit Steinen aus den Steinbrüchen von *An, Toshka* und *Swenu*, mit mächtigen Stämmen der Libanonzeder aus *To Nuter*, ja gar mit riesigen, grünen Bäumen samt Wurzel! Boote brachten unentwegt Massen von Ziegeln, drängelten sich zwischen den großen Barken wie Bienen um ihre Königin. Oben auf den Kais, zwischen den bunt bemalten Säulen, wuselte allerlei emsiges Volk, aufgeregtes Vieh, wie Ameisen, es stapelten sich Körbe, Krüge, Gemüse, Ziegel, Bauholz, und was weiß ich alles! Emsig von eifrigen Schreibern notiert, von pingeligen Hafenmeistern überprüft! Was ist hier geschehen? Weiter *Nefu!* Wie du weißt, sind da vorne Stege für uns! Nahe des Palastes. Die Leute werden am Palast sein, vielleicht ist ein Feiertag! Sie werden auf der Königsstraße unter der Brücke blumenumkränzt verzückt tanzen und juchzen und oben wirft der Verblendete das Ehrengold oder Blumen herab. Ganz gewiß ist ein Feiertag zu Ehren dieses... *Pa cheru en Achet Aton*, dieses Gottes..."

Ihre Barke driftete weiter, doch weder Bent noch ihre Leute konnten am Ufer irgendwo irgendwen ausmachen, geschweige denn gab es ein Fest. Der *Nefu* steuerte die *Tep Dschenech en Imachyt* kundig zu einem der leeren Anlegeplätze hin, Bent erspähte in der unheimlichen, bedrückenden Stille die breite, öde, entvölkerte Straße, welche zwischen dem kleinen Aton-Tempel und den Magazinen verlief, welche verlassen in der Spätsommerhitze flirrte, den Blick nach Osten freigab. Und wie verhext schaute sie abermals zum Horizont hin, packte Kara am Arm.

„Schau hin! Dort! An jenem schauerlichen Punkt, weit hinten im Gebirge, da der Himmel die Erde berührt, dort vollzieht sich jeden Morgen die bösartige Zauberei von *Achet Aton!* Dort liegt der wahre Horizont der Sonne, dort entsteigt Aton der dunklen Unterwelt! Dort, zwischen den beiden Hügeln, die zusammen mit der aufgehenden Sonne das Wort für Horizont in den Himmel schreiben! Dort, an jenem verfluchten Ort, von *Geb*, dem Gott der Erde geschaffen, wurden seine Lügen zur Wahrheit! Das ist *Achet Aton!* Der Horizont der Sonne!"

„Aton ist tot!", hauchte Kara, „Diese Stadt ist tot, hier ist niemand mehr!"

„Sechzig *Chet en nuh*! [17] Ich wollte einen Karren mieten! In dieser Sonnenglut nicht so weit laufen!", nörgelte Bent unwirsch, trippelte über die Bohlen an Land. „Tutmosis' Werkstatt ist viel zu weit weg. Ich hätte mich auf Bek berufen – dieser Depp! Warum sagte er mir nichts? – der Herr Bildhauer, *Oberster der Bildhauer, Liebling des Guten Gottes, Aufseher der Arbeiten und Bildhauer,* [18] hätte mir wegen der Freundschaft zu seinem Vater die Gastfreundschaft nicht verwehrt. Aber jetzt? Was soll ich denn jetzt machen?"

„Was sollen *wir* machen!", betonte Kara. „Hier ist tatsächlich niemand mehr. Und wenn du wissen willst, ob der Herr Tutmosis da ist, mußt du nachsehen. Es bleibt uns nichts anderes übrig, als zu Fuß dorthin zu gehen. Wo geht's lang?"

„Es ist weit, und es ist heiß!"

„Ich habe immer einen *Seba* dabei! Und Montju geht mit uns! Kannst du noch einen Krug Bier tragen?"

„Natürlich!", brummte er gutmütig.

„Einen Sonnenschirm?", hauchte Bent entgeistert.

„*Tju*! Ich geh ihn holen und dann: Auf geht's!"

Sie kamen nicht weit, waren augenblicklich von einer Meute magerer Hunde umzingelt, welche knurrend, kläffend, Pfötchen gebend, schwanzwedelnd, Männchen machend, zähnefletschend, jaulend und

---

[17] Ein *Chet en nuh* hat 52,4 Meter
[18] Titel von Tutmosis

winselnd ihnen das Weiterkommen unmöglich machten.

„Sie haben Hunger!", vermutete Montju.

„Sie haben Blutrausch, deucht mir!", fluchte Bent, gebrauchte schimpfend und gnadenlos ihre Rute.

„Nicht doch!", jammerte Kara affig, bückte sich, kraulte einen der trotz all dem Gekläff zutraulichen Köter am Ohr, klopfte einem anderen den Rücken. „Sie haben die *Jaujau* zurückgelassen! Die armen *Ketket*, nicht doch ihr Süßen. Haben wir nicht etwas für sie übrig? Einen Batzen Fleisch? Ein bißchen Kuchen? Sie verhungern doch! Ja, du hast Hunger, mein Süßer! Schau doch, diese haben sich die Ohren aufgerissen. Überall vertrocknetes Blut; sie trugen Ohrringe, waren die umhätschelten, verwöhnten Lieblinge ihrer Familie. *Tju, tju,* du armer Schatz, ist ja gut!" Kindischer konnte man nicht mehr jaulen! Wie die sabbernden, Kara abschleckenden Köter selbst!

„Ach pah! Bis heute kamen die verlausten Viecher gut allein zurecht! Noch sowas!" Bents knallende Rute machte ihnen den Weg frei, und sie wanderten zwischen dem kleinen Atontempel und den Magazinen hin zu der *Straße der Oberpriester.*

„Durch das Tor dort mußt du reingucken, Kara! Das glaubst du nicht, was es dort zu sehen gibt!"

„Was ist das? Ein trockenes Flußbett, über das wir schreiten? Oder warum ist da vorn eine Brücke? Und schaut, weiter hinten, ist das Geröll? Wurde dort ein Gebäude eingerissen?"

„Sieht so aus", knurrte Montju, zog das Kopftuch ab, wischte damit Schweiß von der Stirn, kratzte sich den kahlen, kantigen Schädel, trank einen Schluck aus dem Krug, reichte ihn den Frauen, duckte sich, weil zahme Äffchen keckernd über ihren Köpfen zwischen den Gebäuden hin und her huschten, übermütig mit Feigen warfen. Einer war so frech, landete auf dem Schirm, Bent, „Wirst du wohl verschwinden!", schüttelte den *Seba* energisch, pflückte sich den frechen Kerl wie reifes Obst.

„Gleich kannst du den großen See bewund… Oh!"

„Da ist kein See! Bloß ein trockenes Loch mit raschelnden Blättern von Binsen und Papyrusstauden."

„Und da geht es in die *Straße der Oberpriester.* Von hier aus sind es mindestens knapp zwanzig *Chet en nuh.*"

„Langsam wird es auch mir zu bunt! Gib mal deinen *Behet!*"

Es schien, daß tatsächlich sämtliche Einwohner überhastet die Stadt verlassen hatten! Überall lag vergessenes Zeug in den Gassen, verlorenes Hab und Gut, verstreute Körbe samt Inhalt. Die halb verhungerten Hunde lungerten herum, hechelten im knappen Schatten, verlaust und ungepflegt. Katzen streunten in Rudeln über die Plätze, ja selbst mehrere *Ia* stromerten wiehernd durch die Stadt.

„Vor Jahren wimmelte es hier von Menschen, Kara. Wo sind alle hin?"

Sie klopften hier und da vergebens an Türen, riefen in dunkle, verwinkelte Eingänge, öffneten vornehme Gartenpforten. Nirgends erhielten sie eine Antwort.

„Da vorn!", kreischte Bent, „Das ist Tutmosis Werkstatt!", sputete sich, riß die Tür auf, stürmte in den leeren, mit Sand zugewehten Innenhof …

„Er hielt hier Gänse, Kühe, um mit deren Milch und den Eiern die wunderbaren Farben anzurühren… er hatte unzählige Arbeiter… er ist berühmt… wo ist er? Wo ist Beks Sohn…"

Bent schlängelte sich durch die halb offenstehende Tür in Meister Tutmosis persönliche Werkstatt, schaute sich um. Hier hatte schon lange keiner mehr gefegt, eine dicke Schicht Sand türmte sich am Boden. Sie erblickte auf dem Bord über der Tür Nofretete – nein, ihre Büste. Jenes wunderbare Abbild der schönen Königin, welches Tutmosis vor einigen Jahren anfertigte. Längst war Farbe aufgetragen, die blaue Krone von bunten Bändern umgeben, auf dem Halskragen leuchteten wertvolle Perlen, der Mund glänzte in verführerischem Rot, auf den Wangen ein Hauch Rötel, die Augen mit schwarzer Schminke umrahmt, das rechte Auge schimmerte verführerisch, wie feucht, voller Lebenslust und Sinnesfreude. Das linke…

Das linke, ihr Mondauge aber stierte blind und tot, als hätte es beschlossen, nie mehr das Elend und Leid dieser Welt sehen zu wollen!

Erschrocken trat Bent einige Schritte zurück, um besser zu sehen. Es blieb dabei: Das schöne Gesicht hatte nur ein Auge!

„Gehen wir Herrin!", meinte Montju, faßte Bent am Handgelenk, zog sie sanft aus der Werkstatt, „Hier ist keiner. Ich habe überall nachgesehen.", zog die klemmende Tür mit Wucht zu, woraufhin es im Innern dumpf polterte. [19]

Schweigend wanderten sie bedrückt zurück durch die verlassenen, stillen Gassen des Handwerkerviertels; überall bleischwere Stille und Einsamkeit. Kein Mensch begegnete ihnen unterwegs. Daher trauten sie ihren Augen kaum, als ihnen aus einer schattigen Seitengasse eine alte, rüstige Frau entgegentrippelte. In dem Korb an ihrem Arm häuften sich Kräuter, Gemüse und ein bißchen frisches Obst.

„Es ist kaum was da!", rief sie schon von weitem. „Lohnt sich nicht, daß ihr

---

[19] Die Büste der Nofretete wurde von Ludwig Borchardt, einem Archäologen der Deutschen Orient-Gesellschaft, 1912 in Tell el Amarna/Planquadrat P47/der Werkstatt des Tutmosis genauso gefunden. Sie schien vom Bord über der Tür gefallen zu sein und ist (zum Glück) mit dem schönen Gesicht in den Sand gefallen. Die Büste hat allerdings kein fehlendes Auge, die Königin war weder blind noch ging das Auge verloren – es wurde mit der Absicht Arbeitsvorgänge zu beschreiben/zu verdeutlichen, nie eingesetzt! Dramaturgisch gesehen bietet das fehlende Auge jedoch genug Platz für wilde Spekulationen :-)

nachschaut. Der Frachtkahn hat sich wohl verspätet. Aber in dem Garten da vorn gibt es Feigen und saftige Melonen. Morgen wird der Kahn kommen, er ist sonst wirklich immer pünktlich."

„Wir suchen nichts zu essen! Kommen weit aus dem Süden und wollten einen Besuch abstatten. Verstehen aber nicht, was hier passiert ist."

„*Das* habt ihr nicht mitbekommen? All dieses Schlimme?" Argwöhnisch beäugt von der alten Frau, hielt Bent deren eindringlichen Blick stand. „An dem dunklen, schauderhaften Tag sind sämtliche Feiglinge abgehauen! Haben sich in alle Winde zerstreut, glaubten, sie würden für ihre Frechheiten, für ihren Abfall vom wahren Glauben zur Rechenschaft gezogen. Wie die Schakale haben sie geheult, den Schwanz eingekniffen, sind kreischend geflüchtet. Hals über Kopf! Keiner mehr da! Was wollt ihr? Hä?"

„Was geht es dich an?"

„Nichts." Die Alte schickte sich an weiterzugehen.

„Wo ist *Per Aa*, das *Große Haus*?"

„Da hinten. Wenn ihr von den Anlegern kommt, seid ihr bestimmt dran vorbeigelaufen!"

„Du weißt, *wen* ich meine!"

„Das *Große Haus* ist leer! Ich sagte doch, es ist keiner mehr da."

„Wo ist Pharao? Und seine Familie?"

„Ihr habt wirklich keine Ahnung? Kommt wohl aus dem tiefsten, strohdummen Hinterland?"

„Frau!", knurrte Bent wütend, faßte die Alte grob am Handgelenk. „Du sagst mir augenblicklich, was hier los ist! Da stimmt doch was nicht! Alles ist noch da, nicht einmal Plünderer wagen sich her!" Es war, als würden Funken sprühen, während sich die beiden ein paar Herzschläge lang in die Augen schauten.

„Du bist mir eine!", jaulte die Alte, entriß Bent ihren Arm „Wohl noch von der alten Sorte? Hm? Gehörst nicht zu Aton und seinem Gefolge! *Du* traust nur dir selbst! Isis oder Hathor?"

„Isis!", fauchte Bent.

Die *Ja'ut* nickte besänftigt. „Ich heiße Maket, bin Nofretetes Vertraute. Die Königin wohnt in ihrem eigenen Palast, ein gutes Stück Weg hier hinunter."

„Sie ist noch in *Maru Aton*?"

„*Tju!* Per Aa ist tot, seine neue Königin ist tot, der Nachfolger ist tot, alles an einem einzigen schrecklichen schwarzen unheimlichen verfluchten Tag. Die Soldaten kamen, berichteten von dem Fluch der *Sebay*, der Sternendeuter, warnten alle, hierher zurückzukommen, schleiften den großen Tempel des Aton. Jetzt ist das Land tot. Und Nofretetes Herz! Sie empfängt niemanden. Obwohl sie die einzige ist, die du hier besuchen könntest. Sie, ihre letzte Tochter und zwei kleine Jungen, einer davon ist ein Wickelkind. Ein paar Knechte und Mägde sind noch da."

„Und Tutmosis? Der Herr Bildhauer, *Oberster der Bildhauer, Liebling des Guten Gottes, Aufseher der Arbeiten und Bildhauer.* Ich komme aus Uaset, sein *It* schickt mich!", krächzte Bent; ihr schlug bei der Nachricht über Pharaos Tod das Herz bis zum Hals. Der keuchende *Tscha'u* blieb ihr weg und sie meinte, ihr stocke das Blut in den Adern.

„Wie kommst du mir vor? Ich tratsche vor Fremden ganz gewiß nicht über meine Herrschaft! Gehabt euch wohl!", empörte sich die Frau, ließ Bent, Kara und Montju stehen, trippelte weiter.

„Das Land hat *keinen* Herrscher?", hauchte Kara, ungläubig die Stirn runzelnd, heftig mit Bents Fächer wedelnd. „Seit mehr als sechzig Tagen? Wir sind seit mehr als sechzig Tagen von allen *Guten Göttern* verlassen? Oh, wir werden alle in die dunkle Duat stürzen!"

Bent stand wie erstarrt, schaute Maket verzweifelt nach, ließ sich bitter kreischend auf die Erde fallen, schlug darauf, griff in den sandigen Boden, streute sich wie eine vollkommen unberechenbare Irre, gänzlich von Sinnen, schreiend Dreck über den Kopf.

„Da hast du's!", kreischte sie.

„Pharao tot! Du hast es gehört. Ich wußte es, Kara! Sachmet hat durch mich die unschuldige Königin zur Mörderin gemacht! Meine Schuld! Ich war das! Warum sind wir nicht eher losgefahren? Das Mädchen, die Königin! Was habe ich getan? Was habe ich in meiner unbändigen Wut bloß angestellt?" Mit den flachen Händen schlug Bent schreiend auf den Boden, warf sich den Dreck aufs Haar, verschmierte sich damit das Gesicht, schrammte sich mit den scharfen Steinen die Haut auf.

Kara – „Na na na!" – packte nach einer Weile Bents Hand, zog sie hoch.

Als wäre das Alter mit der Kraft aller verwünschten Dämonen über sie hergefallen, hing Bent wie eine uralte Frau schlaff, halb bewußtlos an Karas Arm. Montju drückte Kara den Schirm und den Bierkrug in die Hand, hob Bent hoch, trug sie zur Barke zurück.

Sachmet hatte es endlich geschafft! Nutzte den schwachen Augenblick von Bents Unachtsamkeit, Gedankenlosigkeit! Nach all den Jahren setzte sie ihre grausame, blutige Drohung in einem unbedachten Augenblick in die Tat um und vollendete ihre gnadenlose Rache. Die Tochter des Re nutzte Bents fehlende Aufmerksamkeit, übte erbarmungslos Vergeltung für ihren Vater, die Götter und den rechten Pharao! Und das alles nur, weil Bent in einem Anfall sinnloser Wut im Allerheiligsten nachlässig handelte. Wie konnte sie bloß so unvorsichtig gewesen sein, so gedankenlos? Die listige Herrin der Angst schaffte es tatsächlich, mit Hilfe ihrer törichten – ja gar dummen und kopflosen – Dienerin, die sich zudem mit ihrem eigenen Blut an der Wand der Vorkammer des Allerheiligsten verewigt hatte, den verhaßten Sohn, den falschen Pharao, zu beseitigen. Warum dachte Bent in jenem Augenblick nicht daran, daß der Thron von Isis beseelt ist? Sie mußte doch wissen, was der heilige Stuhl bedeutet! Die Herrin des Lebens!

Aber nein! Sie mußte sich ja auf dem Boden wälzen, wie eine Eidechse rumkriechen und Demut zeigen wo keine angebracht war! Wo war da ihre Hoffart abgeblieben? Wo war ihr Stolz in jenem Augenblick? Sonst lief sie doch hocherhobenen Hauptes umher, legte sich mit allen und jedem an. Nichts als heiße, unberechenbare Wut war über sie gekommen, da wo Güte und Barmherzigkeit und Nachdenken von Nöten gewesen wäre. Sie hätte nur ein klein wenig nachdenken brauchen. Stattdessen war sie aufgescheucht sabbernd herumgekrochen!

Das arme Mädchen! Es wäre so einfach gewesen, ihr Isis' Schutz zu gewähren! Wieso war sie tot? Bent hatte der Dame Mudjemet versprochen, für die jugendliche Königin zu beten...

Doch statt eines liebevollen Gebetes schickte sie der blutjungen Frau rasende Wut und blutgierige Mordlust!

Und wahrscheinlich bewahrheiteten sich ihre schlimmsten Alpträume: Die junge Dame wird sich selbst entleibt haben... Und das Kind? Was wurde aus dem kleinen Mädchen?

Am liebsten würde Bent sich gründlich ohrfeigen!

Wohl schon zum hundertsten Male zerknüllte sie in dieser Nacht das Kopfkissen zu einem unbequemen Klumpen, versuchte den Schmerz in ihrem malträtierten Gesicht zu mißachten, deckte sich auf, warf das Leintuch strampelnd zu Boden um es einige Augenblicke später wieder fröstelnd vom Boden zu klauben, wälzte sich unruhig hin und her.

„Meine Schuld! Meine Schuld!", murmelte sie in die Dunkelheit, verspürte das Bedürfnis sich sinnlos zu betrinken, um nicht mehr an diese schrecklichen Geschehnisse zu denken, verspürte den unsinnigen Wunsch, sich die brennenden Wunden im Gesicht noch mehr aufzureißen, vielleicht ließe dann der Schmerz im Herzen nach. Bent setzte sich auf; die schlaflos verbrachte Nacht war sowieso bald vorbei, Chepre schickte sich an, seine Barke zu verlassen. Vollkommen gerädert schüttelte sie das zerwühlte Leinen ab, trat hinaus auf das Deck. Vielleicht würde die frische kühle Morgenluft klare Gedanken bringen. Sie trat unter dem Sonnendach hervor, krallte sich in das Geländer, betrachtete kurz Montju, der schlafend auf seiner Matte lag, dahinter schnarchten der *Nefu* und die zwei Steuermänner.

Vor ihr, im zarten Morgendunst, lag die verlassene Stadt, weit hinten erhob sich schroffes, dunkel dräuendes Gebirge.

Schwalben schossen mit fröhlichem Pfeifen durch die frische Luft, ein paar Tauben gurrten, ein Falke schraubte sich mit lautem Ruf in die Höhe. Und weit entfernt, in dem Tal zwischen den beiden Gipfeln schob sich die blutrote Morgensonne in den klaren Himmel.

„*Achet*! Pah! Hier meinte er, sei er Aton am nächsten gewesen!"

Böse schaute sie einige Herzschläge lang zu, wie Aton daranging, die Welt zu erhellen.

„Du bist und bleibst *Chepre*!", flüsterte Bent ergriffen, „Die Morgensonne!"

Wann hatte sie in den vergangenen Jahren genügend Muße gefunden, einen Sonnenaufgang zu bewundern? Ihr Tag war ausgefüllt mit harter, schwerer Arbeit! Dieser feierliche Augenblick hier in dieser göttlichen einsamen Stille gehörte nur ihr! Sie spürte wie ihr Herz, dieser ewige innere Tanz des Lebens, sich weitete und alle Beklemmung hinter sich lassen wollte.

Chepre!

Re!

Bent ließ sich auf einmal ehrerbietig auf die Knie nieder.

Re!

Vater der Sachmet!

Marya…

Dem Vater brachte man Achtung entgegen!

Egal wie mächtig oder wie alt man als Tochter war. Dem Familienoberhaupt gebührte ehrenvoller Respekt! Bent beugte sich vor, streckte die Arme nach vorn, legte ihre Stirn auf den blanken Schiffsboden.

„O Vater, hilf deiner verblendeten Tochter! Mäßige ihre Wut. Hilf ihr, damit sie ihre heilende Seele wieder findet. Nimm *mij*, bitte, diese Wildheit von mir! *It*, liebster *It*, erhöre mich! Ich habe schwere Schuld auf mich geladen und es ist einerlei, welche Beweggründe Pharao dazu brachten, den guten Göttern abzuschwören und hier diese Stadt zu bauen. Es ist vorbei. Durch meine *Chabenet*! Ich und meine verwünschten, verfluchten Gedanken sind schuld, daß der Thron verwaist, das Land gar ohne Herrscher ist! Ich allein habe ihn umgebracht!"

Bent blieb still liegen, horchte in den frühen Morgen mit seinen herrlichen Stimmen, lauschte dem Vogelgezwitscher, dem Plätschern der sanften Wellen *Iterus*, dem Quaken der Frösche im Schilf, dem Summen der ersten fleißigen Bienen des Tages, der Ordnung und Sicherheit, die Maat der Welt schenkt.

Ein Knurren und Kollern aus tiefster Kehle riß sie aus den trübsinnigen Gedanken, ließ sie aufschauen. Etwas bewegte sich ein gutes Stück oberhalb der Barke im Wasser. Bent glaubte, an den zwei kleinen Ohren ein Tierchen zu erkennen.

Bemerkte mit Entsetzen ihren Irrtum, erkannte ein gewaltiges Nilpferd!

Taueret!

Da!

Eine ganze Herde!

Oh, ihr Götter! Und da vorne an Land schliefen die Kerle der Mannschaft!

Bent stand leise und vorsichtig auf, schimpfte auf sich selbst, weil sie tatsächlich einige Augenblicke glaubte, die Welt bestünde aus friedlichem Bienengesumm, Vogelgezwitscher und Fröschequaken. Ihr Leben verbrachte sie in der Stadt; weit weg jeglicher Zivilisation war sie nie gewesen, hatte richtig wilde Tiere nur in der Entfernung aus der bequemen Sicherheit ihrer Barke oder hinter Gittern gesehen! Doch jetzt und hier eroberte die wahre, wilde Schöpfung ihren angestammten Platz zurück! Die kleinen, unwürdigen Menschen waren fort, die mächtigen Götter kehrten zurück! Bent schaute sich genauer um, erblickte auf den Sandbänken im Nil Sobek! Da kam eine Herde *Gesa* zum Wasser, vorsichtig witternd. Gebannt schaute Bent ihnen zu. Die zierlichen Antilopen senkten mutig und weit ab von den gewaltigen Krokodilen ihre schlanken Hälse ins Wasser, löschten hastig ihren Durst. Bent war sich sicher, wenn sie sich ruhig verhielt, blieben auch die Tiere ruhig. Aufgewühlt versuchte sie ihr Gebet zu beenden, beugte abermals die Knie, ließ sich wieder auf den Planken nieder.

„Meine A*b*-Seele, vom göttlichen, lebendigen Blute aus dem Herzen meiner Mutter gekommen, muß wieder rein werden. Ich muß Maat in mein Herz geben! Sagt Isis nicht *Ich habe zum Gesetz erhoben, daß das Wahre für schön gehalten wird*? Ich habe zu viele Fehler gemacht, und zuviel gutzumachen. Ich... Isis, *Mutter der Natur, Herrin aller Elemente, Geisterfürstin, Totengöttin, Himmelsherrin, Mutter aller Götter! Du Zauberreiche, die den Dämon mit den Worten ihrer Lippen vertreibt, Isis o Herrin der Schiffahrt, Isis, du segelst die Sonnenbarke mit gutem Wind, in diesem, deinem Namen Maat.* Ich muß... ich muß es wieder gutmachen! Ähnliches darf nie wieder geschehen! Der neue Herrscher soll sicher sein! Er muß in die Stadt des Königs kommen! Uaset braucht den König! Einst behauptete ich: Isis wacht über *Uaset*, deshalb wird es glückselig leben! Ich will ihn finden, nach der Stadt des Glücks bringen, und werde auf ihn aufpassen, auf ihn und auf Uaset! Isis, das schwö... das verspreche ich dir! Hier an diesem heiligen Morgen, da das Leben sich ändert, die Welt sich wandelt ..."[20]

In diesem Herzschlag hörte sie die Wasser des Nils platschend hochspritzen, erblickte in einem tödlichen Wirbel den letzten Kampf der schönen zarten *Gesa*, alsbald von Sobek gnadenlos unter Wasser gezogen, als hätten die Götter ein dargebrachtes Opfer angenommen. Bent hielt atemlos in Gedenken an die Antilope die Augen geschlossen.

„Ihr mächtigen Götter seid wie ihr seid! Ihr könnt nicht gegen eure wilde

---

[20] A*b*, die Herz-Seele, die wichtigste aller Seelen, die durch göttliches, lebendiges Blut vom Herzen der eigenen Mutter verliehen wurde, das vor der Geburt in ihren Schoß gekommen war. *Ab* ist die Seele, welche beim Totengericht von Maat auf deren Waage gewogen wird

Natur! Weder Sobek noch Isis. Und Sachmet erst recht nicht!"

Bent stand auf, schaute in den Himmel. „Ich weiß sehr wohl, o Maat, Isis und Sachmet, ihr großen und mächtigen Göttinnen, eure Naturen lassen sich nicht nach Gut und Böse trennen, denn ihr seid miteinander verwoben wie das verworrene Geflecht eines Fischernetzes! Ihr seid eins! Ein Wesen bist du, doch vielerlei Gestalten! Isis, Sachmet und Maat, ihr habt *mich* erwählt! *Ihr wohnt in meiner Brust!* Ich bin das eine Wesen, das alles von euch in sich vereint! Steht mir bei, bei dem was kommen mag!"

Bent erhob sich, trippelte leise und vorsichtig über die Bohlen an Land, weckte flüsternd ihre Männer, damit sie sich rasch vor den mächtigen Gottheiten in Sicherheit bringen konnten.

Während sie sich wusch und anzog, ging das Sinnieren weiter. Sachmets glühende Rache war mit dem Tode Echnatons erfüllt, *Die Mächtige* konnte wieder zur friedlichen, liebreizenden Hathor werden, zum Vater zurückkehren, und Bent konnte froh sein, daß sie noch lebte, nicht mit in den blutigen Strudel der Vergeltung gezogen wurde. Doch was war mit Isis?

Der Herrin des Lebens? War Bent frei? Konnte sie gehen, wohin sie wollte? Den Tempel gefahrlos für immer verlassen, ein neues Leben beginnen?

… Du kannst nicht davonlaufen! Nicht vor dir, nicht vor deinem zukünftigen Leben, erst recht nicht vor mir … von nun an, bis ich dich wieder gehen lasse, bist du Sahu-Re … Wenn du es wirklich willst, werde ich dich gehen lassen, Sahu-Re. Aber sei dir gewiß, daß dies den Tod mit sich bringt …

Geistesabwesend musterte Bent ihr Gesicht im Anch …

„Du kannst nicht davonlaufen, Alte!"

Pharao ist tot – das Land ohne Gebieter. Niemand kümmerte sich um die Götter! Wenn Echnaton diese unendlich wichtige Angelegenheit auch leichtfertig handhabe, so hatte er sich – im Rahmen seiner Verehrung für Aton – dennoch gekümmert. Und jetzt war er schon seit über sechzig Tagen tot. Nach siebzig Tagen mußte der Nachfolger in einer feierlichen Zeremonie das *Wepet Ra*, die Öffnung des Mundes, vollziehen. Es war dringend notwendig, daß ein neuer König den Thron bestieg…

Sie betrachtete sich weiter im Spiegel, umklammerte das Amulett, in welchem sie Amenhoteps Zahn verwahrte, zählte nach, hielt jäh mit dem Kämmen inne. …

Und zwar innerhalb der nächsten fünf Tage!

Warum hörte man nichts von den hohen Würdenträgern? Warum sagte ihr der *Imi ra nut Tjati* Eje kein Wort? Er wird das Amt selbst übernehmen wollen, oder? Unsinn, pah! Das ist ein Greis! Macht's nicht mehr lange! Wie alt mag der sein? Er ist ein wenig jünger als ich… ein Jahr älter als Teje, und ich bin… Bent erblickte in dem Bild der blühenden schönen Frau in ihrem Anch die größte Lüge ihres Lebens, sah deutlich den begangenen Frevel,

„...bald sechzig Jahre... viel zu alt!" hauchend, den Anch mit der polierten Seite nach unten legend.

Horus im Fest! Sein Schwiegersohn käme in Frage! Mudjemets Gatte! Nochmal Unsinn! Ein General! Ein *Imi ra Mescha* auf dem Thron, haha, da könnte man glatt Ranofer das Amt anbieten! Und geschwätzig wie die Dame Mudjemet war, hätte sie mir von einer mutmaßlichen Nachfolge ihres Gatten auf den Königsthron brühwarm erzählt.

Die Buben! Bei der Königin! Bei Nofretete!

Was für ein kleiner Junge?

... Die Mädchen brauchen doch ihre Mutter! Und der Kleine auch!

Nofretete hat einen Sohn?

Nein, Tejes Kleiner ...

Oh! Aber ja!

Die Frauen geben das Blut weiter und Nofretete hat keinen Sohn von Achanjati... Warum bin ich bloß derart verblendet? Denk nach, du dumme Gans! Eje und seine Tochter erzählten mir keine Unwahrheiten; verpackten lediglich alles in vornehme Worte! Doch die wollte Bent, nein – die eitle Bentsachmet – nicht verstehen; ich hätte richtig zuhören sollen!

„Der kleine Junge... Tejes Kleiner!", zischte sie, mit dem Amulett spielend. „Was sagte Nofretete damals? Als sie mir mit dem *Nechen* auf dem Schoß gegenübersaß: *... ich kann das arme Kerlchen schlecht noch einmal piesacken...* Und das Kleine plärrte dermaßen laut, daß ich kaum was verstanden hab. Mutig, mutig auf dem Schoß einer Königin so zu brüllen. Das Herz eines kleinen grimmigen Löwen, hm? Allerdings frage ich mich, wer dein *Vater* ist..." Bent lehnte den Spiegel wieder an die Kabinenwand hinter dem Tisch, versuchte einen Knoten aus dem Ende einer Haarsträhne zu kämmen.

„Wäre es möglich, daß Nofretete ihn zum Gemahl nimmt? Ach was... dazu ist er zu klein! Der ist mittlerweile höchstens zehn Jahre alt! Nofretete könnte ja seine Großmutter sein! Dieser verflixte...", endlich löste sich der Knoten, grantig knallte sie den Kamm auf den Tisch. „Sie muß einen guten Mann heiraten! Den kann sie, dank ihres Amtes, zum Pharao machen, der kann dann herrschen! Vielleicht sogar Tutmosis, Beks Sohn! So einfach ist das! Sie ist immer noch Königin! Ich gehe zur ihr! Nofretete kennt mich, wird mir Audienz gewähren! Ich brauche Gewißheit! Kara!"

„*Wo* willst du hin?"

„Nach *Maru Aton!*"

„Und die Morgenmahlzeit?"

„Das muß warten!"

Sie hatten kaum die Barke verlassen, als sie Getrappel hinter sich hörten. Und ziemlich laute, unflätige Flüche!

„Nicht wirklich!", wetterte Bent.

In vollem Galopp sauste Ksanamu an ihnen vorbei, verschwand schnell wie ein *Sesched*, ein Blitz, aus ihrem Blickfeld. Montju schwenkte schuldbewußt das Seil, „Ich wollte ihn schnell auf die Wiese bringen", keuchend.

„Dann gehen wir ihn eben suchen!"

„Ich lauf nach da vorn!", rief Kara, „Bleibe auf der Straße."

„Ich geh hier herum, zur Wiese. Er wird dorthin gelaufen sein!"

„Dann suche ich hinter der Mauer da." Bent wandte sich nach links, Kara ging geradeaus weiter und Montju verschwand rechts im spärlichen Gestrüpp am Ufer.

Bent fand sich gleich darauf auf dem weiten, in der Sonne glühenden Platz vor dem kleinen Aton-Tempel wieder, zupfte ihren *Madjam* zurecht, hielt sich zusätzlich die Hand an die Stirn, um vom morgendlichen Aton nicht geblendet zu werden, wanderte zwischen den Sphingen zur Königsstraße hin, spähte in den Eingang des verlassenen Gotteshauses. Ihre Schritte hallten unheimlich in dem zugigen, schattigen Durchgang unter dem gewaltigen *Bechenet*. Kurz genoß sie die Kühle des Windhauchs, erblickte lediglich einen weiteren, verlassenen, leeren, glutheißen Platz voller kleiner Altäre.

„Ksanamu!"

mu mu mu meinte das Echo.

Sie machte, daß sie schleunigst fortkam. Spottete Aton ihrer vielleicht?

wu hu hu

Zu Tode erschrocken machte Bent einen Satz, fauchte wie eine Katze.

Einer der Köter!

„Braver *Tjesem,* geh nach Hause, sei ein guter Hund!" Schwanzwedelnd und hechelnd lief der Hund weiter halb neben, halb vor ihr, anscheinend begeistert, daß er nicht mehr alleine war. „Wirst du wohl verschwinden!", knurrte sie dem lästigen Begleiter wütend zu, knallte mit der Rute. Jaulend machte sich der Hund aus dem Staub. Sie ging weiter, bewunderte die bunten, prächtigen Wandgemälde, drang tiefer in das Herz des Landes, denn dies war *Hat Aton*, die Burg des Aton, *Per Aa*, Das Große Haus!

Unter der überdachten, prächtig verzierten Brücke mit dem *Fenster der Erscheinung*, lief die Straße durch drei Durchgänge weiter. Zu der Brücke hoch führten dahinter beiderseits breite Rampen, die Flanken mit den Abbildungen des dem Aton opferenden Königspaares und ihren Kindern geschmückt. Ja selbst Bilder von Nofretete auf einem Streitwagen konnte Bent erkennen. Denn die Königin fuhr selbst aus. Und zwar genau über diese Rampe.

Bent schritt unter der beeindruckenden Brücke durch, hielt sich rechts, suchte den Aufweg der Rampe. Von oben würde sie bestimmt einen guten Überblick haben und den Widder vielleicht finden. Sie betrat einen Hof mit einem einst prächtigen, jetzt vernachlässigten, fast zugewucherten Garten, erspähte zwei im Gras stochernde Wiedehopfe und ein paar Schritte weiter graste der Bock friedlich die wertvollsten Blumen ab.

„Ja, natürlich! Der feine Herr! Die königlichen Blumen schmecken freilich besser als schlichtes Gras! Wirst du jetzt herkommen du albernes Tier!"

Der *Jayuer* hob den Kopf, machte einen nahezu reumütigen Eindruck, hüpfte aus den Blumen und rannte an Bent vorbei die breite, steile Rampe hoch. Bent eilte ihm nach. Unglaublich daß sie hier im Königspalast herumlief und ein dummes Schaf verfolgte!

„Wirst du wohl hergehen!"

Oben angelangt schaute sie sich schnaufend um, blickte über die Palastanlage und die Stadt, erblickte da vorn ihre Barke am Ufer und ein Stückchen weiter nördlich neben ein paar dümpelnden Barken die stolze Staatsbarke *Aton Tjehen* an den Kais des Palastes. Nirgends war eine Menschenseele zu sehen. Kein Soldat, kein Wächter, kein eifrig hastender Bediensteter erblickte sie auf den Wegen. Sie drehte sich zu der gegenüberliegenden Seite um, machte mit offenstehendem Mund eine mächtige Ruine aus. Bauschutt, geborstene Säulen, Holzbalken, Ziegelsteine und unzählige *Talatat*-Blöcke bedeckten die Erde. [21]

Das war *Gem pa Aton*! Der große Aton-Tempel! Vollkommen dem Erdboden gleichgemacht! Was war hier bloß geschehen?

Bent riß sich von dem fürchterlichen Anblick der grauenvollen Zerstörung los, trabte an der anderen Seite die Rampe hinunter. Fand sich auf einer kleinen schattigen Dachterrasse, von der aus eine breite Treppe auf einen lichtdurchfluteten Platz führte. Ein reich verzierter Torweg brachte sie in einen weiteren Hof mit pompösen Säulen. Auf halbem Weg durch diesen Säulenhof meinte sie eine Stimme zu hören. Lauschend hielt sie inne. Tatsächlich! Da hinten in dem Raum redete jemand!

Sie trat näher, schlüpfte durch die große, offenstehende Tür, trat aus dem grellen Sonnenlicht in den Schatten hinter einer Säule. Als Bents Augen sich an das Dämmerlicht gewöhnt hatten, bewunderte sie atemlos den von Bek, seinem Sohn und ihren Arbeitern gestalteten wunderschönen Saal. Ein Wald von bunten Säulen, getaucht in zauberhaftes Zwielicht. Staubkörnchen tanzten in der kühlen Luft, glitzerten wie *Naschut,* Sternenstaub, in dem breiten Sonnenstrahl, welcher durch die Oberlichter fiel.

---

[21] Talatat nennt man im arabischen die Bausteine, die insbesondere während der Amarna-Zeit gebräuchlich waren. Mit ihren standardisierten Maßen von 27 × 27 × 54 cm (½ × ½ × 1 ägyptische Elle) ließen sie sich schnell verbauen. Atons Tempel wurden allesamt geschleift, die meisten Talatat – als Füllmaterial für Haremhabs Tempel-Bauten genutzt – überstanden so geschützt die Jahrtausende, liefern heute wertvolle Erkenntnisse aus der Amarna-Zeit

Als sie wieder richtig sehen konnte, erblickte sie zu ihrem Entsetzen zwei Mumien, die ordentlich in Leinen gewickelt auf zwei Bettgestellen ruhten, tief im *Ra'a met*, dem Todesschlaf, liegend. Daneben stand ein kleiner, niedlicher Junge mit einer der Mumien plaudernd.

„Pah! Was ist denn das für ein Unsinn! Warum läßt man ein Kind mit Toten allein? Was redet er denn da? Hä?"

Leise flüsternd schlich Bent näher, erblickte ein Schwert in seiner kleinen Hand, hörte trotzige, kindliche Worte, während er die gefährliche Waffe wie in einem Kampf schwang:

„Du fehlst mir!", sagte er maulend zu dem *Watji*. „Niemals mehr kann ich mit dir lachen, reden, zanken, jagen, balgen, Spaß haben. Nicht einmal eine Maske, eine *Waji* hast du! Wie erbärmlich! Hat Maket dir auch das Hirn rausgenommen? Schwimmen wolltest du mir beibringen, du Blödmann! Was soll ich'n machen? Hilf mir doch. Die Königin findet niemanden, keiner kommt zurück. Ich kann das nicht machen! Bin viel zu klein! Du warst Vizekönig, mit dir zusammen, Brüderchen, hätte ich mich das getraut! Aber so doch nicht! Was soll ich tun? Keiner wird kommen, um mir zu helfen!"

Bent spitzte die Ohren.

Der Bruder des Vizekönigs?

Der da war kein dummes, sich selbst überlassenes, von einer Magd vergessenes Kind. Der da war ein Prinz! Sie wollte zu dem Kleinen hingehen, ihn von den Toten wegholen, als Ksanamu neugierig durch das Tor getrappelt kam.

Mäh

Sie bekam ihn wieder nicht zu fassen, schon huschte er an Bent vorbei, blieb mitten im dem leuchtenden Sonnenstrahl stehen.

„Gehst du da weg!", zischte Bent, doch der *Jayuer* senkte den Kopf und rannte geradewegs auf den Bub zu. Bent hielt die Luft an, die Hand am Amulett, welches sich glühend heiß anfühlte.

Wenn der eigensinnige Bock auf das Kind losgehen würde… Und der Kleine hielt ein scharfes Schwert in der Hand…

Tatsächlich rannte Ksanamu mit geneigtem Kopf auf den Jungen zu, machte Anstalten, sich auf die Hinterbeine zu stellen, unterließ es aber, stupste das verblüffte Kind stattdessen sanft, fast zärtlich mit der Nase weiter hinein in das kühle Halbdunkel des Säulensaals. Dort konnte Bent, zwischen zwei kolossalen Statuen von Achanjati, ein weiteres reichverziertes, bunt geschmücktes Portal ausmachen. Der Kleine drückte sich mit dem Rücken an die große Doppeltür. Ksanamu gab einen eigentümlichen Laut von sich, Bent pfiff leise nach ihm, der Widder kam endlich zu ihr gelaufen. Schnell zerrte sie ihn an einem Horn hinter eine der Säulen, schaute zu dem Kind hin, hörte den Jungen weiterhin spielerisch plappern, als könne sein großer Bruder ihm zuhören:

„Es läuft genug Viehzeug in der Stadt herum, warum sollte der Bock sich nicht in den Palast verirren? Ein Bock? Im Palast? Haha! Unsinn! Um hier rein zu gelangen, müßte der über die Brücke von den Wohnräumen hergekommen sein! Oder durch die Mauern rund um den kleinen Tempel. Aber dort sind doch alle Pforten geschlossen? Das ist ein Omen, Semenchkare! Ganz gewiß! Gemeinerhin trifft man so ein Vieh nicht in Thronsälen! Und was war der mächtig! Allein diese Eier! Hast du gesehen? Geköttelt hat er auch. Nochmal! *Was?*"

„Schäm dich!" Bent rüsselte den Bock, „In den Thronsaal scheißen!", der Bub betrachtete nachdenklich das Schwert, drehte es in Händen, horchte in die Stille, nuschelte fassungslos „Amun! Das war eins deiner heiligen Tiere! Boh! Hast du es mir geschickt, damit ich weiß, was ich tun soll? Soll ich da reingehen? Ich mach das! Ich hab keine Angst!" Entschlossen drehte er sich um, packte den goldenen Riegel der Tür, öffnete einen der Flügel.

„Boh, stinkt das!"

Bent hörte die Angeln quietschen und das dumpfe Schließen der Tür. Unheimliche Stille blieb zurück.

Sie nestelte an ihrem Gürtel, öffnete den Knoten, band den Gürtel dem Widder um den Hals.

„Raus hier! Aber schleunigst! Gut, daß er uns nicht gesehen hat!"

Draußen blieb sie tief in Gedanken versunken in dem großen Säulenhof stehen. Das mußte Tejes kleiner Junge gewesen sein! Aber wieso nennt er den Vizekönig seinen Bruder? Und wer war die andere Mumie? Sagte Maket nicht etwas von drei Toten? Wo war die dritte *Sach*?

Sie mußte sich setzen, war fürchterlich müde, ließ sich erschöpft in dem zugigen Durchgang der beiden Höfe im Schatten nieder. Die schlaflose Nacht und die ausgedehnte Wanderung durch das Palastgelände forderten ihren Tribut. Außerdem hatte sie weder was gegessen noch getrunken, dieser dumme Leichtsinn rächte sich jetzt. Ksanamu legte sich wiederkäuend neben sie.

„Tejes Junge, Nofretete, ein Wickelkind und eins ihrer Mädchen! Sonst ist keiner mehr da! Aber wer hat die Toten mumifiziert? Maket? Das traue ich ihr zu. Sie kam mir vor, wie eine alte He... naja, wie ich eben, nur älter." Sie schaute den Widder an, der legte seinen Kopf in ihren Schoß, ihn kraulend, sinnierte sie weiter.

„Ksanamu, ich bin furchtbar müde!"

Sie schaute sich gähnend um, las die *Medu Netjer* auf den Wänden gegenüber. Jede Menge Lobhudelei und Prahlerei, sowie den Namen Atons. Des Königs Namen erkannte sie, den Namen seiner Gattin und den der Kinder. Was stand da? Da war was ausgebessert worden. Atemlos las sie die Inschrift über dem Türsturz zu dem Säulensaal:

Der König, der von der Wahrheit lebt. Der Herr der Beiden Länder Nefer Cheperu Re, Ua en Re, der Sohn des Re, der von der Wahrheit lebt. Der Herr der Kronen, Achanjati, dessen Leben lang ist; und die Große Königliche Gemahlin, die von ihm geliebte Herrin der Beiden Länder ~~Nefer-Neferu-Aton Nofretete~~ *Kija, die lebt und blüht für immer und ewig.*

„Wer ist Kija?" Bent lachte bitter in sich hinein. „Immer und ewig! Und schon ist es vorbei! Das ist nie und nimmer der Thronsaal gewesen! Ich sah keinen Thron. Aber der andere dahinter scheint ein wichtiger Raum zu sein. Sonst wäre der Kleine nicht dort hineingegangen." Sie schaute dem Bock in die Augen. Der hörte auf mit kauen. „Wollen wir nachsehen?"

Sie streckte sich, wollte aufstehen, da kam der Junge, lauthals „Ich bin nie wieder *dein* lebendes Bild der Sonne! Amun! Amun! Ich habe den Ring der Macht!", brüllend in den Säulenhof gerannt, verschwand ungestüm und laut schreiend durch das große westliche Tor des Hofes.

„Jetzt gucken wir erst recht!" Fest wickelte sie sich das Ende des Gürtels ums Handgelenk – bloß nicht wieder diesen störrischen Bock verlieren – und betrat abermals den dämmerigen Säulensaal, betrachtete die Mumien genauer. Diese schien die junge Dame zu sein. Bent schluckte die heiß aufsteigenden Tränen runter, sie außer acht lassend betrachtete sie die andere *Sach.* In ihrem Leben war diese Mumie jedenfalls und zweifelsohne ein junger Mann gewesen!

Nahezu blind vor Tränen, tieftraurig vor Mitleid betrachtete Bent zwinkernd die Mumien der beiden jungen Leute. Was für ein sinnloser Tod! Was für eine sinnlose Verschwendung von blühendem Leben! Zögerlich griff sie nach der zarten, in weißes Leinen eingewickelten Hand der jungen Frau, hielt sie. Erblickte im gleichen Herzschlag das Mädchen, welches sie einst gewesen, wie es aus dem Schatten hinter einer Säule hervortrat, flehend die Hand nach Bent ausstreckte „Hilf mir" hauchend. Bent schaute mit Grausen entgeistert die zarte, wie Dunst wirkende Erscheinung, das blutbesudelte Kleid, den blutigen Dolch, wäre am liebsten schreiend geflüchtet, hörte das sanfte Flüstern wie ein Windhauch aus dem Feld der Binsen.

„Nur du kannst mir helfen."

Du kannst nicht davonlaufen! Nicht vor mir ... denn sei dir gewiß, daß dies den Tod mit sich bringt hörte Bent eine andere Stimme, wie aus weiter Ferne, aus des Himmels lichten Gewölben, und spürte, wie ihre Augäpfel sich nach oben drehten, ihre Füße den Halt auf dem Boden verloren. Bent gewann den Eindruck, umgeben von hellem, funkelnden Licht auf weißen Flügeln weit oben zu schweben.

„Ich bin Isis", hörte sie sich sagen, „Geisterfürstin, Totengöttin, Himmelsherrin. Ich bin alle Götter und Göttinnen. Des Firmamentes Lichtkuppel, des Meeres Heilbrise, der Duat Jammerstille, sie alle gehorchen meinem Willen. Ich allein bin die mächtigste aller Zauberinnen", flüsterte sie eindringlich. „Sorge dich nicht, denn ich bin da, für all jene, die leiden und in Sorge sind. Sag mir deinen Namen!"

„Meritaton", hauchte die junge Frau.

Mit einer majestätischen Geste reichte Bent dem Mädchen die Hand.

„Ich werde dich geleiten!"

Die junge Königin ergriff Bents Hand, das helle Licht verschwand, lichtlose Dunkelheit hüllte beide ein, unbarmherzige Kälte bemächtigte sich ihrer Seelen. Und so durchschritt Isis, die Königin des Himmels, die junge Königin Kemets geleitend, das Tor zur Unterwelt, betrat das Reich der Toten!

„Siehe, ich bin gekommen", sagte sie zu der jungen Frau. „Möge ich dich sehen! Möge ich die Unterwelt öffnen! Möge ich meinen Gatten Osiris sehen! Ich werde die Finsternis vertreiben!"

Mit dem mächtigen Schlag ihrer weißen Flügel wurde es heller, gelangte ein heilsames, warmes Leuchten in die ewige Finsternis. „Ich werde Fürsprache für dich einlegen. Ich werde an deiner Statt sprechen. Und jetzt: Oh Herr, sieh deine Tochter Meritaton, erhöre mein Flehen! Ich bin seine Geliebte. Ich bin gekommen, um meinen Vater Osiris zu sehen, den der Sinn des Sutech verwundet hat, der meinem Vater Osiris etwas angetan hat. Alle Wege im Himmel und in der Erde stehen mir offen. Ich bin die Tochter, die Geliebte des Vaters. Siehe, ich bin verklärt. Oh, jeder Gott, jeder Ach, macht mir den Weg frei! [22]

Ein dunkler Schimmer erhellte die kalte, stille Finsternis! Das Tor öffnete sich lautlos …

Sie schaute die Halle, trat näher, vor seinen Thron, beäugte die zweiundvierzig gnadenlosen Richter, gewahrte zu seiner Rechten Anpu, den *Herrn des Heiligen Landes*, blickte augenblicklich in das grüne Antlitz des Herrn der Unterwelt, dem Richter der Toten, dem Fürst der Zeit, der *Stätte des Auges*. Furchtlos stand die große Zauberin ihm gegenüber, in der *Halle der Vollständigen Wahrheit*. Ihm! Ihrem Bruder, ihrem Gatten!

Dem Herrn der Duat!

„Und so spreche auch ich, mein König, wie jeder andere, der vor dich gebracht wird:", sagte Bent feierlich, „Gegrüßest seiest du, großer Gott der *Halle der Vollständigen Wahrheit*. Ich bin zu dir gebracht worden, um deine Vollkommenheit zu schauen. Ich kenne die Namen der zweiundvierzig Götter, die bei dir sind in der *Halle der Vollständigen Wahrheit*. Ich bin zu dir gekommen, nachdem ich dir die Maat gebracht und dir das Unrecht vertrieben habe."

„Herrin!", grüßte der Herr der Unterwelt. Isis neigte den Kopf.

„Mein König, was geschieht mit diesem Kind?"

---

[22] Aus dem ägyptischen Totenbuch

„Sie hat getötet!"

„So willst du sie dem Richter *Neha her*, dem *Schreckgesicht* überantworten?" Bent drehte sich um, betrachtete den grausamen Scharfrichter. „Sie für Mord verurteilen? Sie verteidigte ein junges Leben!"

„Auch liebte sie einen anderen als ihren Gatten!", hörte Bent Osiris' donnernde Stimme in ihrem Kopf. Wild fuhr sie herum, riß das Mädchen am Arm, „Was verschweigst du mir?" raunend.

„Man zwang mich, den König zu heiraten, obwohl ich *Die lebenden Erscheinungen des Re* liebte! Der König selbst hat meine große Liebe, der ich von Geburt an versprochen war, getötet, deshalb mein Haß."

„Also wird auch *Wamemti*, die *Schlange*, ein vernichtendes Urteil wegen Ehebruch aussprechen?"

„So wird es vermutlich kommen, doch wir sind uneins", dröhnte die Stimme des Herrn des Jenseits.

„Und was ist mit der unerfüllten reinen Liebe? Wo, Herr, bleibt Maats Gerechtigkeit? Hast du *unsere* große Liebe denn ebenso vergessen? Denn dann wäre sie wahrlich eine vergeudete Liebe gewesen!"

Und Isis beweinte die unglückliche Liebe, erinnerte den Herrn der Unterwelt an ihrer beider Verlust.

„*Nebet!*", hörte sie ihn sagen und fühlte seine kalte Hand auf ihrer Schulter, „Die Richter sind zu einer Entscheidung gelangt. Deine Tränen haben Maats Herz gerührt, ihre Waage ist im Gleichgewicht, das Herz des Kindes ist unschuldig, sie darf in die ewigen Gefilde der Binsen eintreten!"

Bent zuckte heftig zusammen, hatte das Gefühl, aus großer Höhe herunterzufallen, fuhr bebend hoch, blickte sich um, fand sich in dem zugigen, schattigen Durchgang der beiden lichtdurchfluteten Säulenhöfe am Boden wieder. Sie war doch tatsächlich kurz eingeschlafen! Ksanamu lag immer noch neben ihr, kaute friedlich vor sich hin. Lange konnte der Schlaf mit dem grauenvollen Traum nicht gedauert haben, wie Bent an den Schatten der Säulen und dem Sonnenstand erkannte. Es war höchstens das Viertel einer Stunde her, seit der kleine Bursche plärrend durch den Hof gelaufen war.

„Jetzt gehen wir gucken, mein Freund! Steh auf, komm hoch! Sei ein liebes Schäfchen!" Abermals betrat Bent den dämmerigen Säulensaal, betrachtete die beiden Mumien, äugte mißtrauisch hinter eine der Säulen.

„Niemand ist hier!", maulte sie. „Hier war auch keiner! Hast du etwa Angst? Pah! Hier gibt es keine Geister! Aber *was* mag das da hinten für ein Raum sein, hä? Und vor allem, was ist dort drin? Hm?" Du bleibst besser hier, Ksanamu!" Bent band mit dem Gürtel den Widder an dem Bettgestell fest, schritt zu dem Saal, öffnete das Tor.

Oh, was stank da?

Wie faule Eier, aber da mischte sich ein viel üblerer Geruch unter. Ähnlich wie bei den Gerbern, aber eher wie hinter den Mauern eines Metzgers oder – was schlimmer war – hinter den Mauern einer *Stätte der Wahrheit*... Mißtrauisch trat Bent durch die Tür. Auch hier war es unheimlich düster, obendrein wegen der feinen, wehenden Vorhänge vor den Oberlichtern, und sie hörte gräßlich anzuhörendes Gesumm von Fliegen. Bent würgte es bei dem Gestank in der Kehle, glaubte im Halbdunkel zu meinen, hier sei der Thronsaal. Stand da vorn nicht ein prächtiger Thronsessel auf seinem Podest?

Aber was war das davor am Boden?

Irgendwo gluckerte Wasser, das kam wahrscheinlich von dem kaputten Wasserbecken da hinten. Bent tappte in eine Pfütze, ging fluchend weiter, erkannte in einem großen, getrockneten, verschmierten Fleck am Boden Blut! Der gesamte Boden war blutverschmiert! Voller Ekel zog sie sich einen Zipfel ihres Schleiers vor die Nase; vor dem Thron stockte ihr endgültig der Atem.

Noch ein Alptraum?

Das war zuviel!

Ein verrottender, von Maden und anderem Gewürm übersäter, halbverwester Leichnam lag da! Die Lippen verzerrt, der Unterkiefer heruntergefallen, bleckende Zähne, glotzende blinde Augen, und wo einst die Nase saß, klaffte ein schwarzes, zerfranstes Loch, einen Arm weit von sich gestreckt, die faule Hand, unter deren Haut man bereits die Knochen erblickte, verdreht, als hätte der Junge... „Rief er nicht etwas von einem Ring?"

Sie blickte in das entsetzlich verfaulte Gesicht der madenzerfressenen, gärenden, aufgeblasenen Leiche, würgte noch einmal heftig. Ein Glück, daß sie heute nichts gegessen hatte. Nichts wie raus hier! Wie eben der Junge hastete sie nun selbst durch den dämmrigen Säulensaal nach draußen, rannte über den Säulenhof, blieb schnaufend an der Treppe zu der Dachterrasse und der Rampe stehen.

Da war doch der dritte Tote!

Wegen der Feuchtigkeit von dem beschädigten Springbrunnen und der Kühle in dem schattigen Saal, nicht wie üblich in Kemets Hitze getrocknet, sondern vergammelt, verfault und voller Maden. Und wie an den Kleidern und dem Alter des Mannes zu erkennen war, war Bent soeben Pharao begegnet!

Abermals überkam sie Brechreiz, sich würgend vorbeugend kam mit jeder Menge Spucke nichts als grüne bittere Galle hoch. Es flimmerte vor ihren Augen, ihr wurde schlecht; erschöpft sank Bent am Fuß der Treppe auf den Boden, „Der da wird namenlos in die Ewigkeit eingehen!", keuchend, „Da hat sich einer mit Absicht gerächt!" Bent atmete tief die frische Luft ein, schaute sich um, wollte sicher sein, daß das schwarze Flimmern vor ihren Augen endgültig verschwunden war, erblickte an der Wand vor sich eine Vertraute.

Ungläubig betrachtete sie das bunte Wandgemälde.

„Teje?" Um sicher zu sein las Bent die *Medu Netjer* neben dem riesigen Bild der Königin: *Die Prinzessin aller Frauen, Die Herrin des Südens und des Nordens, Teje,* Die Herrin des südlichen Harems

„Oh, du bist es wirklich! Ach, liebste Freundin, wie gut dich nach diesem Schrecken zu sehen!" Sie trat zu dem gewaltigen Bildnis und streichelte die mit gelber Farbe gemalten Füße.

„Das war dein Kleiner eben! Hast du ihn gesehen? Hübsch ist er. Er gleicht dir, hat dein liebes Gesicht, was ich trotz der Eile, mit der über den Hof hetzte, erkannte. Ist da in den Thronsaal zu der verfaulten Leiche gegangen! Der hat gewaltigen Mut! Und er sagte, das sei sein Bruder, der da drin liegt…" Bent unterbrach sich, machte ein paar Schritte rückwärts, um Teje ins Gesicht schauen zu können, zog nachdenklich die Augenbrauen zusammen. Diese kecke, niedliche Stupsnase! Dieses pfiffige Gesichtchen des schelmisch wirkenden Bübchens … er erinnerte sie an dunkle, wache, große Augen, die sanft schauen konnten, so täuschen konnten… Abermals überkam Bent das Gefühl, das Amulett um ihren Hals glühe und poche…

„Nein! Er gleicht nicht *dir*… Mit *wem* hast *du* das Lager geteilt, liebste *Chnemeset? Wer* ist der tote junge König? Und *wer* ist der Vater des kleinen Jungen?" Bent lauschte in die einsame Stille der toten Stadt, hörte abermals den hellen Ruf des Falken, sich „*Warum* hast du dich *umgebracht?*", fragend.

… Jemand trat der Königinmutter zu nahe, hat sie vergewaltigt und geschwängert! Und der Gott kam daraufhin auf den Gedanken, seine Mut zu ehelichen! …

… Wurde der Frevler gefaßt? …

… Nein! …

… Wie kann ein Sohn seine Mut…

… Der Gott ist meist nicht Herr seiner Sinne! Aton hat ihn geblendet, wenn Ihr versteht! …

Kalte, schaurige Gänsehaut kroch Bent den Rücken hoch, abermalige widerliche Übelkeit bemächtigte sich ihrer, sie hätte kotzen mögen, doch ihr leerer Magen gab nichts her.

„Der Kleine hat *noch* einen Bruder! Nicht wahr, Teje!", brüllte Bent in die Stille. Irgendwo flogen ein paar Tauben klatschend in den Himmel. „Er ist sein Bruder *und* sein Vater!", schrie sie böse, als ihr einfiel, was ihr Nofretete damals in vornehme Worte verpackt, unter Tränen erzählt hatte.

Der Knabe war der Sohn Pharaos!

„Das Schwein hat seine eigene Mutter gefickt!"

Schreiend und trampelnd versuchte Bent das Unfaßbare zu verstehen, rannte zurück in den Thronsaal, raffte ihr Kleid, trat die faule Leiche, ungeachtet der Fliegen, Maden, dem Gestank und allem anderen unsäglichen, was das mit sich brachte.

„Oh, sei froh, daß du tot bist! Ich hätte dich liebend gerne *jiri schat!*"

Jetzt erbrach sie sich tatsächlich über den Leichnam, Gift und Galle spuckend, raffte abermals ihr Gewand, trat ihm in den Leib, zerstreute die gärenden, beinahe kochendheißen Eingeweide in alle vier Winde!

Als sie schnaufend wieder zu sich gekommen war, schlidderte sie zu dem Wasserbecken, lief hindurch, wusch sich den schleimigen Dreck von den Füßen, verließ den Saal.

Vor Wut bebend band sie Ksanamu los, ließ sich abermals draußen am Boden nieder und betrachtete das große Bild der Königin.

„Warum hast du mich nicht gerufen? *Her em?* Ich hätte dir doch geholfen!" Bent sprang hoch, schlug mit beiden Handflächen dem Bildnis auf die Schienbeine. „Das ist *dein* Junge! Von *deinem* königlichen Blut! Nur die Frauen geben die Blutlinie weiter. Lassen wir seinen verblendeten Vater außer acht! Du allein, o Königin, hast einen *Horus im Nest*! Ich erblickte soeben den Kronprinzen! *Sa Nesu semesu!* Ich paß auf ihn auf, auf den Sohn von Pharao mit seiner Königin! Das verspreche ich dir! *Per Aa!* Pharao! Und du läßt mich suchen und orakeln auf Jahre hin!"

Ein bunter Schmetterling ließ sich auf Tejes gemaltem Auge nieder, klappte seine Flügel auf und zu. Es sah aus, als blinzle Teje ihr tröstend zu. Bent ließ sich wieder am Boden nieder.

„Er hat ganz schön Mumm, der Kleine! Es erfordert jede Menge Kühnheit, das zu tun, was er eben getan hat. Kein Wunder, bei dem Großvater! Ein Feigling ist der sicher nicht, Teje. Aber warum rief der Bub, er hätte den Ring? Stehlen muß er gewiß nicht. Und was sollte das von einem Bild… von einem lebenden Bild… *Tut ench Aton*… das lebende Bild der Sonne? Ach Teje… was soll das? Du bist nicht unbedingt hilfreich, so wie du da vornehm blinzelnd auf der Wand prangst! Er rief ,ich bin nie mehr dein lebendes Bild der Sonne. Amun'!"

Der *Jayuer* stupste sie mit seiner feuchten Nase mitten ins Gesicht.

„Ach, Ksanamu! Du altes Schaf…" angewidert wischte sie sich unwirsch über den Mund, hielt plötzlich einen Augenblick inne, packte den Kopf des Bocks mit beiden Händen, schaute ihm fest in die Augen, „Du *Schaf*!", flüsternd. „*Ich* bin hier das Schaf! Zu blöd um richtig zu denken! Das ist sein *Name*!"

Bent stemmte sich selig auf die Knie, packte den Bock bei den Hörnern, schüttelte seinen Kopf begeistert hin und her.

„Er *heißt* so! Er ist Das lebende Bild des Aton! Und weil du störrischer Bock unbedingt mit ihm spielen wolltest, glaubt er plötzlich, Amun sei zu ihm gekommen! Nie mehr Aton rief er und pries Amun! Tut Ench Aton! Tut-Ench-Amun! Das Orakel! In meinem Keller! Das brennende Wasser! Das lebendige Bild von Amun! Ich habe das Orakel gefunden! Ich habe es endlich gefunden!"

Auch lange nach dem Nachtmahl fand Bent keine Ruhe. Obwohl sie die Barke verlegen ließ, sie sich einen sichereren Anlegeplatz am südlichen der beiden Kais des Palastes wählten, sie selbst unter Montjus scharfem Blick ausgiebig in *Iterus* Fluten gebadet hatte, sich mehrfach mit ihrer fein duftenden Seife abgerubbelt, mit ihrem Parfüm beduftet hatte, ordentlich *Kyphi* und *Senetscher* verbrannte, vermeinte sie immer noch Achanjatis verwesendes, faules Fleisch zu riechen, sein heißes, moderiges Gedärm an ihren Füßen zu spüren. Durstig leerte sie einen weiteren Becher von Scherjts süßem Bier, betrachtete ihre Männer, die sich an Deck mit Kara und Scherjt unterhielten, locker mit den Frauen schäkerten. Keinem von ihnen gestattete sie, an Land zu übernachten, nur den beiden, die am Lagerfeuer Wache halten sollten. Still und in sich gekehrt saß Bent an ihrem Tisch, schaute in den leuchtenden, abendlichen Himmel. Im Osten ging der Mond auf, stand bereits hoch über den bedrohlich wirkenden Mauern von *Hat Aton*.

Sie war furchtbar müde, dieser unendlich lange, zermürbende Tag wollte kein Ende nehmen. Doch gerade schüttelte einer der Männer seine Matte auf, machte sich lang, Montju und einer der Steuermänner gingen von Bord, übernahmen die erste Wache, Kara gähnte herzhaft, stand schwankend auf, nuschelte beschwipst was von angenehmen Träumen und verschwand kichernd mit Scherjt in der hinteren Kabine. Bent blieb eine Weile sitzen, lauschte dem leisen Murmeln zweier Kerle, die sich was vor dem Einschlafen erzählten, hörte am Ufer weiter nördlich, an dem anderen Kai etwas plätschern. Die Nilpferde von heute morgen? Sie stand auf, trat an das Geländer. Gut, daß es noch nicht richtig dunkel war, denn schemenhaft erkannte sie, daß da keineswegs ein Nilpferd zu Gange war. Ungeachtet der Gefährlichkeit der Natur planschte der kleine Junge dort!

Ohne zu überlegen, packte Bent die Lampe, hastete vom Schiff, band Ksanamu von seiner Leine und zog den mürrisch meckernden, verschlafenen Bock hinter sich her.

„*Henut!*", rief Montju warnend hinter ihr her.

„Bleib! Ich weiß was ich tu!", zischte sie, zerrte an dem Seil. Der starke Widder gab ihr Sicherheit, man konnte nie wissen, was sich im spärlichen Gestrüpp am Ufer verbarg. In Gedanken legte sie sich schon eine Schimpfrede zurecht, die sich gewaschen hatte. So ein Leichtsinn! In der Nacht, während Krokodile und Nilpferde in der Umgebung hausten!

Diesem Wicht war in der Hitze des Tages wohl das Hirn ausgetrocknet!

Ein Binsenkolben knallte an ihre Stirn, das kühlte augenblicklich ihre Wut.

„Das ist kein Wicht! Auch kein kleiner Junge! Er ist das *Große Haus*! Pharao! Habe ich nicht geschwo... versprochen auf ihn achtzugeben? Er ist göttlich, unantastbar, die heilige, leibhaftige Erscheinung von Horus! Die leibhaftige Erscheinung von... von dem *Grimmigen Löwen*! Egal wie alt er ist! Oh, Weib, wenn du dich hier nicht zurückhältst, sollst du verflucht sein!" Bent schnaufte tief durch, biß die Zähne zusammen, leuchtete mit der Lampe. Der Kleine kam gerade aus dem Wasser geklettert. Nackt wie ein Frosch und vor Kälte schlotternd. Ksanamu lief zu ihm hin.

„Boh! Den kenn ich!", freute der Bub sich schnatternd und zähneklappernd, anscheinend froh, jemandem zu begegnen, „Er heißt Amun! Hab ihn heute schon mal getroffen! Gehört der dir? Warum läuft er an einer Leine?"

„Hier ist es gefährlich! Deshalb! Heute morgen waren da vorn Nilpferde und Krokodile im Wasser! Er heißt nicht Amun, er heißt Ksanamu. Bist du etwa den ganzen Nachmittag im Wasser gewesen? Komm mit an mein Lagerfeuer, da kannst du dich aufwärmen!"

„Wer bist du?"

„Ich bin Sahu-Re. Komm her, bitte!" Sie hielt ihm die Hand hin ...

Mama, hilf mir!

Nefertem!

... und der Junge griff tatsächlich vertrauensvoll danach. Sein Herz rein und unschuldig.

„Ich heiß Tut Ench A... nur Tut!" Der Kleine ließ ihre Hand los, drückte sich bibbernd an Ksanamu, knuddelte den Bock, als sei er ein flauschiges niedliches Lämmchen, sein Gesichtchen tief in Ksanamus weiches Fell gedrückt, „Es hat so gestunken, deshalb blieb ich im Wasser. Hast du schon mal einen Toten gesehen?", nuschelnd.

„Heute mittag habe ich einen gesehen, das war wirklich ein gruseliger Anblick. Ich bin schön erschrocken. Und was hast *du* dort gemacht?"

Der Bub ließ Ksanamu los, hielt ihr seine geschlossene Faust vor die Nase, die er langsam öffnete. Bent erblickte im Schein der flackernden *Tekau* in seinem völlig vom Wasser verschrumpelten Händchen einen goldenen Ring mit blauem Stein.

„Was ist das?"

„*Das* ist der Ring der Macht!", wisperte Tut geheimnisvoll, versteckte das Fäustchen hinter seinem Rücken, machte eine furchtbar wichtige Miene. „Den brauch ich, aber er steckte noch an Echnatons Finger. Weißt du, das ist Pharao, mein Vater. Der ist tot und es ist sonst keiner da. Tutmosis kommt überhaupt nicht mehr wieder. Er sollte einen Prinzen für Nofretete bringen. Aber sie wartet schon viel zu lange. Der kommt bestimmt niemals mehr wieder!"

„*Wer*?" Bent ahnte das Schlimmste.

„Der Bildhauer mit den blauen Augen! Tutmosis! Kennst du ihn nicht? Jeder kennt den!"

„Ach *der*! Wo ist er denn hin?", hauchte Bent atemlos. Sollte sie denn dem Freund mit einer schlechten Nachricht unter die Augen kommen müssen? Sie hielt ihm abermals die Hand hin, zutraulich griff das Kind danach, zog den Knaben zurück zu dem Lagerfeuer, rief: „Montju, ich übernehme die Wache, geht schlafen! Laßt Matten und Leintücher da!"

„Der ist nach Chatti gegangen, um für Nofretete einen Prinzen zu holen", der Bub klapperte vor Kälte mit den Zähnen. „Aber er ist schon über zwei Monde fort. Bestimmt hat ihn der König dort als Sklaven behalten. Aber selbst wenn der wiederkommt, das nützt nichts. Ich hab den Brief gelesen, ich kann das. *Ich* muß Pharao werden! Das ist mein Geburtsrecht! So steht es in dem Brief. Aber ich will nicht meine *Mut* heiraten…"

„Aha." Bent legte ihm Montjus Leintuch um die Schultern, rubbelte ihn ab, rubbelte ihm das Haar trocken, wickelte ihn in das andere, trockene Tuch, drückte den Bub auf die Matte bei dem Feuer.

„Sag mal, da waren doch noch zwei Tote. Wer sind'n die?"

„Hast du dich auch so vor Echnaton gefürchtet?", flüsterte er, kuschelte sich wieder an den Bock, als sei das gelassen daliegende Tier seine letzte Rettung. „Boh, der schaute gruselig aus, was!"

„Wenn Ksanamu bei mir ist, habe ich nie Furcht! Er ist Amuns heiliges Tier. Denk nicht mehr dran, vergiß es ganz schnell! Wer so mutig ist, den Ring an sich zu nehmen… Weißt du, wer die beiden anderen waren?"

„*Tju*! Maket hat sie eingewickelt. Für Echnaton macht sie das nicht, hat sie gesagt. Aber Merit und Semenchkare", er kicherte mit wohligem Gruselschauer, bohrte sich den Zeigefinger ins *Gabet en scheret*, ins Nasenloch, tat als schnipse er einen dicken Popel weg, „hat sie eigenhändig das Hirn aus der Nase gezogen!"

„Und wer ist Merit?"

„Meine Schwester! Meritaton! Meine große Schwester. Die Königin! Semenchkare hat sie eigentlich heiraten wollen, die beiden haben immer so rumgeturtelt, sich geküßt und so … bäh … aber Echnaton hat das gar nicht gefallen. Da hat er Semenchkare abgestochen. Deswegen hat Merit Echnaton abgestochen, und dann kam Haremhab und Merit hat sich mit dem seinem Schwert erstochen. Du riechst gut!"

„Danke!" Bent saß da mit großen Augen, offenem Mund, traute ihren Ohren nicht, konnte nicht fassen, was sie da hörte! Ihr Alptraum! Die Königin ermordete ihren Gatten, ihren Vater! Der Selbstmord der jungen Königin bestätigt! Solche Grausamkeiten konnte der Bube sich doch nicht ausdenken? Oder?

Sie träumte immer noch, hä?

Saß in dem grauenvollen, nicht enden wollenden Traum mitten in der Nacht mit einem Kind – dem zukünftigen Pharao – am Ufer des Nils, um ihm Würmer aus der Nase zu ziehen. Darüber hinaus verfügte das niedliche süße Kerlchen anscheinend über ausgeprägten scharmanten Einfallsreichtum.

„Das flunkerst du doch!"

„Nö!"

„Und deine andere Schwester? Sie ist doch gesund? Oder? Und bei Nofretete?"

„Hm!"

„Wie alt ist sie?"

„Weiß nich... elf oder so. Anchesenpaaton ist eine affige Gans, bäh, Mädchen... aber seit das alles passiert ist und Merit ... bist du *kaman*?"

„Nein, ich bin nicht blind. Wie alt bist *du*?"

„Neun!"

„Wer ist Semenchkare?"

„Mein Bruder."

„Von Achanjati?"

„Nö!"

„Jetzt laß dir doch nicht so die Würmer aus der Nase ziehen!"

„Wie redest du mit mir? Ich bin ein Prinz! Ich bin *Sa Nesu*!"

„Verzeiht Majestät!"

„Haremhab ist sein *It*."

„Semenchkares *It* ist der *Imi ra Mescha*?"

„Hm. Aber *ich* bin jetzt *Per Aa*! Ich hab den Ring... Wer bist du überhaupt und was machst du hier? An dem grusligen dunklen Tag sind nämlich alle verschwunden, der gesamte Hofstaat, als allererstes sämtliche hochnäsigen Würdenträger, keiner mehr da, alle weg. Ich kenne dich nicht, was willst du von mir?"

„Wenn man Pharao sein will", überging Bent seine begründete Empörung, „braucht man eine Frau. Wie Echnaton Nofretete hatte, wie Osiris Amenhotep meine liebe Freundin Königin Teje..."

„Nochmal! Was? *Du* kennst Teje?"

„*Tju*! Ich wollte sie besuchen kommen. Habe lange nichts mehr von ihr gehört. Dachte, wenn ich selbst vorbeikomme, etwas über sie in Erfahrung zu bringen. Ich..."

„Teje ist meine richtige *Mut*!" Gedankenverloren pusselte er an dem Leintuch, wischte tapfer ein Tränchen fort, meinte mannhaft: „Sie ist bei meiner Geburt gestorben und so wurde Nofretete meine *Mut*."

„Wie furchtbar! Teje war meine gute *Chnemeset*!"

„Ich kenn sie überhaupt nicht! Nur ihre Bilder an den Wänden, den Zopf und was sie mir in dem Brief gesagt hat..."

„Sie war eine großartige Frau! Ich werde dir von ihr erzählen, versprochen!"

Aber nur, wenn du immer schön auf deine Schwester aufpaßt! Sie ist etwas ganz Besonderes, sehr kostbar, so wertvoll wie ein edles Kleinod..."

„Die affige Gans?" Tut zog mümmelnd eine süße Schnute.

„Sie wird einmal Königin sein! Wie sprichst du von ihr? Sie ist eine Prinzessin! Ihr seid Königskinder! Und die letzten aus eurer Familie. Du mußt sie zu deiner *Hemet Nesut Weret*, deiner Großen Königlichen Gemahlin machen, nur so kannst du auf sie aufpassen. Versprichst du mir das, Tut? Nicht nur nicken, brummeln und auf den Boden sehen! Schau mich an. *Tju*? Fein! Kannst du dir vorstellen mit Anch... es... en pa Aton und deiner *Mut* Nofretete zusammen nach Uaset zu gehen, um dort in den Palast von Teje zu ziehen? Spätestens morgen müßtet Ihr nach Uaset, mein König, wegen dem *Wepet Ra*, der Mundöffnungszeremonie!"

„Was soll ich da?"

„Dort ist die mächtige Heimstatt von Amun, *dem Verborgenen*. Sagtet Ihr nicht selbst, Ihr seid nie wieder das Bild des Aton, sondern Amuns lebendes Bild? Ihr müßt die tote Stadt der Sonne verlassen! Hier ist alles gestorben, jeder gute Gedanke! Aber dort, in Uaset, in der Stadt des Königs, wartet das Leben, dort steht Amuns gewaltiges Haus, der Gott wartet bereits auf Euch."

„Diese Wichtigkeit hab ich auch schon bedacht und den langen heißen Nachmittag darüber gegrübelt, wie ich das bewerkstelligen soll. Denn ich weiß nicht, wie ich dorthin komme!"

„Ihr müßt nach Uaset, um König zu werden, mein Herr! Das Land braucht einen Herrscher; es wartet nur auf Euch."

„Auf *mich*?"

„Auf *Sa Re*, den *Sohn der Sonne*!"

„Nofretete geht hier aber nicht weg, sie will auf den Bildhauer warten. Ich kann doch nicht ohne sie..."

„Und wenn ich dir sage, daß du bei mir in besten Händen bist? Deine *Mut* Teje gewollt hätte, daß du mit mir gehst, *Nesu*, ich bitte Euch, kommt mit mir mit, damit Ihr *Nesu Bity* werdet, Pharao, Herr der *Beiden Länder. Hasj tji!*"

„*Was* nennst du mich?", hauchte der Kleine verwundert.

Bent kniete sich hin, streckte die Arme vor, neigte den Kopf auf den Boden, „*Nesu*" hauchend.

„Das will ich nicht! Hör auf damit! Achanjati hat das von uns allen verlangt, laß es, Frau! Ich komme schon irgendwie nach Uaset, und Merit und Semenchkare nehm ich mit, die laß ich nicht alleine hier! Eje ist dort. Opa muß mir sagen, was ich machen soll!"

„Opa?", prustete Bent entgeistert, außerdem schwindelte ihr der Gedankenkasten ob dem niedlichen Kindergeplapper und diesen verworrenen, tragisch endenden Familienverhältnissen, aber sich den unterkühlten ehrwürdigen *Imi ra nut Tjati* Eje als liebenden Opa vorzustellen, überstieg selbst ihre blühende Vorstellungskraft.

„Die *Aton Tjehen* liegt da vorne." Tut wies mit der Hand in die Dunkelheit. „Aber es ist keine *Jeset en Wija*, keine Mannschaft da, die mich dorthin fahren könnte. Alle sind feige verschwunden als Aton sich versteckte!" Er gähnte herzhaft, Bent unterdrückte bei dem Anblick ihr eigenes Gähnen.

„*Ich* hab eine starke *Jeset en Wija*!", meinte sie wie nebenbei, warf ein Stück knorriges Holz auf das Lagerfeuer.

„*Mabjat*, Frau! Die sind nicht genug, um die *Aton Tjehen* und deins zu fahren. Pharaos Barke ist ganz schön groß. Aber du bist ja nur eine alte Frau, kannst sowas überhaupt nicht wissen! Du weißt nicht, daß ich noch Knechte im Haus hab! Ich weiß jetzt, wie es geht! Du mußt *deine* Mannschaft teilen, auf jede Barke welche mit richtig Ahnung. Die sagen den Knechten dann was sie machen sollen. So könnte es gehen, so und nicht anders!"

„Was ich alles nicht weiß!", knurrte Bent. „Am liebsten würd ich dir für deine vorlaute Frechheit die Löffel langziehen, mein König! Redet man so mit alten Leuten? Hat dir deine *Mut* keine Manieren beigebracht?"

„Doch, Frau! Meine *Mut* hat mir alles beigebracht! Alles was ich weiß! Sie und mein dummer Lehrer!"

„Seit wann ist ein Lehrer dumm?", zischend stand sie auf.

„Du gleichst in allem deinem Großvater! Man meint gerade, er, der *Grimmige Löwe*, der Gute Gott, *Amenhotep Netjer Heqa Uaset* sei wiedergeboren! Komm mit!", betrat das Deck, rüttelte den *Nefu* grob wach.

„Kannst du mit deinen Männern zwei Schiffe segeln?"

Der arme Kerl wußte nicht wie ihm geschah; derart heftig aus süßen Träumen gerissen, murmelte er schläfrig „Wieviel Ruder?"

„Sie hat zwölf Ruder am Bug, Kerl", bestimmte Tut, „zwei Steuerruder am Heck, zwei große Segel! Sie ist über neunzig Ellen lang und vierzehn Ellen breit!" 23

Der Kleine hatte Ahnung. Wie die meisten Jungs, wenn es um solche Dinge ging. „Deine *Tep Dschenech en Imachyt* ist klein dagegen, kannst sie mit sechs Ruderern halten. Aber wir wollen ja südwärts, brauchen nur steuern, weil wir segeln."

„*Tja*! Das geht nicht! Dafür habe ich zuwenig Männer!"

Der *Nefu* blinzelte ungläubig zwischen Bent und dem Buben hin und her.

„Ich befehle an die zwanzig Knechte, die werden dir helfen!"

„Und ich habe zwei gute *Imi Jertji*! Es wäre machbar! Riskant, aber machbar."

„Morgen früh! Sobald Aton am Himmel steht! Dann segeln wir *chentji*, südwärts!" Tut zupfte Bent am Arm: „Ich muß nach Hause, alles regeln,

---

23 Bei diesen Maßen orientierte ich mich an den Maßen der Sonnenbarke des Cheops. Die ist ca. 42 m lang und mißt an der breitesten Stelle ca. 5,60 m. Die *Aton Tjehen* habe ich ein wenig größer gemacht. Eine ägyp. Elle hat 0,52 cm

Bescheid sagen, mein Zeug holen... ich kann nicht einfach fortlaufen... das gehört sich nicht."

„Natürlich nicht."

Mit großer Geste hüllte er sich in das Leintuch, warf einen Zipfel forsch über die Schulter und Bent schaute im Schein der Lampe sein liebes Gesichtchen, erblickte in seinen funkelnden Äugelchen unbekümmerten kindlichen Übermut und reine Abenteuerlust.

„Hast du vertrauenswürdige Kerle unter deinen Untergebenen? Zwei, die mich begleiten, zwei, die Waffen führen!", er grinste verschmitzt, „Falls ein Nilpferd auftaucht."

„*Tju!*"

„*Das* ist die königliche Barke!" Bents Kapitän blieb in der hellen Morgensonne der Mund offenstehen!"

„Die du nun segelst!"

„Wenn ich das gewußt hätte..." Kopfschüttelnd, sichtlich ergriffen, fuhr er sich fahrig über die Bartstoppeln.

„Was gewußt?"

„Aber doch nicht so!" Der *Nefu* packte den Saum seines sauberen, guten Lendenschurzes, zog ihn ein wenig von sich weg, „Mit diesen Lumpen!", zerrte mit dem Zeigefinger den Hemdkragen vom Hals. „So eine vornehme, erhabene Barke! Die Barke von... von dem *Guten Gott*... und ich habe nichts manierliches angezogen..." Abermals unterbrach er sich, beobachtete mit Bestürzung, wie schwitzende Männer zwei einfache Särge an Bord brachten.

„*Henut, das* geht zu weit! Ihr wißt, daß ich alles für Euch tue, aber *das* nicht!"

„Wenn ich dir sage, daß du für Pharao segelst und dies eine dringende Notwendigkeit ist, würdest du dann darüber hinwegsehen?"

„Pharao?"

„Der *Gute Gott* ist dein Reisegast!"

„Männer!", brüllte er, ließ Bent stehen, „Alle nochmal ins Wasser! Sofort! Und wehe, ich sehe auch nur einen dreckigen Fingernagel hinterher! Oder einer von euch stinkt wie drei Tage alter Fisch! Wo ist mein *Cher'a*? Mein *Machaqt*? Das Rasierzeug? Der Spiegel? Her damit!"

Bent zog kopfschüttelnd ihre Vorhänge zu, verschwand in der Kabine. Männer! Machten sich tatsächlich fein, um ein Schiff zu segeln!

Kara, vom Lärm der Ruderer, welche oben auf dem Kabinendach Mast und Segel klarmachten, geweckt, huschte, während Bent sich ebenfalls für den Tag zurechtmachte, durch die Zwischentür herein, wirkte gewaltig verschlafen.

„Legen wir ab? Wolltest du nicht nach *Maru Aton*?"

„Das hat sich erledigt. Wir fahren nach Hause. "

„Schon? Und worauf warten wir?"

„Es kommen zwei Fahrgäste mit. Auf die warten wir."

„Ich würde auch nicht hierbleiben wollen. Soll ich zu dir in deine Kabine ziehen?"

„Nein, sie reisen auf ihrem eigenen Schiff."

„Echt jetzt? Auf welchem?"

Bent öffnete die Kabinentür, Kara lief neugierig bis an das Geländer. Auf dem Kai standen mittlerweile sämtliche Männer der Mannschaft vor ihrem *Nefu* stramm. Bent zollte ihnen im Stillen ordentlich Respekt, denn sie hatten sich mit den guten einheitlichen Schurzen, Hemden und Sandalen des Isistempels gekleidet. Nicht einer darunter, der nicht säuberlich rasiert wäre, niemand mit zerknittertem Lendenschurz, alle gut duftend!

Da kamen zwei Kinder durch das Tor des großen *Bechenets*, der auf den südlichen Kai führte. Tut stolzierte an einem goldverzierten *Medu* daher, schick herausgeputzt; der wußte genau, wie wichtig diese Angelegenheit war. Sein schönes dichtes dunkles Haar der Jugendlocke abrasiert, trug er um den Kopf ein wehendes blaues Band, um die Hüften einen feinen, plissierten, weißen Lendenschurz, an den Füßen gute Ledersandalen. Auf seinen Schultern funkelten die bunten Perlen eines kostbaren Halskragens in der Morgensonne. Das bildhübsche, reizend anzusehende Mädchen in seiner Begleitung trug ein zartes gelbes Kleid und einen ähnlich schicken Halskragen. Auf ihrem Kopf saß eine aufwendige Löckchenperücke mit unzähligen kleinen blauen Perlen aus Lapislazuli verziert.

Bent seufzte erleichtert, als sie das Mädchen erkannte, welches sie in ihrem grauenvollen Alptraum im Allerheiligsten gesehen hatte, just in dem Moment, als ihr Gewalt angetan werden sollte. So liebreizend und fröhlich, wie sie daherkam, schien ihr nichts geschehen, schien es ihr gut zu gehen. Sie trippelte plaudernd neben ihrem Bruder her, hielt in der einen Hand ein hübsches Sonnenschirmchen über sich und aus dem Körbchen, welches an ihrem Arm hing, lugte putzig eine Katze hervor. Hinter den beiden trottete ein Junge in Tuts Alter, führte einen Hund an einer Leine, plapperte mit einem Mädchen.

„Das sind aber zwei Piekfeine!", meinte Kara. „Reiche Leute, hä? Das Gesinde griffbereit im Schlepptau. Wo sind denn die Eltern? Man kann doch solche Zwerge nicht allein mit Fremden reisen lassen. Und warum geht der Bub an einem Stock?"[24]

---

[24] Keine Ahnung, warum der Bub an einem Stock geht, aber in seinem Grab sind unzählige aufwendig verzierte sowie schlichte Gehstöcke gefunden worden; die meisten wiesen Gebrauchsspuren auf

„Der Zwerg ist Pharao!"

„Hmpf!"

Kara schnaufte wie ein alter Esel, tastete nach hinten zu den Lehnen eines Stuhls, ließ sich entgeistert darauf nieder, „Und du sagst mir nichts?", hauchend, „Ja, was mach ich denn?", zischend. „Steh da in diesem alten verknitterten Nachthemd! Jetzt hat er mich so gesehen! Nicht gekämmt, nicht gewaschen, ungeschminkt! Er verlangt doch bestimmt einen Kniefall oder so…"

„Keine Ahnung, von mir hat er nichts verlangt. Guten Morgen, *Neb*. Guten Morgen, die Herrschaften."

„Guten Morgen, die Damen", rief Tut herüber, verschwand mit seiner niedlichen Begleitung in der Kabine an Bord der *Aton Tjehen*.

Hunde, Geparden, Falken, Truhen, Möbel, ein Löwenfell – Bent fauchte aufgebracht – all das brachten Tuts Knechte herbei, verschwand im Bauch der *Aton Tjehen*. Als auch das letzte Gepäckstück an Bord gebracht und alles verstaut war, die Männer sich bereitmachten loszusegeln, trat Tut aus der Kabine, rief gebieterisch zu Bent herüber „So fahr ich nicht! Da drüben, in dem *Bechenet* – der wird als Bootshaus genutzt – finden meine Knechte und die Männer der ehrenwerten Dame Sahu-Re die Uniformen von Pharaos Besatzung. Ich will, daß die angezogen werden!"

„Alle zu dem *Bechenet*!", befahl der *Nefu*. Mit stolzgeschwellter Brust kehrten die Kerle nach kurzer Zeit zurück. Gekleidet in silberfarben gefärbte Lendenschurze und silbern verzierte lederne Halskrägen. Ja, so konnten sie sich sehen lassen! Was für ein prächtiges Bild! Bald darauf hißten die fein gekleideten Männer, „*Kenem junu*! Laß uns die Winde einhüllen!", rufend, geschickt die mächtigen *Hata'u*. *Imachyt*, der segensreiche Nordwind selbst schien erfreut über diesen erhabenen Anblick, bauschte mit einer fröhlichem Brise die Segel machtvoll auf, daß jeder sehen konnte, wer da an Bord der beiden Barken reiste. Dieser würdevolle, ja gar feierliche Anblick verursachte selbst Bent eine Gänsehaut!

„Fahren wir nach Hause!", befahl sie. Ihr Steuermann trat zu ihr, platzend vor Stolz, steckte eine königliche Standarte in die Halterung neben ihrer Standarte der Isis.

„Herrin! Wir gehören zur königlichen Flotte! Niemand wird uns aufhalten, keiner sich uns in den Weg stellen!"

Sie klopfte ihm die Schulter.

„Und du bist bis Uaset unser *Nefu*! Dann bring uns sicher heim, Kapitän!"

Gleich erreichten sie die Kehre bei *Tantarer*, bis Uaset war es dann nicht mehr weit. Bent stand am Bug der *Auf Imachyts Schwingen*, genoß den kühlen Wind, rechts vor ihr pflügte die *Aton Tjehen* die Wellen. Doch auch der kühlende Kuß *Imachyts* lenkte sie nicht von ihren Grübeleien ab. War es richtig, daß sie den Jungen unterwegs ermunterte, sich seinem Volk zu zeigen? Im Nachhinein glaubte Bent, voreilig gewesen zu sein, vermutete, sie habe den Knaben unnötigen Gefahren ausgesetzt. Denn der Bursche war leutselig auf die neugierigen Menschen zugegangen, redete mit ihnen, fragte sie vorwitzig und liebenswert nach ihrem Leben und wie sie ihre Tage verbrachten und ob sie an die Götter im Himmel glaubten. Sie selbst hielt sich mit Montju stets dicht bei ihm, der altgediente grimmige Soldat ließ weder den Jungen noch die Leute drumherum aus den Augen. Und auch ihre eigene Anwesenheit brachte die Leute, welche in Scharen gelaufen kamen, wenn sie die Barken erblickten, dazu, nicht so zu drängeln. Schließlich riet Bent davon ab, an Land zu gehen, mit dem niederen Volk zu reden, befürwortete für die kommenden beiden Nächte stille Anlegeplätze bei kleinen Dörfern, abseits der größeren Städte. Gemahnte, daß gelassene, vornehme Zurückhaltung eher angebracht sei, riet aber, daß Tut sich am Bug seiner Barke den Menschen zeigte und vielleicht hier und da winkte.

Was der kleine liebenswerte Kerl im Augenblick auch gerade tat.

Doch all dieses Grübeln darüber, ob es richtig gewesen sei, daß der Junge sich derart vor seiner Thronbesteigung offenbarte, lenkte sie nicht von einem ungeheuerlichen Gedanken ab. Als sie vorgestern jenen Korb öffnete, den Kara am Tag der Abfahrt angeblich versehentlich in ihrer eigenen Kabine fand, Bent darin ihr gutes neues weißes Kleid verwahrte, welches sie an jenem Abend tragen wollte, fand sie ihren dicken Schlüsselring unter dem Kleid. Allerdings war sie sich sicher, ihn wie gewöhnlich in ihre Truhe gepackt zu haben. Saß sie nicht an jenem Abend vor der Abfahrt mit Kara zusammen bei einem Krug Wein, über die Fahrt plaudernd, Pläne machend, die Kleider zusammensuchend, packend? Argwöhnisch beobachtete sie die Freundin, welche staunenden Blickes hoch zu den gelben, mächtigen Felsen schaute. Abermals schaute Bent zu der *Aton Tjehen* hin.

Der Junge, nein Pharao, stand träumend an deren Bug, blickte wie sie selbst über den glitzernden Fluß. Sobald sie in Uaset angekommen wären, so erzählte er eines Abends als sie rasteten, wollte er als erstes Eje aufsuchen, anschließend zum Pharao ausgerufen werden. Meinte, Großvater würde sich genau wie das einfache Volk, freuen, wenn er käme, um das Land zu regieren. Tut würde an Semenchkares Mumie die Mundöffnungszeremonie, das *Wepet Ra*, durchführen, heiraten seine eigene Familie gründen!

Bent, über die Sache mit dem Schlüssel grübelnd, sich diese kindlichen Überlegungen zum millionsten Male durch den Kopf gehen lassend, überlegend, wie sie an diese neue Herausforderung herangehen, es ihr überhaupt möglich sein sollte, auf den quirligen, lebhaften Buben – Pharao – aufzupassen, war derart in Gedanken versunken, hoffte, daß das Abenteuer dieser Reise gut ausging, beachtete die lauten Rufe der *Wija jimji* erst gar nicht.

Doch da kamen ihnen fünf große Barken entgegen, allen voran die Barke des *Imi ra nut Tjati*, auf der daneben erkannte Bent Haremhabs Segel! Und, neben Haremhabs persönlicher Standarte – der *Imi ra Mescha* schien besonders dreist – flatterte im Wind fröhlich die königliche Standarte!

„Das geht zu weit!", hörte Bent Tut aufgebracht rufen. „*Ich* bin der rechtmäßige Erbe! Haremhab bloß der Schwiegersohn vom *Imi ra nut Tjati*. Der ist mit dem Königshaus bloß deswegen verwandt, weil er die Schwester der einen und die Nichte der anderen Königin geheiratet hat. Willst du nach *Achet Aton*, um an Semenchkare die Mundöffnungszeremonie durchzuführen? Wehe ihr haltet an oder macht ihnen Platz!", drohte Tut seinem *Nefu*.

„Legt die Barken quer!", befahl Bent, „Schnell! Laßt sie nicht durch!"

Die Männer gaben ihr Bestes, legten die Segel um, stakten mit den großen Rudern, doch die großen Schiffe drifteten unaufhaltsam in der engen Fahrrinne an der Kehre von *Tantarer* aufeinander zu. Kara krallte sich ängstlich an Bents Arm, „Auf den Barken sind schwerbewaffnete Soldaten!", hauchend.

„Keine Angst, Kara, die tun uns nichts!"

Der *Imi ra nut Tjati* Eje brüllte, daß es laut von den massigen, steilen Felswänden ringsum widerhallte:

„Junge, laß uns durch. Wir haben keine Zeit zu verlieren. Hör mit diesem Unfug auf, spiel nicht den starken Mann! Laß die Erwachsenen ihre Pflicht erledigen!"

„Welche Pflicht?", plärrte Tut zurück. „Ist es deine Pflicht, den Soldaten auf Kemets Thron zu setzen? Du hintergehst den rechtmäßigen Erben, Großvater, und willst den Oberbefehlshaber des Heeres zu einem Gott machen? *Ich* bin Pharaos Sohn, der wahre Horus, einzig befugt dieses Land zu regieren. *Ich* habe das Siegel Kemets! *Ich* habe den letzten Pharao an Bord meiner Barke! Ich werde an ihm mit dem ehernen *Mesechtiu* das *Wepet Ra* durchführen! In *Achet Aton* ist niemand mehr! Spar dir den Weg!"

„Ich komm dir gleich rüber, du Lümmel!"

Abermals hallte Ejes Stimme bedrohlich von den hohen, kahlen Felswänden am Ufer zurück, und von Haremhabs Barke brüllte der *Imi ra Mescha*: „Eje! Mach voran mit dem vorlauten, verwöhnten, großmäuligen, anmaßenden Wicht!"

„*Was*? Nochmal, Haremhab! Was *erlaubst* du dir? Ich rate dir, halt's Maul, mit dir redet keiner! Ich bin auf dem Weg nach Uaset, Großvater. Du wirst mit mir kommen, alles veranlassen was Nötig ist. Ich werde meine Schwester heiraten! Deine *Sat* hat das gewollt! Haremhab bleibt Oberbefehlshaber und du Großwesir. Du wirst mir alles beibringen, was ich wissen muß und mir helfen. Und Haremhab wird sofort das königliche Banner von seinem Mast entfernen! Hast du mich verstanden?"

Eje krallte sich in das Geländer seiner Barke, starrte zu Tut und zu Bent hinüber, „Macht was er sagt!", brüllend, „Er ist Pharaos Sohn! Der rechtmäßige Erbe!"

Wutentbrannt riß der *Imi ra Mescha* die Standarte runter, Eje gab Befehl, die Schiffe zu wenden.

Ihre Rückkehr am frühen Abend wurde kaum bemerkt; als seien sie lediglich kurz weggewesen, legte die *Tep Dschenech en Imachyt* in Uaset am Anlegesteg des Isistempels an. Uadja öffnete ihnen höchstpersönlich die Pforte. Rüstig und robust, wie Bent schnaufend bemerkte.

„Ein Wunder, Bent!", rief sie, bevor Bent den Mund aufmachen konnte. „Die Gnade und Barmherzigkeit unserer geliebten Großen Mutter ist nun auch nach all den langen und vielen Gebeten mir zuteil geworden! Pesechet ist gerade oben auf der Dachterrasse, sah euch anlegen! Seht hoch, da winkt sie doch! Ach, alle sind schon oben, wie jeden Abend. Sie sind ja ganz aus dem Häuschen, so wie sie lachen und winken. Schön, daß du wieder da bist, Bent. Ach, da ist der Lümmel! Jetzt sag bloß, Ksanamu, du warst mit auf große Fahrt? Wir haben dich schon überall gesucht! Kara, Kleines! Schnell, kommt alle herein!"

Vor Wut bebend stand Bent unter dem zugigen *Bechenet* ihres Tempels, schaute zu, wie ihre Truhen und Körbe ausgeladen, von den Männern die Stufen hochgetragen und in ihre Kammer gebracht wurden.

„Diesen Korb nicht!", befahl sie barsch. „Kara!"

„Sie hat es nur gut gemeint!"

Uadja faßte Bent am Handgelenk. „Laß das Mädchen im Glauben, ihr Fehltritt würde dir nicht auffallen! Du brauchst sie, und sie braucht dich! Nur zusammen könnt ihr unser Haus führen: Du, die wilde dunkle gefährliche Nacht und sie, das helle Licht der Sonne! Ihr seid die beiden Herrinnen, hast du das vergessen?"

„Sie hat einen Frevel begangen!", fauchte Bent unversöhnlich.

„Jetzt weiß ich, was du jeden Tag durchmachst, *Henut*!" Uadja neigte den Kopf, wollte auf die Knie sinken.

„Nicht doch!" Bent konnte dies gerade noch verhindern, hielt Uadjas Hand, „Seit wann sinkt eine Meisterin vor der Schülerin auf die Knie! Mach das nie wieder!", schimpfend.

„Wenn ich nicht mehr bin…"

„Bist du wohl still! Sowas sagt man nicht!"

„Sowas sagt man, das ist wichtig! Man muß alles regeln, schriftlich festhalten – was ich getan habe – will man ruhig und friedlich nach *Sechet Iaru* gehen, sonst gibt es nichts als Unfrieden unter den Zurückgebliebenen. Wenn ich nicht mehr bin, will ich, daß du meinen Kasten bekommst! Mit all den feinen *Chepet* für die *Sut net jereyt dschu'a.*" [25]

Bent rang nach Luft, nach Fassung, nach Gelassenheit, suchte Isis, fand sie tief im wehen Herzen, legte Uadja beruhigend die Hand auf die Schulter, zwinkerte ihr zu.

„Aber daran wollen wir jetzt nicht denken! Nicht wahr! Denn dank Isis' Gnade und Barmherzigkeit wirst du uns noch lange erhalten bleiben!"

„Was ist?" Kara kam mit dem letzten Krempel, den sie dabeihatten, von Bord, eilte über den Steg, kraxelte die Stufen hoch.

„Sag den Männern, sie sollen in die *Jes Dschafa* gehen, Peset soll das gute Bier herausrücken, die Kerle haben uns sicher und gut fort und wieder heimgebracht, sich einen schönen Abend verdient! In fünf Tagen wird Weredji beigesetzt, anschließend feiern wir alle unsere glückliche Rückkehr zusammen im Festsaal!"

Als sich hinter Weredji die Tür zur ihrem Grab für alle Ewigkeit geschlossen hatte, die Mägde alles einsammelten, was zu einem *Heb em Per djet* dem *Fest im Haus der ewigen Zeit* gehörte, half Bent Bek auf die Füße, „Ho!", gab ihm einen feurigen Klaps in den Nacken.

„Du hast aber kräftig gebechert. Das kommt mir irgendwie bekannt vor. Was macht das *Heret*, das Grab?"

„Wir kommen gut voran, willsu gucken?"

„Heute?"

„Es iss gleich ummi Ecke, dwanetscherink für die Einladung, Dame. So eine günstige Gelegenheit kannst du dir nich entgehen lassen, denn allsuoft bissu nich hier drüben."

---

[25] Skalpell für Operationen

Er trank seinen Becher aus, drückte ihn dem wartenden Mädchen in die Hand, erwartungsvoll „Hassu noch einen Schluck in deinem Krug?", fragend.

„Gern geschehen", grummelte Bent, „Laß noch ein wenig Platz für das anschließende Fest bei mir. Du kannst gehen, der Herr Bek möchte im Augenblick nichts mehr trinken!" Sie zog ihn rabiat am Ärmel seines schicken Hemdes, „Wir machen einen kleinen Spaziergang, dann wirst du wieder nüchtern! Geh vor, hopp!", um die Ecke, spazierte mit ihm den Pfad hoch oben bei den Gräbern der Noblen entlang, bemerkte schon von weitem den Staub und das Gewusel der eifrigen Geschäftigkeit vor Parsers Grab.

Bald darauf bewunderte sie, sich mit dem Fächer die Hitze aus dem Gesicht wedelnd, die feinen Striche der Umrißzeichnungen, die ihr Beks *Zesch qedut* zeigte, meinte „Du mußt sein Gesicht ein wenig schmäler malen."

„Ich werde es versuchen, Herrin."

„Parser war ein feiner, vornehmer, eleganter Herr, das soll man an den Bildern erkennen. Wie kommst du mit dem Bildnis meines Sohnes voran?"

„Wir kommen wunderbar voran, Herrin, aber das macht der Herr *Imi ra em Heret* Bek selbst!"

„Danke", sie wandte sich an Bek, „Und die Kammern, welche für mich und unseren Sohn vorgesehen sind?"

„Komm, aber paß da am Boden auf, überall Geröll. Achtung, hier steht ein Farbkübel! Raff dein *Hebes*! Das ist kein guter Einfall hierherzukommen, du wirst dir dein gutes Kleid ruinieren."

„Ich paß schon auf!" Bent raffte den hinteren Saum des Kleides, steckte ihn vorn hinter ihren Gürtel, staunte darüber, wie weit die beiden Grabkammern schon vorangetrieben waren.

„Wirst du den Jungen aus diesem elenden Erdloch holen können?", fragte sie Bek, „Hast du Leute gefunden, die das machen?"

„Aber ja doch! Paß auf, hier, das wir deine Grabkammer!"

„Da fehlt ja nur noch der Verputz...", staunte Bent bewundernd, befühlte die Wand, verstummte, horchte.

„Was ist denn?"

„Spürst du das denn nicht? Seid mal alle still!"

In die jähe Stille horchend, gewahrte Bent im Herzen, in ihrer Seele, die Einsamkeit, die felsige Ödnis der westlichen Deshret, den Sand, das Geröll, den strahlenden Himmel. Res Strahlen an Nuts blauem Firmament. Sie spürte die glühende Hitze des Spätsommers, den warmen Wind aus Nord! Über ihr wußte sie *Meretseger*, die, welche das Schweigen liebt, und tief unter ihr, weit durch das Gebirge hindurch *Set Maat*, Ort der Weltordnung. War nicht Neumond? *Der Tag der Erneuerung des Horus*!

Bent hörte aus großer Ferne einen Falken, der seine heiseren Rufe hören ließ, vermeinte im *Großen Feld*, dem *Pa cher aa schepes en Heh en Renpetju en Pera'a Anch Uda Seneb her Imentet Uaset*, dem Tal der Könige, ein Kind, *Sa Re*, den Sohn des Re, zu sehen, welches mit einem eisernen Haken, dem *Mesechtiu*, dem Dechsel, vor einer Mumie hantierte, daß der Verstorbene im Jenseits wieder hören, sehen, riechen, sprechen konnte. Doch dies alles war es nicht, was sie aufwühlte, bis ins Mark erschütterte. Denn da war noch etwas anderes – etwas …

„Sch!"

Bent hörte ein leises Pochen!

Es klang wie Herzklopfen!

Sie schüttelte den Kopf, vermeinte in der Stille ihren eigenen Tanz des Herzens zu hören, doch dem war nicht so. Als würde eine unsichtbare grausame gewaltige Macht ihr die Kehle zuschnüren, ihr diese dicke Gänsehaut verschaffen, ihr kalte Schauer über den Rücken jagen!

Zögernd trat sie mit Gruseln an die hintere Wand, legte die Hand darauf.

Dahinter war etwas!

Dort, im tiefen, dunklen Gebirge lauerte unvorstellbares boshaftes Grauen. Bent packte Bek am Arm, „*Wo* sind wir hier?", hauchend, „Bek, was ist da hinter?"

„Da muß ich meinen *Chay*, den Landvermesser fragen. He, ruft ihn, er soll die Pläne mitbringen! Aber wenn du mich so fragst…" Bek verließ eiligst die Grabkammer, kehrte kurz darauf verschwitzt, ernüchtert und keuchend zurück, wollte was sagen.

„Sei still!", giftete Bent, „Still! Hört ihr das denn nicht?"

„Da zirpt eine Grille."

„Dahinter…", hauchte Bent entgeistert, „Bek, du brauchst es mir nicht sagen, dahinter liegt die Felsenkammer! Hinter dieser Wand steht meine Statue! Und darin die Phiole mit Sachmets Blut! Ist es so?"

„*Tju!*"

Zutiefst erschüttert legte Bent beide Hände und die Stirn auf die Wand, flüsterte „So komme ich auch im Jenseits niemals von dir los, *Mächtige*", hörte leises Fauchen und Brüllen und in einem leisen Schnurren die Worte

Ich bemächtige mich der Frevler! Ich bin das verzehrende Feuer! Bin die Wahrheit und die Gerechtigkeit! Das rächende Auge des Vaters! An meiner Seite Sia und Schai

Es war einiges an Arbeit liegengeblieben. Bents Schreiberzimmer quoll über vor Papyri. Doch sie wollte sich heute nicht darum kümmern. Hatten sie nicht gerade erst Weredji den Göttern überantwortet, ein ausgelassenes Fest gefeiert. Heute suchte Bent eigentlich Ruhe und Erholung, aber Pesechet bat sie in die Schreibstube.

Dort saß jemand auf ihrem Stuhl!

Stand auf, neigte den Kopf.

Der *Imi ra nut Tjati* Eje!

Bevor Bent etwas sagen konnte, reichte er ihr eine Kette mit dem Ehrengold. „Eure Pförtnerin war so freundlich mich einzulassen. Ehrwürdige Mutter! Herrin des Lebens!", grüßte er. „*Anch Uda Seneb.*"

„*Seneb ti*, mein Herr!"

Schweigend standen sie eine Weile abwartend, sich mit Blicken messend, gegenüber. Weder griff sie nach der Kette, noch bot sie ihm Platz an. Schließlich sagte sie rauh:

„Ich bin Euch da auf dem Wasser wohl in die Quere gekommen?"

Höhnisch zog er eine Augenbraue in die Höhe, „Habt Ihr wieder in die Zukunft geschaut?", spottend.

„Ich brauchte nur zuhören! Euer Gespräch war laut genug! Er ist das Kind Eurer Schwester, Herr Eje. Der andere ist bloß Euer Schwiegersohn! Vergeßt das nicht. Und Blut ist bekanntlich dicker als Wasser. Mit *mir* ist er nicht verwandt, aber ich habe Teje und Osiris Amenhotep versprochen, auf ihn, den kleinen grimmigen Löwen, achtzugeben!"

Ihre unheimlich bleichen Augen funkelten ihn gefährlich an. Eje verstand die unausgesprochene Drohung. Ein schwaches Mannsbild wäre längst ein paar Schritte zurückgewichen. Er dagegen blieb mannhaft stehen.

„Ein verdientes Geschenk!", sagte er und hob die Kette hoch. „Pharao bestand darauf, es Euch zu überbringen." Da sie nicht nach dem Ehrengold griff, legte er die schwere Kette vorsichtig auf den Tisch.

„Ihr hättet nicht eigens herkommen brauchen."

„Ich wollte Euch persönlich aufsuchen, bevor Ihr es von den *Wehemu tepji en Neb Taui*, den königlichen Herolden hört. Im Vollkommenen Ort, dem *Ipet Sut*, im Südlichen Harem, dem *Ipet Resit* ist *Der Verborgene* erschienen und alle anderen Tempel des Landes sind aufgerufen, ihre Pforten für die allmächtigen Gottheiten zu öffnen. Euer Haus sollte für Isis bereit sein."

„Isis wacht allezeit über Uaset, deshalb wird es glückselig leben! Die Herrin des Lebens war schon lange vor mir hier und wird es in Zukunft noch lange nach mir sein. Einerlei wer auf dem *anderen* Thron sitzt!"

Seine rechte Faust auf sein Herz legend, neigte er den Kopf.

„*Henut!*"

Sie neigte ebenfalls ihr Haupt.

Es war alles gesagt.

Er verließ den Raum, ließ die Tür offenstehen, verließ das Haus der großen *Mut*, trat auf die Straße. Von dort hörte Bent laute Trompeten, hörte Ausrufer den neuen Pharao verkünden, sah wie ihre Leute lachend und aufgeregt auf die Straße liefen, damit sie dem prächtigen Spektakel zusehen konnten.

„Volk von Uaset! Hört, was der Gott zu sagen hat:

Ich bin der Horus auf dem Falkenthron, geboren von einer Großen Königsgemahlin, Sohn eines Gottes", hörte sie den *Wehemu tepji en Neb Taui* Pharaos Worte rufen, "Ich bin der Herrscher meines Volkes, Herr von Kemet! *Ka Nacht Tut Mesut*, Starker Stier, vollkommen an Wiedergeburten! Ich bin Neb-Cheperu-Re! Ich, Das lebende Bild des Amun, bin der einzige Sohn der Sonne!"

"Was kümmert es mich!", fauchte Bent heiser, wühlte aufgeregt in den liegengebliebenen Rechnungen und Briefen, seufzte "Amenhotep! Ihr seid wieder da! In Eurem Enkel lebt Ihr weiter, Herr der Maat, du Grimmiger Löwe!", freute sich im Stillen über die Rückkehr der alten Ordnung. Amun war zurückgekehrt, das Land und vor allem Uaset hatte wieder einen König, und sie, Bent, Sahu-Re, würde dafür sorgen, daß Uaset von Isis beschützt glücklich sein konnte! Nie wieder sollte ein falscher König auf dem Thron sitzen, diesem Kind sollte niemals etwas zustoßen! Maat, der Mutter der Wahrheit, war Gerechtigkeit widerfahren, das allein zählte.

"Ich habe mich noch nie um die Angelegenheiten der Leute geschert. Und ich werde heute ganz gewiß nicht damit anfangen! Ahmose!"

"Herrin?"

"Pesets Gatte soll sich aus der Wäschekammer von der *Imi ra Secheru* Meritsat Isis' Fahnen herausgeben lassen, dein Bruder soll ihm helfen, sie an den Masten zu hissen! Anschließend sollen er und seine Männer draußen fegen, die Hauswand muß gestrichen und alles Unkraut entfernt werden. Jeder soll sehen, daß die Herrin des Lebens hier wohnt!"

"Sofort *Henut*!"

Sie wandte sich ihren Briefen zu, öffnete sie. Oh!

Dieser war von der Dame Titji:

An die ehrenwerte Sahu-Re, die Hohepriesterin der Gottesmutter Isis, Dame Bent, Herrin des Lebens. Dies ist Titji die zu dir spricht. Möge dein Herz froh sein. Leben, Heil, Gesundheit. Der Herr des Hauses, mein Gatte Bek, Oberster der Bildhauer, wünscht ein Fest zur Rückkehr der guten Götter. Mein Herr wünscht deine Anwesenheit, sowie auch ich, die Dame Titji, wünsche, daß Ihr, liebste Freundin, an meiner Tafel weilt. Mögest du leben, mögest du heil sein, mögest du gesund sein! Mit der Gnade der göttlichen Isis sei es uns vergönnt, in drei Tagen ein Fest zu feiern.

„Nein so geht das nicht!" Bent knallte unwirsch den Spiegel auf den Tisch.

„Warum denn nicht?"

„Mit diesem schwarzen Kleid kann ich doch kein fröhliches Fest besuchen!"

„Aber es ist unglaublich schick!" Kara hielt es sich schwärmerisch vor, griff nach dem Spiegel.

„Ich nehm das Weiße mit den türkisenen Perlen! Hilf mal, das Bett zu rücken!"

„Oh!", entfuhr es Kara, als sie in dem Schmuckkasten das wertvolle Ehrengold erblickte.

„Sie zahlen immer gut, einerlei was du ihnen vormachst!" Bent griff nach der Kette mit dem Ehrengold. Diese würde sie in jedem Fall tragen. Dazu das kostbare Pektoral mit der goldenen geflügelten Isis. Sie wühlte tiefer in dem Kasten, beförderte zwei wunderhübsche goldene Ohrgehänge mit Türkisen ans Tageslicht. Auch fand sie dazu passende Ringe und Armreifen.

„Darf ich mal etwas davon anziehen, Bent? Solch schöne Dinge habe ich noch nie getragen!"

„*Du* kommst mit zu dem Fest!"

„Ich? Ich bin doch gar nicht eingeladen!"

„Ach, pah!"

Bent wühlte in ihrer Kleidertruhe, hob das sonnengelbe *Hebes* in die Höhe.

„Das ist genau das richtige Kleid für dich! Es ist ganz neu, ich habe es noch nicht getragen! Und hier, warte…", sie kramte abermals in dem wertvollen Schmuck. „Das da! Das Perlenarmband mit dem hellgelben Karneol, dazu diese Kette! Nimm schon! Und diese Fußkettchen, guck, sind lauter kleine bunte Perlen mit goldenen Blümchen, die klingeln wenn du gehst. Und diese Ohrringe werden dir prächtig stehen! Einen Hüftgürtel hast du? *Tju*? Gut! Den Schmuck und das Kleid schenk ich dir! Es ist längst an der Zeit, daß ich Gutes tue! Du bist nicht nur meine treue Stellvertreterin – du bist meine liebste Freundin! Sind wir nicht Schwestern? Sind wir nicht der Tag und die Nacht? Ohne dich wäre ich längst verloren!"

Sie kamen ein wenig zu spät. Alle Gäste waren schon im Haus bei Bek und Titji. Kara stupste Bent affig in die Seite, „Die Fettkugeln, guck!", kichernd. Bent grinste, „Da kommen die Gastgeber, hör auf!", giggelnd. Beide kamen gerade durch die große Halle freudestrahlend auf Bent und Kara zu. Titji neigte den Kopf, „Segne mich, o große Mutter, mich, mein Haus, meinen

Gatten und meinen Sohn!", bittend.

Bent reichte ihr die Hände. „Dame Titji, bitte, mein Segen hat immer auf diesem Haus geruht. Ihr müßt nicht erbitten, was Euch freiwillig und freundlich gewährt wird! Ihr kennt meine *Jedenut*, meine Stellvertreterin noch nicht, die Dame Kara."

„Seid willkommen, Dame!"

„Danke!"

Bent wandte sich an Bek, der Freund ergriff ihre Hände, küßte sie auf beide Wangen. „Hast du Kunde von deinem Sohn?", wisperte sie ihm dabei ins Ohr. Schweigend zog er sie zu einer Magd, welche süßen, gewürzten Wein herumreichte.

„Danke, nein, ich trinke später auf dein Wohl!"

„Kein Wort!", flüsterte er besorgt, tat als sei alles in bester Ordnung, lächelte einem Gast nickend zu, nippte an seinem *Irep*.

„Ich war bei der Felsenkammer, Bent. Dort ist alles, wie wir es verlassen haben."

„Das beruhigt mich."

„Mein Junge!", stöhnte er leise.

„Vertraust du mir?"

„Wem denn sonst, mein Liebling! Aber Titji darf von Tutmosis nichts wissen, es würde ihr sanftes Herz brechen. Laß uns in den Garten gehen, dort können wir ungestört reden."

Bent bewunderte den prächtigen *Kamu*, der genauso verwildert, von Blüten überwuchert aussah, wie sie ihn in Erinnerung hatte, schaute wehmütig hinüber zu der Ecke, wo einst das Geißblatt über die Mauer gehangen hatte. Es war wieder da, überwucherte üppig eine pompöse *Wermet* aus wertvollem Zedernholz. Ein Knecht entzündete gerade die in den Blumen versteckten Öllampen, welche in der aufkommenden Nacht draußen flanierenden Gästen den dunklen Weg erleuchten sollten.

Sich den in der warmen Abendsonne erglühenden, traumhaft schönen Garten liebevoll betrachtend, schlenderte sie an Beks Arm zu der schicken Laube hin. Ein verschnörkelter, runder Tisch und vier prächtig verzierte Stühle standen in dem lauschigen Gartenhaus. Auf dem Tisch eine kostbare Vase aus feinstem *Bejit*, gefüllt mit wohlriechendem, blauen Lotos, daneben flackerte eine duftende Kerze in einer dazu passenden Alabasterlampe. Weiche Kissen polsterten die Stühle und im Abendwind bauschten sich wehende Vorhänge. Für Gäste, die sich hier draußen aufhalten wollten, gab es funkelnde, gläserne Becher und volle Weinkrüge. Am Eingang der Laube wachte eine Statue des Ptah. Bent grüßte *Den Bildner*, den Schutzpatron der Handwerker und Gatte der Sachmet ehrerbietig, ließ sich auf dem, von Bek hingehaltenen Stuhl nieder.

„Hier hast du mir das Schreiben beigebracht! Hier habe ich dich kennengelernt! Hier habe ich die wahre, unschuldige, reine Liebe gefunden, mein Schatz!"

„War es nicht gestern?", neckte er, setzte sich ihr gegenüber, schenkte Wein aus, pflückte eine Blüte des Geißblatts, steckte sie in ihren Haarreif, „Tochter der Blüten, mit dir kann man echt reden!"

Sie schmunzelte ihn an, „Ich sag doch gar nichts!", flüsternd, legte die Hand auf seine, schaute ihm in die Augen.

„Wie weit bist du mit meiner Grabkammer?"

„Wir kommen gut voran, aber beschreib mir doch noch einmal das Gesicht deines Jungen, damit ich sein Bild auch vortrefflich gestalte."

„Erinnerst du dich an Wepu und seinen Bruder?"

„Nur zu gut, zwei liebenswerte Burschen."

„Sie gleichen meinem Jungen wie Brüder; so ähnlich sah Nefertem aus."

„Dann weiß ich, wie ich es machen muß."

„*Dwa Netjer ink*, mein Lieber!"

„Du brauchst mir nicht danken, mein Schatz! Ich bin obendrein froh, daß du mit deiner Heirat und dem daraus resultierenden Erbe ein klein wenig Entschädigung für manches Schlimme in deinem Leben erlangt hast. Obwohl mir Herr Parsers Tod leid tut. Er war ein feiner Mann, abgesehen von seinem Berufe... Und nun – hast du etwas über Tutmosis in Erfahrung gebracht?"

Bent schaute sich um, vergewisserte sich, daß sie alleine im Garten waren, meinte ernst: „Man sagte mir, Tutmosis sei für Königin Nofretete nach dem Norden, nach Chatti gegangen. Dort wollte er am Hofe des Königs Schuppiluliuma um einen Prinzen für sie bitten, daß sie den heiraten, zum König und Pharao über ganz *Taui*, ganz Ägypterland mache, damit sie selbst Herrin bleibt. Doch die Königin wartet vergebens, er ist bisher nicht zurückgekehrt..."

„Dieser verblendete Spinner!", ereiferte Bek sich zornig, sich den Schmerz um seinen Jungen kaum anmerken lassend, entzog ihr seine Hand, schlug mit der Faust auf den Tisch. „Wie kann er für seine Geliebte einen Mann holen gehen? Und gar so weit in der Ferne, nach Chatti! In das Hethiterreich! Was ist nur in ihn gefahren?"

„*Du* würdest für mich das gleiche tun!"

Sie streichelte seine glattrasierte Wange, tupfte das Tränchen aus seinem Augenwinkel.

„Du würdest für *mich* bis zum Ende der Welt laufen, wenn es nötig sei! Du würdest für mich selbst Ranofer aus der dunklen Duat holen, wenn es sein müßte! Sei still, er liebt sie! Nicht, hör auf zu schnaufen, reg dich nicht auf, nichts ist verloren! Hör mir zu: Ich träumte von einem jungen Mädchen, von einem guten Kind, welches einem Mann mit blauen Augen versprach, ihn nach dem *Horizont der Sonne* zu fahren. Mehr habe ich nicht gesehen!"

„Ein Mädchen?", schnaubte Bek abfällig. „Von *Chatti* bis hierher? Den ganzen gefährlichen Weg?"

„Mit Mädchen kenne ich mich aus! Sie sind stärker als man meint. Gib die Hoffnung nicht auf! Tutmosis wird nach Hause kommen!"

„Die habe ich noch nie fahrenlassen. In meinem ganzen Leben noch nicht."

„Du Glücklicher!" Sie tätschelte seine abgearbeitete, mit Narben übersäte Hand, spielte mit seinem Siegelring. „Bewahre sie stets tief in deinem Herzen. Die Hoffnung, deine Unerschütterlichkeit, deinen Mut, deinen Frohsinn. Das alles darfst du niemals verlieren, du darfst dich niemals unterkriegen lassen, versprich es mir!"

„Aber ja!"

Sie ließ seine Hand los, spielte mit Parsers Siegelring an ihrem Daumen, streichelte zärtlich den Lotos, seufzte „Oh Nefertem, du bist jene reine Lotosblüte, die hervorging aus dem Lichterglanz!", schloß die Augen, dachte traurig an ihr eigenes verlorenes Kind, und an den Schmerz, den das mit sich brachte, gedachte seines Vaters, lauschte dem süßen Gezwitscher der Vögel.

Dieses Plätzchen war so anheimelnd…

„… sieh doch", hörte sie jemanden sagen, und beim Klang dieser schönen, sanften Männerstimme wurde ihr kalt! Bitterkalt! „… wenn ich es erst geschafft habe, *meinen* Fuß in *diese* Tür zu setzen, dann kann ich neue Bündnisse knüpfen, kann mein feiner Herr Vetter sehen wo er bleibt. *Ich* habe schließlich schon für Osiris Amenhotep die prächtigsten Tempel gebaut. Und dieser kleine Furz… ehrwürdige Junge… wird mir meine Vorschläge aus der Hand fressen!"

Das Monstrum!

Der Sauhund!

Amenhotep Sa Hapu schlenderte in Begleitung eines dürren, schmierig wirkenden Mannes den Weg zur Laube her!

Bent zog scharf den Atem ein, packte Bek grob beim Kragen.

„Ich *mußte* ihn einladen. Schließlich ist er mein einziger Verwandter…"

„Er wird sich nie ändern!", fluchte Bent. „Jetzt nicht und in alle Ewigkeit nicht! Entweder er oder ich, mein Freund! Für uns beide ist kein Platz in deinem Haus!"

Die vertraute Wildheit überkam sie, während Bent wütend aus der *Wermet* heraus furchtlos dem feinen Herrn in den Weg trat. Überrascht von ihrem plötzlichen Auftauchen achtete er nicht mehr auf seinen Begleiter, musterte mit Geringschätzung die vornehme Dame. Sein gefährliches Grinsen wich augenblicklich einer widerlich wirkenden Fratze, die Bent deutlich machte, daß er sie erkannt hatte. Sein altes, faltiges, vernarbtes Gesicht zeigte Bent das Spottbild seiner niederträchtigen Bosheit.

… *Sieh mal an! Die holde Jungfrau aus dem Busch! Vertrieben aus dem Garten der Lüste* …

Stand sie denn abermals ihm in diesem Garten gegenüber?

Oder in jenem zugigen Korridor, als sie ihm, dem Fatzken, zufällig begegnete, er sie auf dem Abtritt brutal vergewaltigte, zusammenschlug? Mußte sie denn erneut jene furchtbare Nacht durchleben, da er ihr schreiendes Kind packte, an die Wand schlug? Jene entsetzliche dunkle, vom Feuer erhellte *Gereh* als die junge Bentsachmet in den Flammen starb?

Wann endlich durfte sie all dieses Schreckliche vergessen?

Unerwartet fiel er vor ihr auf die Knie!

Entgeistert schaute sie sprachlos auf ihn herab.

Sollte er sie um Vergebung bitten wollen?

Und wollte sie ihn nicht immer dort haben!

Versteinert, kleinlaut, furchtsam witternd wie ein Karnickel vor der Kobra!

Mit ihren bleichen Augen, die unheilvoll in der Dämmerung leuchteten, starrte sie ihn unentwegt an, während Sachmets maßloser Zorn zurückkehrte. Der andere Feigling roch wohl die miese Stimmung, denn er verschwand schleunigst aus dem Garten.

„Du Mordbrenner!"

Scharfe, beißende Hitze und blutrünstige Wut machten jeden klaren Gedanken zunichte. Die mächtigen *Medu Netjer* auf ihrer Brust juckten und brannten, bluteten. Heiße, blutige Tränen rannen über ihre Wangen und sie wußte genau wie unheimlich ihre jetzt grün schillernden Augen in der Dämmerung glühten. Mit heißem, brennenden Atem „Du Kindermörder!" fauchend, „Vergewaltiger! Scheusal! *Ich* werde dich nie wieder in die Nähe eines Kindes lassen! Wenn du dreckige Ausgeburt der dunklen Duat glaubst, allein der gerechte Zorn einer Mutter käme in diesem Augenblick strafend über dich, dann irrt dein stinkendes Herz! Du stehst außerhalb der Maat…"

„Beschimpft mich nicht! Ich war einst…" Er beugte ächzend den Oberkörper, streckte die Arme vor, neigte die Stirn so gut es in seinem Alter möglich war zu Boden, „Welch eine gütige Fügung des Schicksals!", keuchend. „So erspart mir das den entwürdigenden Gang in Euer Haus! Ihr wißt genau, warum ich es meide! Daher könnt Ihr ermessen, wie schwer mir diese Bitte fällt. Ich flehe Euch an, Herrin des Lebens, Ihr seid die Einzige, die mir helfen kann. Leiht mir für einige Augenblicke Euer geneigtes Ohr!"

„Du kannst mir nicht schmeicheln! Ich kenne deine Stimme, deine schönen, falschen Worte! Sie klingen sanft und schmeichelnd, liebevoll wie die eines gütigen Gottes, doch du bist ein bösartiger Dämon! Deine betörenden, höflichen Worte sind nichts als Tücke, gemeine Hinterlist!"

„Ich geh dann mal!", hörte sie Bek sagen, wollte ihm bittend „Bleib, laß mich nicht mit ihm allein" hinterherrufen, ahnte, daß er das Treffen wohl eingefädelt hatte, spürte, wie Amenhotep einem unwürdigen Wurm ähnlich, zu ihren Füßen kroch, „Isis, hilf mir!", flehte.

Mit größter Anstrengung packte Bent ihre goldene Isis, drängte Sachmet zurück, spürte wie die rote Wut wich, Isis' Güte ihr Herz beseelte, ihre blaßblauen, fast weißen Augen leuchtend zu ihm niederblickten.

„So will ich für den Augenblick vergessen, was zwischen uns steht, steh auf und komm in die Laube."

Haßerfüllt starrte sie ihn an, wartete, daß er beginnen möge, bemerkte sein verhaltenes Stammeln, sein Unvermögen, die richtigen Worte zu finden. Und so ließ sie sich dazu herab, ihm *Irep* einzuschenken, den Becher vor ihn zu rücken, und „Sprich, Isis hört dich!" zu sagen. „Vergiß, wer vor dir sitzt. Bedenke, daß lediglich die Hohepriesterin der Großen Mutter dir Gehör schenkt. Ihr kannst du sagen, was dich bewegt. Die andere, jene namenlose, welcher du in diesem Garten und in diesem Hause und im Hause des *Verborgenen* mit ungebührlichen Worten und Taten jegliche Würde raubtest, die andere, deren Kind du tötetest, jene, welche du verbrennen ließest, wird so lange es dauert, wegschauen, weghören. Beginne! Ich will dieses Fest nicht mit dir und deinen kleinlichen Angelegenheiten verbringen!"

„*Dwa Netjer ink...*"

„Behalte deinen Dank für dich! Du solltest nicht wagen, die Götter für mich zu preisen! Sprich, was willst du von mir?"

„Es sind keine gescheiten *Wer Sunu* mehr am Ort und ich benötige die Hilfe eines Arztes, eines Heilkundigen, eines... jedenfalls kam mir zu Ohren, daß Ihr, die Hexe von Uaset, Ahnung von diesen Dingen habt."

„Mach voran!"

„Mich plagen seit geraumer Zeit Alpträume, *Henut*. Gräßliche Alpträume. Genauer gesagt, seit kurz nach jenem Tag, als es am hellichten Mittag dunkel wurde..."

„So hat dich denn endlich dein Schicksal ereilt!", fauchte sie.

„Wie meinen?"

Er war derart damit beschäftigt, die richtigen Worte zu finden, daß er anscheinend nicht richtig zuhörte.

„Ich kann nicht schlafen, Dame..."

„Wenn dich Nachtmahre plagen, schläfst du doch!"

„Habt ihr ein *Pechret*, welches mich schlafen läßt? Ohne Träume!"

„Nein."

„Ihr versteht nicht... es ist grausam... ich lege mich hin, nach getaner Arbeit, nach einem arbeitsreichen Tag – Ihr wißt, welch verantwortungsvolle Posten ich inneha..."

„Du hast überhaupt keinen Posten inne, Amenhotep Sa Hapu! Lüg mich nicht an!"

„Ich schlafe ein und sterbe!" Ungestüm packte er den gläsernen Becher, trank von dem Wein. „Nacht für Nacht lege ich mich hin und sterbe!"

Bent überliefen kalte Schauder, sie zog ihren *Madjam* fester um die Schultern, griff nach ihrem Wein, darauf hoffend, daß ein kräftiger Schluck ihr einen Rausch bescherte, damit sie dies grauenvolle Bekenntnis mit gnädiger Betäubung anhören konnte.

„Ich sterbe, Dame. Jeden Abend! Ich lege mich hin, decke meinen müden Körper zu, schließe die Augen, seufze, sterbe, spüre wie mein Herz mit seinem Tanz aufhört. Ich spüre keine Hitze, keine Kälte mehr, ich höre nichts, was in Uaset geschieht, ich sehe nichts, und rieche nichts. Betrete kalt und steif *Das Land des Jenseits*, die *Duat*. Viele stehen da vor mir, warten, daß Osiris ihr Herz wiegt. Ich höre die erleichterten Seufzer derjenigen, deren Herzen von Anpu, [26] dem *Kronprinzen*, von *Neb Taui djeser*, dem *Herrn des Heiligen Landes* auf Maats *Mechat* gegen ihre Feder gewogen und für gut befunden wurden. Ich höre die verzweifelten Schreie derer, deren Herz zu schwer wog und er sie entweder in die dunkle Duat schickt, oder, was noch schlimmer: sie Ammit überlassen werden…" Schnaufend hielt er einige Herzschläge lang inne, wohl sich seine weiteren Worte überlegend.

„Ich sehe Nacht für Nacht wie Ammit blutgierig über ihre Herzen herfällt. Manch Unwürdiger überläßt der *Herr des Heiligen Landes* gleich ganz dem wütenden Ungeheuer, ich sehe, wie es ihre unwürdigen Leiber zerreißt, sie den endgültigen Tod sterben…"

Er trank aufgewühlt von seinem *Irep*, starrte Bent hilfesuchend ins Gesicht. Sie versuchte mit gleichgültiger Miene seinem flehenden Blick standzuhalten, erinnerte sich an den schönen, draufgängerischen Jüngling und unzweifelhaft begnadeten Baumeister, der er einst war, geneigt ihr aufkommendes Mitleid zu mißachten.

„Ich", fuhr er fort, „stehe derweil den zweiundvierzig gnadenlosen Richtern der Unterwelt gegenüber, erblicke ihre scharfen Messer, höre ihre Urteile, bebend, bangend. Und dann, Dame, dann bin ich an der Reihe, stehe ich vor Osiris! Der endlosen Zeiträume höchster Fürst! Osiris – *Die Stätte des Auges* – Herr der Unterwelt, Richter der Toten, Fürst der Zeit, Erlöser und Retter der wahrhaft Gläubigen… Meine Angst kannst du dir nicht vorstellen…"

„*Ich* weiß, was es heißt, Angst zu haben!"

„Ich, Amenhotep, Sohn des Hapu, stehe Nacht für Nacht vor Osiris' Thron. Ich weiß was ich zu sagen habe und ich sage was von jedem Toten zu sagen ist beim Eintreten in die Halle, beim Lösen von allem Bösen, was er getan hat, beim Schauen der Gesichter der Götter. Ich spreche:

Gegrüßest seiest du, großer Gott der Halle der Vollständigen Wahrheit. Ich bin zu dir gebracht worden, um deine Vollkommenheit zu schauen. Ich kenne die Namen der zweiundvierzig Götter, die bei dir sind in der Halle der Vollständigen Wahrheit…

---

[26] Anubis

Ich bin zu dir gekommen, nachdem ich dir die Maat gebracht und dir das Unrecht vertrieben habe. Ich blicke in Osiris' grünes Antlitz, er blickt mich an. Schaut mein Herz auf Maats Waage, beäugt es stumm. Ich schaue auch zu ihm hin: es ist schwarz, verderbt, verfault..."

Stürmisch trank er seinen Becher leer.

„Es läßt sich nicht wiegen!", kreischte er. „Maats Waage schlägt nicht aus, ihre zarte Feder hält still, als seien sämtliche Winde, jeglicher Hauch erschlafft..."

Das Glas des Bechers zerbarst knirschend unter seiner zupackenden Faust, *Senef* quoll zwischen seinen Fingern hervor.

„Ich stehe die gesamte Nacht in Osiris' *Halle der Vollständigen Wahrheit.* Am Morgen drückt Anpu mir mein kaltes, stinkendes Herz in die Hand, schickt mich fort, mit den Worten, dies mein Herz kann nicht gewogen werden und ich erwache, den Atem einziehend, wie ein Neugeborenes schreiend, an einem neuen Tag."

„*Chuji Netjer sedscheb ef her Senef!*" Bent reichte ihm eins der herumliegenden Mundtüchlein.

„*Tju!* Wahrlich! Gott straft mit Blut. Könnt Ihr mir helfen, Herrin? Könnt Ihr, als Hohepriesterin der Großen Mutter, Osiris, Isis' Gatten, bitten, mich einzulassen? Wo auch immer das sein wird?"

„Nein! Du wirst niemals in die Duat eintreten!"

„So laß ich denn alle Hoffnung fahren?"

„*Tju!* Bis in alle Ewigkeit!"

Bent schaute ihn abwartend an, er blickte entgeistert in ihr Gesicht.

„Hast du mir sonst *nichts* zu sagen?", zischte sie heiser.

„Ich wüßte nicht."

So wirst du denn den ehrenwerten Richtern *Am Hehu*, der Schattenverschlinger, *Harachte*, Dessen Augen Messer sind, *Neha Her* das Schreckgesicht, dem *Knochenzerbrecher* und *Nehebkau*, Der die Geister nutzbar macht, morgen erneut gegenüberstehen."

„Du unterstellst mir Diebstahl, Raub, Mord, Habgier, Lügen, Unehrlichkeit?"

„*Tju!*"

„Wer bist du, daß *du* über *mich* richtest?" Er stand auf, arrogant wie eh und je, warf ihr verächtlich das Tüchlein vor die Füße.

Bent erhob sich ebenfalls, erzürnt „Wer *ich* bin?", fauchend. „Du wagst es zu fragen, wer *ich* bin? Ich..."

Mit ihrem sich im Abendwind wild aufbauschendem Schleier kam sie um den Tisch herum, streckte die Hände nach ihm aus, als wollte sie ihn umarmen, und mit ihrem heißen, glühenden Atem schlug Amenhotep Hapu grell brennende Lohe entgegen.

„*Ich* bin die Hexe von Uaset! Ich bin *Die Mächtige!* Ich bin diejenige welche dich verfluchte auf ewig auf Erden zu wandeln, bis daß die Welt sich wandelt und untergeht! Ich, Sachmet, habe dich geküßt und dazu verdammt niemals zu sterben! Ich bin Sahu-Re, die mächtigste aller Zauberinnen, die allein mit ihren Worten die Dämonen vertreibt! Ich bin Isis, *Geisterfürstin, Totengöttin, Himmelsherrin. Ich bin alle Götter und Göttinnen. Des Firmamentes Lichtkuppel, des Meeres Heilbrise, der Duat Jammerstille gehorchen meinem Wink. Ein Wesen bin ich, doch vielerlei Gestalten!* Und du! Du bekamst den Kuß des Todes! Du bist für alle Zeiten verflucht!"

Sahu-Re hob die Arme zum Himmel, ihr wehender *Madjam* jetzt mächtige, weiße, rauschende Flügel, die einen rasenden, heftigen Sturm entfachten! Unheilvoller Donner grollte, grelle Blitze zuckten über den schwarzen Himmel, aus den weißen Federn der Flügel schwirrten mit dem glühendheißen Wind grausame Heuschrecken, die den schreckensbleichen Amenhotep Sa Hapu aus dem Haus, in welchem er stets Liebe und Güte erfahren hatte, aus dem lieblichen Garten, in welchem er als Jüngling wandelte, hinfort aus der behütenden Nestwärme der Familie, hinaus auf die erbarmungslose unbarmherzige gnadenlose Straße jagten.

ICH GEHÖRE ZU DEINEN LEUTEN, ICH HABE FÜR DICH GEKÄMPFT. ICH BIN FÜR DICH EINGETRETEN.

Aus dem ägyptischen Totenbuch

DEUTSCHLAND, SAARBRÜCKEN

Samstag, 26. Mai 2012 A.D.

IM GARTEN
ANNAS HAUS, GEGEN 18:00 UHR

„Du verdammter Drecksack!"

Anna und Katharina machten einen Satz, als ein Kerl in den Garten stürmte, Raphael brutal aus dem Liegestuhl zerrte. Im Nu war die schönste heftigste Keilerei im Gange, die man sich vorstellen konnte.

„Ist das nicht der Schwab?", meinte Katharina, stand auf, das Whiskyglas in der Hand, wirkte mit ihrem großen Sonnenhut und dem geblümten langen Sommerkleid wie eine unterkühlte, leidenschaftslose Zuschauerin beim Rennen von Ascot, zeigte eine Gelassenheit, wie man sie allenfalls in Filmen zu sehen bekommt.

„Hm!", brummte Anna leicht angesäuert.

„Ist der nicht was Hohes bei der Kripo?"

„Hauptkommissar! Bei der Mordkommission!"

„Sein Vater war doch Polizeipräsident?"

„Hm!" Anna stellte sich neben die Freundin, schaute dem gnadenlosen brutalen Spaß eine Weile zu, trat hinter die Pergola, drehte an dem Wasserhahn und somit den Gartenschlauch auf!

„Ein bißchen Abkühlung schadet nie bei solchen Temperaturen! Yolande! Liebes, gesell dich zu uns, laß die Kinder spielen, nimm dir einen Hugo oder einen Whisky, Kaffee ist in der Kanne, im Kühlschrank steht eine Torte. Fühl dich wie daheim!"

„Merci!" Bussi links, Bussi rechts, Bussi links. „Ein Glück, daß ich das *daheim* nicht hab! Mon Dieu! Wie kannst du so ruhig bleiben? Wie erträgst du das nur? Die schlagen sich gleich die Köpfe ein! Ja, ein Stückchen Torte, gern. Bonjour, Catherine."

„Bonjour, Süße."

„Ich ertrag das überhaupt nicht und die schlagen sich die Köpfe nicht mehr lang ein!" Anna zielte, öffnete das Ventil, eiskaltes Wasser schoß mit hohem Druck durch den Garten, zwei tropfnasse Kerle ließen wutschnaubend voneinander ab.

„Das war mal was völlig anderes, ein Hoch auf die Abwechslung!" Spottend spendete Anna Applaus, ging die Torte holen. „Kuchen, Jungs? Katharina, guck nicht so! Das Stück endet stets in Kloppereien, oft in Verbindung mit erfrischenden Wasserspielen, die können gar nicht anders!"

Lästernd stellte Anna die Tortenplatte ab. „Allerdings gabs geringfügige Änderungen bei der Besetzung. Dies hatten wir noch nicht, du wohntest soeben einer Premiere bei. Schätzlein!", säuselte sie, honigsüßes Gift versprühend, „Alex, süßer lieber Alex, du tropfst mir die Polster voll!"

„Dem Fätzlein tropft gleich was ganz anderes!" Wutentbrannt packte Raphael Alex im Genick und...

Anna schloß die Augen, zählte schnaufend innerlich bis zehn, um „Dies Klischee ist sowas von überholt und abgelutscht!", zu fauchen, „Und es wäre der Dramaturgie wegen nicht wirklich von Nöten gewesen!"

„Ich hätt sie gern probiert! Quel Malheur! Ihr Ferkel!" jammerte Yolande affig, und Katharina bemerkte lakonisch: „Sie war saulecker!"

„Kann ich bestätigen!", knurrte Alex unter der geschmeidig-kühlenden Maske aus Sahne, Biskuit und Himbeeren, lutschte sich die Lippen sauber.

„Ich denke, du gehst nach oben... äh... nein, du gehst nicht nach oben! Ich *bring* dir was Trockenes zum Anziehen. Raphael ist bestimmt so freundlich und leiht dir kurzfristig T-Shirt und Shorts. Oder noch besser", knurrte Anna, „Raphael geht selbst!" Sie trabte zum wiederholten Male an diesem Nachmittag in die Küche, stapfte mit der Papierrolle in der Hand wieder hinaus, reichte sie Lex, damit er sich das Gesicht abwischen konnte, „Aber sonst geht's dir gut", fauchend.

„Dieser Arsch!" Lex riß zornig ein paar Tücher ab, fuhr damit durch sein Gesicht.

„Ho-kay..."

„Er hat mich angelogen!"

„Ach was?"

„Die ganze Zeit über, seit dem Moment wo wir uns auf deiner Party da vorne am Grillfeuer begegneten!"

„Am Ohr klebt noch eine Himbeere."

„Er hat genau gewußt, wer ich bin und was mich treibt! Und er hat kein Wort gesagt!" Mit Wucht warf Lex die Himbeere nach Raphael.

„Von *was* redest du?"

„Der dreckige Heuchler läßt mich im Glauben, diese Sau sei tot! Er ist *nicht* tot!"

Für einen kurzen Augenblick meinte Anna, es zöge ihr jemand den Boden unter den Füßen weg.

„Ich hab Nachforschungen angestellt! Hab um Amtshilfe ersucht, sie wurde mir gewährt. Mit einem Dolmetscher unterhielt ich mich via Skype mit dem Kollegen, dem Kommissar aus Luxor. Er war sehr freundlich, äußerst hilfsbereit. Diese alte Sau ist nicht tot! Dieses Schwein..."

„Dieses Schwein wurde brutal mit einer Eisenstange erschlagen. Er starb in meinem Arm!"

Raphael reichte Alex eins seiner T-Shirts, eine Shorts und ein Handtuch.

„Ich habe ihn mir auf den Buckel gehievt und seine Leiche hoch oben über Deir el Medine in einer Höhle verscharrt. Im Jahr zuvor versuchte er mich abzustechen, rammte mir ein zwanzig Zentimeter langes Stilett zwischen die Rippen. Ich zog meine Waffe und erschoß ihn, bevor ich verblutend auf den Boden fiel. Später hörte ich, er sei auf wundersame Weise von den ‚Toten‘ auferstanden, schob seine Tat einem Unschuldigen in die Schuhe und machte weiter wie bisher.“

Alex schluckte, trank Annas Whisky aus. Sie entriß ihm das Glas, „Du sollst keine harten Sachen trinken!“, giftend.

„Und du!“, schnauzte er, „Bist eine verräterische Hexe! Sei still!“

„Bitte, Lex!“

„Du hast mich angelogen! Du hast mir weisgemacht, der Kerl wäre längst tot! Du hast mich aus Luxor angerufen und mir ein idiotisches Märchen von wegen Arabischem Frühling und blabla erzählt! Du bist nicht besser als der Arsch da! *Du* lügst ohne rot zu werden! Tot ist tot! Ich hab genug Leichen in meinem Leben gesehen, mit und ohne rigor mortis! Die stehen nicht mehr auf!“ Er zog blank, klatschte die nassen Sachen vor Raphaels Füßen auf den Boden, hielt sich den Wasserschlauch ins Gesicht, spülte die Reste der Torte aus Gesicht und Ohren. „Der hat meine Frau umgebracht, Anna, und du sagst mir nicht, wo ich diesen Schlächter finde! Stellst mir Raphael vor, und ich finde einen Freund, einen gleichgesinnten…“ Er fuhr herum, schlug Raphaels Hand von seiner Schulter, brüllte „*Du* willst ein Freund sein? Ich scheiß auf dich!“

„Samu… Sascha!“ Raphael reichte ihm mit Bedauern beide Hände.

„Leck mich mit Sascha! Keine Sau ruft mich so!“

„Sa…! Bitte! Ich konnte es dir nicht sagen! Du wärest nach Luxor gefahren, hättest dich ins Unglück gestürzt. Glaub mir, er ist tot! Tot und begraben.“

„Dir glaub ich im Leben nichts mehr!“

„Der Freund meiner Mutter hat ihn mit einer Eisenstange erschlagen! Meinst du, sowas erfinde ich? Meinst du, sowas hänge ich an die große Glocke? Ich hab's Maul gehalten und den Behörden verschwiegen, meiner Mutter zuliebe! Das ist sowieso was, von dem ich nicht weiß, wie ich das verantworten soll. Aber weil er ein stadtbekanntes Individuum, ein Sonderling, ein egozentrischer Außenseiter war, den niemand vermißt, den keiner beerdigt hätte, bat Anna, daß ich ihn… verdammt, ich konnte, als er mich erstechen wollte, doch nicht wissen, daß er in Deutschland war, deine Frau und diese Antiquitätenhändlerin erstochen hat. Ich kannte dich zu dem Zeitpunkt doch gar nicht! Ich hab mein Leben verteidigt! Tut mir leid, daß ich danebenschoß! Ich wär für dich auch in den Bau gegangen! Ich lasse keinen Kameraden im Stich… Für *dich* verübte ich meinen ersten Mor…“ Raphael schwieg abrupt.

„*Was?*“

„Für dich hätte ich meinen ersten Mord verübt."

„Nein-nein-nein! Sag das nochmal: Für *mich* verübtest du deinen *ersten* Mord? Wieviele Morde hast du denn begangen?"

„Raphael war Berufssoldat!", ging Anna dazwischen. „Was ist das denn für eine blöde Fangfrage!"

„Zeitsoldat!", knurrte Raphael.

„Meinetwegen Zeitsoldat…"

„Verschwinde, Anna, das geht nur ihn und mich was an!"

„*Wer* hat den Alten mit der Eisenstange erschlagen?", zischte Alex böse, „Und der Mutti zuliebe alles vertuscht?"

Nicht nur Anna bemerkte, wie in Alex der Spürhund erwachte. Zudem kochten in der Hitze des Tages sämtliche unterdrückten Emotionen hoch. Raphael, stinksauer, ging böse auf Alex los, packte ihn blitzschnell mit seiner Pranke an der Kehle, „Du unterstellst mir hier gar nichts! Verstanden!", brüllend. Das ließ Lex sich nicht gefallen, spendierte Raphael seinerseits einen brutalen Kinnhaken, der schlug gnadenlos zurück, traf Lex mit voller Wucht an der Schläfe; so fand die brutale Prügelei ihre gnadenlose Fortsetzung. Diesmal würde es nicht glimpflich enden. Schluß mit lustig und halbherzigem Schulhofprügeln unter Freunden. Statt dessen Tritte in die Kniekehlen, harte Schläge in die Nieren; dies war ein Kampf auf Leben und Tod. Schon flogen die Fäuste, stießen sie, sich prügelnd, schubsend, rangelnd, an den Tisch, klirrend fielen Tassen, Milchkännchen und Gläser um, Kaffee, Milch und schäumender Crémant ergossen sich über Tischplatte und Boden, vermischten sich mit dem glitschigen Schnodder der zermatschten Torte, in welchem die beiden Streithähne nun ausrutschten, ihren unbarmherzigen Kampf am Boden fortführten.

„Hör auf, Tschesu!", knurrte Alex, drohte unter Raphaels schonungslosen Schlägen zu unterliegen.

„Bring sie auseinander, Anna!", kreischte Yolande, von ihrem Stuhl aufspringend.

„Wie denn?"

„Arrête, ihr Kretins!" Doch Yolandes lautstarker Protest verhallte ungehört.

Katharina sah zu, daß sie von der Terrasse verschwand, angelte sich den nächstbesten sicheren Platz, ließ sich abseits des groben Geschehens im Liegestuhl nieder, nippte an ihrem Whisky, kraulte, gespannt zuschauend, geistesabwesend den schnurrenden Kater.

„Sitz nicht so blöd da! Hilf mir!", quietschte Anna, zerrte Katharina aus dem Stuhl.

„Eben. Wie denn? Das sind gut und gerne an die zweihundert Kilo Lebendgewicht – da möchte ich ungern zwischen die Fronten geraten! Und deine Kaltwasser-Kneipp-Kur zieht ein zweites Mal bestimmt nicht mehr… Geh schon mal Pflaster holen, Anna, ich seh Blut spritzen."

„Herrgott nochmal!", brüllte es fluchend durch den Garten. „Kann man euch denn nicht mal ein paar Tage allein lassen! Auseinander! Sofort!"

Georg stand da, wie hergebeamt, packte gelassen wie Commander Spock Alex im Genick an der empfindlichsten Stelle, Harald kam gleichzeitig von der anderen Seite durch die Lücke der Hecke gerannt, schubste Raphael rüde, stellte sich drohend zwischen die zwei Kampfhähne.

„Was fällt euch ein?", zischte Georg, „In meinem Haus!"

„Das ist *mein* Haus!", insistierte Anna aus sicherer Entfernung. „Danke, Harald!"

„Hónn dier zwei de Schuß nitt geheehrt? Gónz fix sinna nimmé! Schluß jeddsd!", schimpfte der Nachbar die beiden aus. „Unn den lóón hat aach de Lemmes gepickt!", johlte er, als er seinen Kater dabei erwischte, wie der genüßlich die Sahne vom Boden schleckte, packte den armen Sünder im Genick, nahm ihn auf den Arm. „Sáá móó! Bische bekloppt! Dófunn krische die Stratz! Willschem Frausche die Buud vollscheiße?"

Mau

„Dóo brausche nitt maule, mir gehen jetzt hemm und heit owend bleibt die Kaddszeglabb zu! Kumme ná klar ohne misch?"

„Wir kommen klar. Danke Harald. Ihr seid zum Essen verabredet; geh schnell, bevor Helga rufen muß. Och, jetzt hast du dir auch noch die Hose mit Sahne versaut. Das tut mir leid."

„Machd nix, Anna, die Bux kommá wesche. Sinn ná sicher, daß ná klarkumme?"

„Geh nur! Danke!", grummelte Georgy, rüsselte Alex. „Was soll das? Seid ihr völlig durchgedreht? Und warum zum Geier hast du nichts an?"

„Du hast gerade noch gefehlt!", knurrte Lex, wischte mit dem Handrücken Blut von den Lippen, stand auf.

„Was machst du denn schon wieder hier?", fragte Anna konsterniert, zitterte wie Espenlaub, betastete fürsorglich Raphaels blutende Schramme an der Wange und die blutigen, aufgeschrammten Fingerknöchel, schaute nach Alex' blauem Auge. „Und wo ist Leon?"

„Im Auto!"

„Bist du bescheuert? Bei *der* Hitze!"

„Der Maybach steht in der Einfahrt, im Schatten des Hauses und alle Fenster und Türen sind offen. Ich wollte lediglich kurz gucken, ob du hier bist... Warum gehst du *nie* ans Telefon?" Er zupfte ein paar Papiertücher ab, machte sie mit Wasser aus dem Schlauch naß, reichte sie Raphael, „Wisch dir mal das Blut aus dem Gesicht und vom Handrücken, du Nachtwächter!"

„Ich geh ihn holen, du Pappnase!", knurrte Raphael, ließ die beiden stehen.

„Wir saßen den ganzen Nachmittag hier draußen. Außerdem hab ich bei *dem* Tohuwabohu kein Telefon gehört! Du bist im *Allgäu*!", blaffte Anna.

„Jo, wie du siehst."

Georg schenkte sich in aller Seelenruhe einen Whisky ein, trank ihn aus.

„Schon mal dort gewesen? Hä? Wenn's Heugabeln regnet? Kalt und ungemütlich ist? Die dunklen Wolken bis runter ins tiefste Tal hängen? Hm? Ein zwei Tage mag das ja angehen, aber nach fünf Tagen wird es selbst mir zu bunt. Mir sind schon Schwimmhäute gewachsen. Was iss nu? Habt ihr Platz für uns zwei? Ich könnt jetzt'n Stück Torte vertragen! Wollen wir nachher grillen? Oder soll ich weiterfahren? Ich zog Cornwall in Betracht... Geh dem nackten Affen da mal ein Kühlpack für sein fieses Äuglein holen..."

„Nana!"

„Mein großer Schatz!", flötete Anna, froh darum, das dem Kind der Anblick der Schlägerei erspart blieb, schnappte sich den süßen Sturzel, der freudestrahlend an Raphaels Hand auf sie zugelaufen kam, knuddelte ihn ordentlich durch. Raphael warf Georgy die Autoschlüssel zu, klopfte ihm die Schulter.

„Du bleibst hier! Bei dem durchgeknallten Idiot da kann ich Unterstützung gut gebrauchen! Und der Große da", er hievte sich den laut quietschenden Leon auf die Schultern, „hilft mir beim Feuer machen!"

„Und du", Schorschi schüttelte Alex abermals durch, „machst die Sauerei da weg! Nachdem du eine Hose angezogen hast! Anna, bring dem Herrn Kriminalhauptkommissar neben dem Kühlpack gleich mal Lappen, Schrubber und Eimer mit!"

„Tschesu, soso!", brummte Raphael später, nachdem Lex sich von Yolande liebevoll trösten und zärtlich verarzten ließ, die Frauen sich mittlerweile um Salat, Tischdeko und Tisch decken kümmerten, die Kerle zusahen, daß das Grillfeuer in die Gänge kam, hebelte mit dem Kronkorken einer Bierflasche den einer anderen Flasche runter, reichte sie Lex. Der stierte knurrig in die Flammen. „Jetzt nimm schon, Blödmann! Tuts viel weh? Zeig mal dein blaues Auge."

„Keine Ahnung von was du da laberst." Alex griff nach der Flasche, starrte Raphael ins Gesicht.

„Das ist schön geworden!", begeisterte der sich breit grinsend. „Welch eine schillernde Farbenpracht!"

„Arschloch!" Böse grinsend griff Georgy nach der Flasche neben sich auf der Bank, nuschelte „Was macht deine Zierna...", unterbrach sich verwirrt. „Sorry, hab da wohl was verwechselt."

„Ich war *Wer en Mescha*, zuvor war ich *Rametsch Mescha*", meinte Raphael anscheinend nicht ohne Hintergedanken, stieß mit seiner Flasche an die von Alex. „Offizier und Soldat! Wegen mir und meinen tapferen Kameraden könnt ihr alle in diesem unseren schönen schwarzen Land des nachts beruhigt schlafen!"

„Tröste dich, Lex, mein Vater ist ein Gärtner!" schnaubte Georg, „Und ich war Kriegsdienstverweigerer. Sag mal, Nachtwächter, hatten wir dieses Gespräch nicht schon mal?"

„*Tju!*"

„Hä?"

„*Er*", Raphael nickte zu Alex hin, „weiß genau, daß er mich kennt, will es nicht zugeben, leugnet es! Er weiß genau, von was ich rede! Er weiß ganz genau, daß ich sein bester Freund bin!"

Raphael starrte eine Weile schweigend in die lodernden Flammen, hielt Leon, der ein Ästchen ins Feuer werfen wollte, an den Trägern seiner kurzen Latzhose zurück, meinte „Wirf von hier, Großer!".

„Hast du… Leon, geh vom Feuer weg! Komm her! Raphael… hast du dich mit Niklas arrangiert?" Es schien Georg schwerzufallen, die richtigen Worte zu finden.

„Er ist zurück in Kiel, hat seinen Dienst auf der *Brandenburg* wieder aufgenommen."

„Das war nicht meine Frage."

„Ja!", blaffte Raphael. „Meine Fresse! Wie soll man sich mit sowas arrangieren? Da steht urplötzlich ein ausgewachsener Kerl vor dir und behauptet, du seist sein Daddy. Ja, verdammt, ich hab mich arrangiert. Man schubst mich unverhofft in die Vaterrolle und ich funktioniere. Der, welcher nicht von mir ist, um den kümmer ich mich, der, den ich gemacht hab, kenne ich nicht."

„Willst du dich kümmern? Versäum es nicht. Ich bin froh, meinem Kurzen beim Wachsen zusehen zu können. Danke nochmal, daß du ihm zwischendurch den Papa ersetzt."

„Schon gut!" Raphael rammte Alex den Ellbogen in die Seite. „Den mit der Eisenstange, Sascha, um den solltest du dich mal kümmern. Denn der alte Mann ist wirklich tot…"

„Nenn mich nicht immer Sascha!"

„Ich kann dich auch Samut nennen, wenn dir das lieber ist!"

„Du nervst, Alter!"

„Der Alte ist tot, Sascha, so sicher wie das Amen in der Kirche, warf sich tapfer dazwischen; er mußte gewußt haben, daß er das nicht überleben würde…" Lex seufzte entnervt, Raphael trank einen Schluck, starrte wieder grübelnd in die Flammen, meinte wie nebenbei „Der Schlag galt eigentlich Anna…".

„*Was?*", brüllte Georg und schon war es vorbei mit ausgeglichener Ruhe, Feuer gucken und tiefschürfendem Männergespräch. „Und das erfahr ich jetzt?"

„Erinnerst du dich an das gläserne Herz?"

„Dieser wertvolle Flakon aus der Statue? Den Anna geklaut hat? Was ist damit, wo ist er?"

„Ja, genau der. Er ist kaputt. Anna hat ihn versehentlich fallengelassen. Ein wertvolles antikes Ding offenbar. Es ging anscheinend um Antiquitätenschmuggel, denn der Kerl forderte von Anna die Herausgabe. Sie verweigerte das, da bedrohte er sie mit der Stange. Der Alte kam im rechten Augenblick, keinen Moment zu spät."

„Ich glaubs nicht!", stöhnte Georg fassungslos, sich aufgebracht das Kinn reibend.

„Der, der ihn erschlagen hat, ist ebenso ein Mörder. Und es würde mich brennend interessieren, wer *der* Kerl ist! Den solltest du mal durch deine Suchmaschine jagen, Sascha. Er heißt Sebastian. Sebastian Roth…"

„Und du? Was hast du gemacht?" Georg schubste Raphael brutal in die Seite. „Standest du untätig dabei und hast zugesehen wie man meine Frau erschlagen wollte? Ich glaubs ja schon wieder nicht! Da mein ich, mit dir hat sie einen harten Hund an der Seite, kann ihr in dem vermaledeiten Scheißland nichts passieren, und was machst du? Siehst zu wie…"

„Anna ist *meine* Frau! Schon vergessen? Sie unterschrieb im März die Scheidungspapiere. Roth setzte mich mit einem Taser außer Gefecht, ich konnte nichts tun… tut mir leid."

Georg klopfte sich klatschend auf die Oberschenkel, gab ein gehässiges Lachen von sich, „*Was* bist du eigentlich? Läßt dich verprügeln, abstechen, mit einem Elektroschocker außer Gefecht setzen… läßt dir ein Kind unterjubeln… *Du* nennst dich Held?"

„An welcher Stelle der Geschichte hab ich *das* behauptet?"

„Ach halt doch die Fresse…"

„Wie siehts aus?", flötete Anna hinter den Jungs, hatte jedes Wort mitbekommen. „Ich bring die Würstchen."

„Würstchen sitzen hier zwei!", knurrte Georg. „Wann hattest du vor, mir zu sagen, daß dich jemand umbringen wollte?"

„Gar nicht, das tut hier nichts zur Sache und es ist mir ja auch nichts passiert. Was ist nun? Legt ihr auf? Wir haben Hunger. Ich hab was für dich, Alex. Ich geh es derweil holen."

Anna betrat ihr Haus, ging hoch in den ersten Stock, öffnete die Tür ihres Ankleidezimmers, schob auf der Kleiderstange etliche Kostüme zur Seite, öffnete den Safe in der Wand, entnahm ihm ein Päckchen, schloß ihn, ging wieder hinunter.

„Das gehört dir." Sie hielt Lex das in Luftpolsterfolie gewickelte Päckchen hin. „Beziehungsweise Karen."

„Dieses verfluchte Ding!", keuchte Lex, als er die antike Schreiberpalette auspackte. „Dieses vermaledeite Scheißding. Es geschah alles nur deswegen! Wegen einem scheißuralten Wasserfarbenmalkasten kommt dieses rücksichtslose, egoistische Arschloch hierher, bringt meine Frau um… "

Anna hielt seine Hand fest, als er die Palette wutentbrannt, mit Tränen in den Augen, auf die Fliesen der Terrasse schleudern wollte.

„Nicht!", kreischend nahm sie ihn fest in den Arm. „Gib sie mir! Samut, nicht! Komm her, heul dich meinetwegen aus, laß es raus, aber mach die Palette nicht kaputt! Sie ist unglaublich wertvoll!"

„Das ist unglaublicher Mist!", brüllte Lex in seinem abgrundtiefen Seelenschmerz. „Behalt den Scheiß, ich will ihn nicht!" Schnaubend vor Wut setzte Alex sich wieder an das Feuer, kümmerte sich – als sei nichts gewesen – um Würstchen und marinierte Nackensteaks. Anna wollte zu ihm hin, doch Raphael hielt sie am Arm fest, „Laß ihn!", flüsternd, nahm ihr die Palette aus der Hand. „Wo hast du das her? Gehört das auch zu deinem schwunghaften Antiquitätenhandel?"

„Spinnst du? Es gehörte Karen, Alexanders Frau. *Sie* ist schwunghaftem Antiquitätenschmuggel aufgesessen, hat das Ding vor Jahren im guten Glauben für teuer Geld erstanden."

Raphael betrachtete argwöhnisch die Schreiberpalette, zog den vermeintlichen Pinsel aus seiner Vertiefung, betrachtete das dünne scharfe Messer, zog schnaufend die Luft ein.

„Es gehörte dem Alten! *Diese* Klinge hat er mir in den Bauch gerammt!"

„Ja." Anna nickte, hatte Tränen in den Augen.

„Wo hast du sie her? Der Alte hatte sie nicht dabei, als wir ihn in der Höhle verscharrten."

„Er hat sie im Haus der Archäologen vergessen. Ich nahm sie an mich."

„Und du bist damit durch den Zoll gekommen?"

„Sie ging als gut gemachtes Souvenir durch."

„Aha! Übrigens… Sascha…"

„*Was*? Das machst du doch mit Absicht, du Idiot!"

„Roth muß aus Schleswig-Holstein, wenn nicht sogar aus der Umgebung von Kiel sein. Nicht mehr der Jüngste, schätzungsweise um die siebzig. Meine Mutter kennt ihn von früher."

„Ja? Berger", meldete sich Anna am Telefon, stellte nebenbei die Schüssel mit Kartoffelsalat auf den Küchentisch.

„Lex hier. Ist Raphael da?"

„Er steht neben mir, wir wollten gerade essen."

„Gib ihn mir! Und schalt mal auf laut! Das wird dich auch interessieren, Anna. Geh in dein Büro, mach den PC an, ich hab ein paar Bilder per Mail geschickt. Mach!" Anna reichte Raphael den Hörer, deckte die frisch gegrillten Würstchen zu, zog ihn aus der Küche hinaus ins Treppenhaus, hoch ins Büro.

„Ney."

„Hast du den Lautsprecher an?"

„Jepp!"

„Ich hab gemacht um was du mich gebeten hast."

„Okay."

„Ich hoffe, du sitzt!"

Anna knispelte fahrig mit den Schaltern des PC, ihr wurde bei Alexanders Ankündigung gleichzeitig heiß und kalt.

„Ey", knurrte Raphael, „Ich bin jetzt nicht so der durchgeknallte Fußballfan, aber hast du während der Europameisterschaft nichts besseres zu tun als kurz vor Anpfiff…"

„Halt mal den Ballen flach! Ich sitz wegen *dir* immer noch im brüllendheißen, stickigen Büro anstatt mit einem kalten Bier in der Hand vor *meinem* Fernseher! Ich hab Roth soeben gefunden!"

„Gib mir seine Adresse!"

„Das ist nicht so einfach…"

„Was ist daran schwierig? Hast du Angst, daß ich…"

„Ist das Mail angekommen?"

„Gleich! Annas PC ist nicht mehr der Jüngste. Methusalem spielte schon damit."

„Und wer spielt heute nochmal?"

„England Ukraine. Und Schweden gegen Frankreich."

„Aha. Ich fand Roth weder über das Einwohnermeldeamt, weder über irgendeine Kundenkartei unserer speziellen einschlägigen Kandidaten noch in irgendeiner anderen Datei. Als existiere er nicht. Da dachte ich heute nachmittag, ich schau mal in die Datenbank des Kraftfahrt-Bundesamtes. Vielleicht hat er ein Punktekonto. Und tatsächlich, Bingo! Flensburg sagt mir, dein Herr Roth hat einen Führerschein. Hast du das Bild? Ist er das?"

Anna starrte wie Raphael auf das schwarz-weiße, im Halbprofil fotografierte Paßfoto eines jungen hübschen kernigen Mannes mit offenbar hellem Haar, gekleidet in einen leichten Sommeranzug, mit Schlips und blütenweißem Hemd. Sie konnte nur entgeistert „Der sieht aus wie du!" hauchen.

„Ja!", fauchte Raphael, wütend die Fäuste ballend. „Das ist er! Ich glaube, ich sollte mit Sara mal ein ernstes Wort reden!"

„Der hat den Führerschein – für einen jungen Kerl seiner Zeit reichlich spät – nämlich im Juli neunzehnhundertdreiundsechzig gemacht. Geboren ist er am 1. September 1939."

„Ein reichlich beschissenes Datum, um auf diese bucklige Welt zu kommen."

„Tja, wem sagst du das! Ich machte mich also auf die mühselige Suche nach seiner Adresse…"

„Mann, komm zum Punkt! Wo find ich das Schwein?"

„Auf dem Ostfriedhof von Kiel."

„Ist er Totengräber?"

„Er liegt dort! Seit August 1963. Ist mit seiner schönen weißen Borgward Isabella drei Wochen nach Erhalt seines Führerscheins tödlich verunglückt. Die trauernden Eltern, Schwester und nachfolgende Angehörige kauften das Grab immer wieder auf, nutzen es als Familiengrab. So erzählten es mir die alten Zeitungsausgaben im Stadtarchiv und ein Herr von der Friedhofsverwaltung, als ich dort anrief. Dein Herr Sebastian Roth ist seit neunundvierzig Jahren mausetot!"

Von: Alexander Schwab alexschwab@polizeisaarbrück.en
Gesendet: Dienstag, 19. Juni 2012, 20:11
An: annaberger@träumweiter.de
Betreff: Foto und Zeitungsausschnitt

Hi ihr zwei,
wühlte eben in alten Archiven und wurde fündig!
Grüße
Alex

SebastianRoth.jpg
666 KB

Unfallwagen.jpg
850 KB

Zeitung.jpg
730 KB

Kieler Tagblatt

Furchtbarer Unfall zerstört Familie

EPILOG

Ich sprach mein Wort, ich zerbreche an meinem Wort;
so will es mein ewiges Los

(Friedrich Nietzsche)

GEÖFFNET IST DIE UNTERWELT. ICH TRETE AM TAGE HERAUS, UM UNTER DEN LEBENDEN ALLES ZU TUN, WAS ICH MAG

Peret Me Herew
Aus dem Buch vom Heraustreten in das Tageslicht
Das ägyptische Totenbuch

Spruch, um am Tage herauszugehen und nach dem Sterben zu leben

ÄGYPTEN, LUXOR

Donnerstag, 23. September 1999

WESTBANK
KOM EL HETTAN

Er spürte das Erwachen, fuhr nach Atem ringend, grauenvoll keuchend aus seinem Alptraum hoch, krallte sich, in den jungen Morgen starrend, seine Plastiktüte. Gleich würde es richtig hell sein! Er war eingeschlafen! Obwohl er wußte, wie das ausgeht! Meist versuchte er, am Tage irgendwo an einem einsamen, schattigen Plätzchen im Sitzen ein bißchen zu schlafen, sich mühsam in der Nacht wachzuhalten, denn das hielt den Traum fern. Aber dies gelang nicht immer, so wie letzte Nacht.

Schnaufend versuchend den Traum zu vergessen, starrte er eine Weile in den heller werdenden Himmel. Eine Taube watschelte nickend vorbei, pickte im Sand; eine weitere ließ sich gurrend und balzend daneben nieder. Mit boshafter Wut warf er ein Steinchen nach den Vögeln, betrachtete wie sich die Sonne hoch in den zarten Morgendunst schob. Er mußte hier verschwinden, bevor die Arbeiter und Archäologen kamen, bevor es auffiel, daß er hinter dem weißen Bauzaun, welcher das gewaltige Gelände des ehemaligen Tempels von Amenophis dem Dritten einzäunte, und neben der hier deponierten Doppelstatue des Herrschers und seiner Gattin genächtigt hatte. Seine schmerzenden Knochen verfluchend kam er umständlich auf die Knie, beugte sich vor, daß er wie ein räudiger Hund auf allen Vieren im Sand, im Geröll, im Dreck kauerte. Noch als er sich fragte, wie er sich an dem Zaunpfosten und dem kühlen Stein hochstemmen, aus dieser unwürdigen Position je wieder ins Stehen kommen sollte, plätscherte neben seinem Kopf ein starker gelber Strahl auf den staubigen Boden, hochspritzende, stinkende Tropfen benetzten sein Gesicht, seine Hände und seine ohnehin dreckige Galabiya. Er kam nicht hoch, es tat so verdammt weh! Schnaufend hielt er inne, verfluchte seine morschen Knochen und den Polizisten, der ihn, seinen Schwanz wegsteckend, „Vielleicht hilft ein Tritt in deinen dreckigen Arsch!", schimpfend, bei seinem aufsehenerregenden Morgenritual des umständlichen Aufstehens erwischte.

„Wie oft hab ich dir schon gesagt, daß du verschwinden sollst? Du hier nichts zu suchen hast? Hä? Wie oft?"

„Verzeih, mein Herr. Ich bin gleich weg!"

„Das will ich dir geraten haben!"

Der Angeber in seiner blütenweißen Uniform winkte unmißverständlich mit seinem Maschinengewehr.

Endlich kam Ajouz auf die Füße, sammelte seinen Kram ein, wankte davon, eierte mit schmerzenden Knochen über die vertrocknete Wiese, schlüpfte ächzend, sich an dem eisernen Pfosten festhaltend, zwischen den beiden Seilen der Absperrung hindurch, humpelte an der südlichen Statue vorbei über den staubigen Platz vor den Memnonkolossen, kraxelte die Treppe hoch, auf den Parkplatz für die Busse.

Schnaufend blieb er ein paar Minuten in der immer heißer werdenden Morgensonne stehen, wartete darauf, daß der Schmerz nachließ, seine steifen Muskeln nach der kühlen, am Boden verbrachten Nacht wieder in die Gänge kämen. Als er sich weitere Schritte zutraute, kramte er in den Mülleimern der kleinen rundum stehenden Kioske und in dem Müll hinter den Kiosken, aber das war vergebliche Liebesmüh, denn am Abend zuvor hatte er sich schon das Beste herausgefischt.

Grummelnd blickte er in seine Nylontüte: zwei halbvolle Flaschen mit abgestandenem Mineralwasser, eine leere, nicht zerknüllte Zigarettenschachtel, das angeknabberte Stück eines weißen Brötchens und eine fast schwarze Banane! Welch ein Schatz!

Ächzend ließ er sich am Boden im Schatten hinter einem der gelb gestrichenen Kioske nieder, fand zu seinem Glück dort eine halb gerauchte Kippe. Vorsichtig packte er seinen Fund in die leere Schachtel; nachher, wenn die Kioske öffneten, die Händler ihre Töpfchen mit dem billigen Weihrauch entzündeten, dann konnte er sich Feuer geben lassen, die Zigarette genießen!

Er frönte diesem süßen, geschmackvollen Laster seit Jahrzehnten, obwohl er rundum hörte und mitbekam, das sei schädlich, verursache allerlei tödliche Krankheiten. Da konnte er nur drüber lachen! Ha! Sich mit Zigaretten umbringen – was für ein Witz! Wenn ihm dies gelänge, würde er zum Kettenraucher werden und sämtlichen altägyptischen Göttern Opfer bringen!

Wehmütig linste er zu den Kolossen hin, betrachtete den widerlichen Taubenschiß auf den bis zur Unkenntlichkeit verwitterten Köpfen des Grimmigen Löwen, erinnerte sich an die Schmach, welche ihm soeben angetan, opferte aus einer Flasche das kostbare Wasser, wusch sich damit Kopf und Gesicht, schleuderte die leere Flasche ins Gelände zu dem anderen Dreck. Nach seiner feudalen Waschung packte er die Banane aus ihrer schlaffen Schale, lutschte und kaute mit seinen paar verbliebenen schmerzenden Zähnen auf der weichen, fast matschigen Frucht herum, dann hieß es abwarten.

Und da kamen sie!
Busse!
Glitzernde, schicke Busse!

Voll mit vollgefressenen Touristen! Voll mit unwürdigen, unwissenden, gaffenden Trotteln, die ihm über den Tag helfen würden! Widerwillig drückte er die aufgerauchte Kippe in den Sand, stopfte seine Tüte unter den Kiosk, kam auf die Füße, wankte nach vorn, stellte eine bedauernswerte Miene zur Schau, stupste sich unentwegt mit zusammengelegten Fingerspitzen an die Lippen, „Madame", klagend, „Hunger! Hungry! Affamé! Madame! Monsieur! Eine Mark! One Dollar! Madame! Monsieur!"

„Hau ab!" Ein rüder Schubser brachte ihn fast zu Fall. „Du Drecksack vergraulst meine Kunden!"

„Die anderen läßt du betteln!"

„Die anderen sind kein *Rawh sharira*, kein böser Geist! Kein *Shabah*! Verschwinde!"

Die Touristen verschwanden gerade sowieso in den Bussen, wurden hinüber ins Tal der Könige, ans Ramesseum, den Tempel der Hatschepsut gekarrt, oder in Scheich Abd el Qurna aus den Bussen gelassen, um den dortigen Krempel zu erstehen. Für heute war hier nichts mehr zu machen! Ajouz sah zu, daß er die Seiten wechselte, er rüber nach Luxor kam, holte seine Tüte und seine Matte unter dem Kiosk hervor, kramte aus der Tasche seiner schmuddeligen Galabiya das erbettelte Münzgeld, zählte nach, kam zu dem Entschluß, eine Überfahrt zu wagen. Schlurfend machte er sich auf den weiten Weg zu den Fähren, hatte Glück, daß er ein gutes Stück hinten auf einem Eselskarren mitfahren konnte.

Am Nil angelangt, zwängte er sich durch die unzähligen qualmenden, stinkenden, lärmenden Busse, deren Dieselmotoren unentwegt dröhnten, suchte den Boden nach hastig angerauchten weggeworfenen Zigaretten ab, erbettelte tatsächlich ein halbvolles Einweg-Feuerzeug, quetschte sich bettelnd zwischen den Touristen durch, welche gerade auf der Westbank ankamen, oder sich den Spaß machten, mit einem der unzähligen Fährboote nach Luxor überzusetzen, zum Ufer.

„Sabahu Al-khair, Ali!"

„Dich nehm ich nicht mit! Steck dir deinen Gruß sonstwo hin!"

„Ich bezahle, wie jeder andere hier! Ali! So hart ist dein Herz nicht; aus deinem Wohlwollen, *min fadlak*, bitte! Ist mein Geld denn weniger wert als das dieser Ungläubigen?", schmeichelte Ajouz, schaute auf das schaukelnde, bunte Fährschiffchen mit seinen flatternden Wimpeln und bequemen Kissen. „Kein wahrhaft Gläubiger, kein wahrhaft Gottesfürchtiger setzt mit über. Bloß diese Fremden, oh Allah, die wie ein Heuschreckenschwarm Jahr ein Jahr aus unser Land bevölkern, überrennen, ja gar unser glorreiches pharaonisches Erbe mit Füßen treten." Derart schmeichelnd hielt er dem Besitzer der *Ali Baba* zwei Dollar in 50-Cent-Münzen hin, geheimnisvoll „Das ist die starke, amerikanische Währung!" unkend, „Sind die Amerikans nicht eigentlich unsere Feinde? Tief in unseren Herzen? Hm? Das Bild zeigt einen ihrer falschen Märtyrer: John F. Kennedy."

„Die kann ich nicht eintauschen! Hör auf zu säuseln, deine Worte sind pures Gift!" Ali legte das schmale Brett der Planke parat, schaute zu, daß seine Fahrgäste nicht danebentraten, sich nicht an den eisernen Holmen des Schiffes den Kopf anschlugen, hielt hier und da einer älteren Person helfend die Hand hin, schaute, daß sein Ältester die Knoten der Taue löste. „Und die Touristen sind *niemals* meine Feinde; ich verdiene meinen Lebensunterhalt mit ihnen!"

„Du schlägst zwei Dollar *aus*? Damit könnte ich zehnmal übersetzen!"

„Du willst sie mir nur andrehen, weil du sie so schnell auch nicht eintauschen kannst! Spiel mir nicht deine Großzügigkeit vor, *Ajouz kharif*! Du alter Esel! Seit dem feigen Anschlag am Hatschepsut-Tempel kommen die Amerikaner nicht mehr so zahlreich, das weißt du genau. Watch your Head, Madam! Ach, verdammt! Zu spät! Junge, hol mal ein Pflaster!"

„Nenn mich nicht seniler Alter! Willst du Deutsch-Mark?"

„*Die* kann ich eintauschen, gib her! Fünf Deutsch-Mark!"

„Das ist mehr als die Dollar wert sind… Das ist Wucher!"

„Wenn *du* übersetzen willst, ist *das* der Kurs, welcher zählt! Was ist, willst du nun?"

Widerwillig reichte Ajouz Ali das große glänzende Fünf-Mark-Stück.

„*Tju!*"

„Was? Setz dich, Alter, aber abseits der Touristen, du stinkst zum Himmel!"

Während die *Ali Baba* übersetzte, genoß Ajouz das Schaukeln, den kühlen Fahrtwind, schaute die mächtigen Ruinen des *Ipet Resit*… stöhnte, furzte genüßlich, hatte, weil der unwürdige Trottel neben ihm angewidert zur Seite rückte, jetzt mehr Platz.

„*Ajouz!*", brabbelte er dem Kerl die Ohren voll, sich zu ihm hin beugend. „Ha! *Alter!* Wenn du wüßtest! Mein Name ist nicht Ajouz! Obwohl sie alle mich so rufen!"

„Ich verstehe nicht, was Sie sagen! Ich spreche kein Arabisch! I don't speak Arabic!", meinte der dicke Tourist, säuerlich lächelnd, Freundlichkeit heuchelnd, unangenehm berührt, ließ für den Augenblick seine ebenso dicke Kamera mit dem wie einen mächtigen Phallus wirkenden Objektiv sinken, mit der er unentwegt seine Mitreisenden, den Jungen am Außenbordmotor, dessen Vater Ali und die glitzernden, grünen Wasser des breiten Stromes fotografierte, drückte seine spießige, dunkelbraune, lederne Männer-Handtasche, welche an seinem Handgelenk baumelte, fest an seinen schwabbelnden Wohlstands-Bauch.

„Du bist aus Deutschland, mein bleicher, rosiger Wurm… Freund!", begeisterte Ajouz sich. „Ja, sag das doch gleich! Ich spreche die Sprachen all jener die unser schönes Schwarzes... Misr besuchen. Da habe ich Talent für, habe mir das alles in den langen Jahren meines Lebens selbst beigebracht! Soll ich Euch fotografieren? Ich kann das, keine Sorge! Nur her mit der Kamera! Ich kenne alle Modelle!"

„Ja. Aber wissen Sie denn wie..."

„Das ist eine Nikon, ganz neu, das Beste, was am Markt zu finden ist. Die hat dieses kleine, wundersame Fenster, wo man gleich gucken kann. Ich mach schönes Foto! Guck in die Kamera, mein Herr!"

Der Alte hob sich das Okular vor die Augen, drehte am Objektiv, betätigte mehrfach den Auslöser, reichte dem Mann die teure Kamera zurück, der sie prompt mit einem weichen Tüchlein bearbeitete.

„Hier, guckt, in dem Fensterchen seht Ihr ob die Bilder auch was geworden sind. Ich hörte, bei euch in Europa sei Krieg und eure deutsche Bundeswehr machte mit Tornado-Kampfflugzeugen mit, tja, tja, was sind das für Zeiten! Und ich hörte, in eurem Land sei Anfang dieses Monats ein kleines Mädchen verschwunden... Hm? Woher? Ich rede mit den Touristen, halte mich gern auf dem Laufenden! Bei uns gibt es solche Verbrechen nicht. Unser verehrter Herr Präsident Muhammad Husni Mubarak wird bald für seine vierte Amtsperiode bestätigt! Dann ist er wieder für sechs weitere Jahre unser guter Pharao, nicht wahr! Ich glaube das wird übermorgen sein... ah, non, non, Monsieur, es ist einen Tag später. Und dieser Russe... hm... der holt sich, was er will... was? Aber lassen wir die Politik, Ihr habt Urlaub! Das da drüben ist der weltberühmte Luxor-Tempel, mein Freund. Sind sie schön geworden? Ja? Das freut mich! Wißt Ihr, Amenhotep Sa Hapu hat den größten Teil davon entworfen, die grandiosen Pläne seinem geliebten Herrscher und Namensvetter Pharao Amenhotep dem Dritten vorgelegt, und den *Ipet Resit*, den Südlichen Harem, so heißt das nämlich, nach den Wünschen Pharaos gebaut. Des Gottes Amun, Der Verborgene, Tänzerinnen und Sängerinnen lebten einst dort unter dem Schutz ehrwürdiger Priester, und dort wurde stets das *Opet*-Fest gefeiert. Das ist sowas ähnliches wie euer Oktoberfest", flunkerte Ajouz, grinste verschwörerisch, „viel Bier fürs Volk und gutes Essen, nur ohne Karussells. Dieser große Eingang, den Ihr dort seht, mein Freund, der wurde von dem armseligen Ramses errichtet. Der rühmte sich, der größte unter allen Pharaonen Ägyptens zu sein. Das ich nicht lache! Klaute die großen Figuren meines Herrn, schrieb seinen eigenen Namen darauf! Ha! Der Herrscher der Herrscher, Amenhotep, Gott! Herrscher von Luxor ist der Größte und Einzigste unter all jenen Pharaonen die sich Götter schimpften. Er allein durfte sich so nennen! ... Aber ich schweife ab! Hört weiter: Allem voran baute Amenhotep, das heißt *Amun ist zufrieden*, die prächtige Kolonnade und den Sonnenhof... hm? Wer das ist? O-ho, mein bleicher Freund aus Allemagne, Amenhotep Sa Hapu sagte einst von sich:

Ich beaufsichtigte die Herstellung der Bilder des Königs! In jedem harten Stein, fest wie der Himmel! Ich leitete die Arbeit an seiner Statue, die weit wie der Himmel war! Niemals habe ich nachgeahmt, was man früher gemacht hat! Seit der Gründung der beiden Länder hat es niemanden wie mich gegeben! Er war ein großer Mann, dieser Amenhotep, heute sagt ihr Amenophis Hapu, doch damals... damals war Amenhotep der Sohn des Hapu und der liebreizenden Itu Pharaos Baumeister! Er war sein *Tjai chu her wenemi Nesu! Iripat, Rindervorsteher des Amun in Ober- und Unterägypten, Sem-Priester im Goldhaus. Vermögensverwalter der Sat Nesut Sitamun!* Welch ein Glanz verbreitete der vornehme Mensch unter der glorreichen Herrschaft Pharaos..."

Die *Ali Baba* legte an, Ali die Planke ans Ufer, der Dicke erhob sich, „Hier!", hielt dem alten Mann einen Zwanzig-Mark-Schein hin. „Nimm! Du bist um Längen besser als unser lahmer Reiseführer! Der kann alles, bloß keine Märchen aus tausendundeiner Nacht erzählen. Salami allein kummt."

Ajouz lächelte, frohlockte auf arabisch in den freundlichsten Tönen, heftig nickend „Mögen die Schakale dich fressen! Und das Brett unter deinen fetten Füßen bersten!", plärrte ihm höhnisch auf Deutsch „Friede sei auch mit dir!" nach, kletterte von Bord, kraxelte umständlich die steile Treppe zum Uferweg hoch, setzte sich oben um Atem ringend auf die Kaimauer, mußte eine Weile ausruhen, denn er hatte noch ein gutes Stück Weg vor sich.

Sinnierend betrachtete er am Ufer den angeschwemmten Müll im Wasser, schaute dem hin- und herschwappenden Dreck eine Weile zu, hob den Kopf, als er ein tiefes Brummen hörte. Da kam ein funkelnder, vornehmer Kreuzfahrer! Aber ja! Und auch hier lohnte es sich heute vormittag die bedauernswerte Miene aufzusetzen!

Er brauchte bloß ein bißchen warten und schon strömten die Gäste des feinen Hotelschiffes schnatternd und lachend über den Steg, sammelten sich zum obligatorischen Reiseleiter-Appell. Er linste zu dem Polizisten hin, welcher sich unachtsam mit dem Hotelmanager unterhielt, erhob sich tölpisch, stupste sich wie zuvor am Morgen unentwegt mit den zusammengelegten Fingerspitzen an die Lippen, zwängte sich durch die wartenden Menschen, „Madame", jammernd, „Hungry! Hunger! Affamé! Madame! Monsieur! Eine Mark! One Dollar! Madame! Mons..." Das Wort blieb ihm im Hals stecken, als er ein süßes Stimmchen hörte:

„Won Dollar, Mister! Won Dollar, Mister! Won Dollar, Mister! Mädemm! Won Dollar!"

Ajouz hätte schreien mögen! Da kam der dreiste Wicht daher, laut plärrend, lästig wie eine Schmeißfliege! Hörte ihn „Ein Mark, Mister! Ein Mark, Mister! Ein Mark, Mister! Madamm! Won Mark!", rufen. Wäre der Knirps nicht so flink, würde er ihn sich schnappen! Am besten bei den Füßen, daß er lang hinschlug! Alles machte er ihm kaputt! Jetzt konnte er sehen, wo er blieb.

Keinen müden Cent bekam er jetzt mehr, denn die Leute gaben dem niedlichen Bürschchen ihr Geld lieber als ihm, dem alten Knacker.

Schlurfend und nervtötend lief der Kleine, die Hand aufhaltend, fröhlich hinter den Leuten her, „Guttentagg, netter Mann! Good Reise? One Mark? Bitte lächeln, du bist in Luxor!" rufend.

„Hau ab!"

„*Du* hast mir nichts zu sagen! *Du* nicht, *Shabah*! Won Dollar, Mister! Won Dollar, Mister!"

Ajouz grinste hämisch, denn da vorne setzte sich die weiße Uniform in Bewegung. Ihr Träger – der Polizist – genau wie die Bettler mit allen Wassern gewaschen, entdeckte den bettelnden Wicht, unterbrach sein Geplauder, eilte über den Steg. Schnell machte Ajouz sich ab, denn die Polizei duldete keine Bettler hier unten an den Anlegern. Stöhnend nahm er die Treppe hoch zur Corniche. Heute würde der Kurze gegenüber vom Luxor-Tempel betteln, also brauchte er dort auch nicht hingehen. Und so wanderte er, oben angelangt geradeaus, schlurfte über die Promenade der Corniche grübelnd und gedankenversunken hin zu dem feinen, vornehmen Hotel.

Was war das bloß für eine Welt geworden? Er brauchte weder Zeitung, Radio noch Television; die plappernden Touristen, welche er stets in ein Gespräch verwickeln konnte, hielten ihn über alles und jeden aus der Welt auf dem Laufenden. Krieg in Europa! In Jugoslawien. Dazu Putins, nein, Rußland – des Verbündeten – Vergeltungsschläge für sinnlose Attentate! Hochtrabend erklärte der russische Ministerpräsident deshalb Tschetschenien den Krieg. Vor zwei Tagen das schlimme Erdbeben in Taiwan. Und diese gruselige Sonnenfinsternis letzten Monat verursachte ihm noch Gänsehaut … dazu diese religiösen Fanatiker, allen voran dieser Osama Bin… Sicher, er hätte heute auf der Westbank bleiben können, aber all jene Touristen hatten ihn ja schon bei den Kolossen gesehen; das wäre ein wenig lohnendes Geschäft geworden. Und am Hatschepsut-Tempel … Nein!

Nachträglich hätte er beim Gedenken an das Massaker von Deir el Bahari, im November vor zwei Jahren, noch kotzen mögen, als er der zweiundsechzig Leichen gedachte, die teils mit Macheten auf grausamste Weise verstümmelt, zum Teil sogar ausgeweidet worden waren, und des unschuldigen kleinen Kindes, dessen Anblick ihm nicht nur scheußliche Erinnerungen weckte, sondern auch das Blut in den Adern gerinnen ließ. Diese armen Leute – und es war ihm völlig gleichgültig, welcher Religion die anhingen, welcher Nation sie angehörten – mit Schußwaffen und Metzgermessern von Terroristen, verblendeten Gotteskriegern, irren Sadisten sinnlos gemeuchelt… Im Leben hätte er nicht gedacht, daß es ihn derart anrühren würde. Darauf kamen die Obrigen, suchten erbötige Helfer, welche die Toten wegbrachten, den Schauplatz des Gemetzels saubermachten, versprachen gutes Geld. Allein deswegen war er überhaupt hingegangen... sich nicht im klaren darüber, was ihn erwartete...

Niemals mehr konnte er sich seitdem aufraffen, am Tempel der Hatschepsut zu betteln...

Und die schlimme Zeit danach, als kaum Touristen herkamen, die Leute sich vor dem schönen Land am Nil fürchteten; daran durfte er gar nicht mehr denken. Kaum konnte er was zu essen beschaffen, darbte seitdem schlimmer als in den Jahren zuvor.

Er würde ja gern was arbeiten, immer wieder bot er seine Dienste an, aber niemand gab ihm Arbeit! Jeder scheuchte ihn, als sei er ein Aussätziger, weg, alle rückten von ihm ab...

Ajouz wischte sich mit der Hand den Schweiß aus dem alten, faltigen Gesicht, spürte die tiefen Narben auf seinen Wangen. Ein Fremder könnte meinen, es seien alte Pockennarben, aber er wußte es besser!

„Willst du mitfahren, *Rawh sharira?"*, höhnte einer der vielen Kutscher, warf im Vorbeifahren einen Pferdeapfel nach ihm, riß ihn aus seiner Trübsal und die räudige, klapprige Schindmähre vor der alten durchgelatschten Kalesche erinnerte sich ihres längst verlorengegangenen Temperaments, ging beinahe laut wiehernd durch. „In dem Scheißbeutel von meiner Salima ist Platz!" Laut lachend die Peitsche über dem ausgemergelten Buckel des Gaules schwingend, jagte der gemeine *Shaytan* über die Corniche davon.

„Du Hurensohn! *Ya Ibn al-Kalb!* Dreckiger *Himar!"*, fluchte Ajouz ihm laut hinterher, froh darum, endlich am Winter Palace angelangt zu sein. Dort gegenüber war sein zweiter lohnender Platz neben den Kolossen. Direkt an der Treppe, die hinunter zu den Kreuzfahrtschiffen führte. Wenn es über den langen Nachmittag zu heiß wurde, konnte er in das Schattenhäuschen flüchten und ein Schläfchen wagen. Und von hier aus konnte er durch eine breite Lücke in der üppig wuchernden Hecke, dank des Fußgängerüberwegs, direkt auf den Eingang vom Winter Palace schauen.

Wenn er doch nur weggehen könnte! Fort von hier und all den bösen Menschen! An einen Ort, wo ihn niemand kannte. Er dort ganz von vorne anfangen könnte! Aber das kam nicht in Frage. Mehr als einmal versuchte er es, sparte, kaufte sich eine Fahrkarte für den Zug, war nach Al Qahira und einmal sogar bis Aswan gefahren. Doch kaum daß er Al Uqsur verlassen, schien es, sein Herz verbrenne! Als würde es im Feuersee versinken! Der verbotene, grauenvolle Schmerz ließ erst nach, als er wieder zurück in Al Uqsur war ...

Schnaubend breitete er am Stamm eines Ficus seine Matte aus, stellte das blecherne Schälchen hin, setzte sich, schnaubte abermals, nahm weder die schön geschnittenen, schattenspendenden Fici noch die üppig blühenden

Oleanderbüsche in dem breiten Grünstreifen, welcher beide Fahrbahnen voneinander trennte, wahr.

Sehnsüchtig betrachtete er das schöne leuchtende Gebäude, stieg im Geiste gut gewandet, gebadet, frisiert, rasiert und parfümiert die geschwungene Treppe mit dem roten Teppich hinauf, nahm dort oben, auf der feudalen Terrasse unter einem der Sonnenschirme in einem der bequemen, dick gepolsterten Sessel Platz, scheuchte das Gesinde, befahl ihm roten, süßen Wein zu bringen... Nein! Heute trinkt man den Wein sauer! Je saurer um so besser! Er schüttelte sich bei diesem Gedanken, spuckte verächtlich aus, erinnerte sich an den roten süßen Wein, den er zuletzt an diesem Ort getrunken; damals, als da ein anderes Haus gestanden...

Wäre er an jenem Abend doch bloß diesem verfluchten Ort ferngeblieben, hätte er doch nur die aus armseligen Mitleid resultierende ausgesprochene Einladung abgelehnt! Er rieb sich die Hand, erblickte darin die wulstige Narbe, spürte abermals den Schmerz, den das dicke, bunte, zerbrechende Glas ihm verursachte.

Sie hatte den Wein ausgeschenkt! *Sie* war an allem schuld! *Sie...*

Er schaute hoch und blickte in *ihr* Gesicht...

Laut stöhnend schloß er die Augen, übersah den mitleidigen Spender, welcher ihm klingelnd was in sein Schüsselchen warf, „*Shukran*", nuschelnd meinte er, sein Herz zerspringe ihm.

Da war sie wieder!

Jene, die er schon einmal hier gesehen und es als Trugbild abgetan hatte!

Ein bißchen zu herb, ein bißchen zu mager für seine Begriffe. Er bevorzugte seinerzeit, als da unten zwischen seinen Beinen alles noch hart und fest wurde, saftigere Weiber, solche mit schwellenden Hüften, schwerem Busen und dicken, weichen Ärschen. Weibsleute, an denen was dran, etwas, was man ordentlich greifen, zwicken und klatschen konnte! Die da, wäre er jung, würde er warten lassen!

Aber dieses Gesicht würde er in Millionen Jahren nicht vergessen!

Atemlos schaute er zu, wie die junge schlanke überaus elegante Frau, die da aus dem alten schwarz-weißen Peugeot, einem Taxi gestiegen war, dem diensteifrigen Bediensteten des Hotels Anweisungen gab, daß ihre unzähligen schicken Koffer ja ordentlich in den glitzernden Karren aus Messing bugsiert wurden. Laut schnatternd machte sie mit dunkler, tiefer Stimme dem Hotelangestellten das Leben zur Hölle, beobachtete jeden seiner Handgriffe, schaute ihm skeptisch nach, als er mit ihrem Gepäck im Bauch des Hotels verschwand. Dann schwebte sie auf hohen Hacken die Treppe hoch, verschwand wie eine Fata Morgana durch die Drehtür des Hauses.

Wie auch immer – er konnte sich ihre Anwesenheit nicht erklären! War es ein diabolischer Zufall, daß die Frau jener glich...? War es eine grausame Fügung des Schicksals, daß ausgerechnet sie seinen Weg hier in Luxor kreuzte, alte schlimme Erinnerungen in ihm weckte? Wie konnte solches geschehen? Teufelswerk? Hexerei? Magie? Wenn dann dunkle, bösartige Magie! Grübelnd verbrachte er einige Tage, verlor sie aus den Augen, tat es schließlich als bösen Traum ab, als Hirngespinst, schob ihren Anblick auf seine schlechten, alten Augen und sein hohes Alter.

Und wenn er ihn noch zehnmal hier erwischen würde, verbrachte Ajouz dem Polizisten zum Trotz, auch diese Nacht zwischen der Statue und dem Bauzaun! Lauschte gerade dem *Adhān* aus den scheppernden Lautsprechern; gleich würde die Sonne aufgehen. Den Göttern sei Dank, konnte er sich vergangene Nacht wachhalten, vor seinem geistigen Auge schöne Zeiten Revue passieren lassen. In diesem Traum erinnerte er sich an sie, als er sie das erste Mal erblickte. Was für ein aufregendes Erlebnis, dieses Mädchen erbeben zu sehen, ihre Angst zu riechen, ihren zur Schau gestellten Stolz zu belächeln. Er wußte überhaupt nicht, wer sie war, hoffte den dummen Cousin auf seinem idiotischen Platz im Garten unter dem Busch zu finden, dessen Vater ihn auf die Suche nach dem Bürschchen geschickt hatte, und da starrte *sie* ihn an. Erst später, als er herumhorchte, von der Dachterrasse aus den Garten und den Vetter beobachtete, und allen Ernstes das armselige Gesinde belauerte, fand er heraus, daß dieses Mädchen mit dem der Bub sich traf in der Küche ihres vornehmen Hauses die niedrigsten Dienste versah!

Ein ernsthaftes Wort von ihm, um damit den Vetter zur Vernunft zu bringen, scheiterte. Was fiel dem Lümmel bloß ein? Sein Vater Oberster Gärtner und er selbst, der Freund von...

Ajouz stöhnte, als er an des Vetters freche Miene dachte, der ihn aufgeblasenen Pavian schimpfte, lachend verschwand und sich weiter mit dieser nicht standesgemäßen Göre traf. Sogar des Nachts! Einmal war er in der Dunkelheit in den Garten geschlichen, fand die beiden im Schein eines Lämpchens als sie sich gegenseitig befummelten und... noch nie im Leben hatte er Menschen bei sowas beobachtet! Alles dies geschah hinter verschlossenen Türen! Und schon gar nicht in dem biederen Heim des Onkels, denn der war seit zwei Jahren Witwer. Er konnte sich überhaupt nicht beherrschen, als er zuschaute, wie sein fummelnder, küssender, von Liebe stammelnder kleiner Vetter unbeholfene Anstalten machte, das Mädchen zu besteigen, das was von großer Liebe, Jungfrau und warte auf mich stammelte.

Er selbst ihr dabei genau zwischen die Beine stierte, dank des Lämpchens blanke feuchte Haut erblickte. Hart und groß und geil sein eigener Schwanz, den er in jenem Augenblick aufs heftigste knetete und rubbelte. Und just in dem Moment, als sie sich dem fordernden, liebeskranken Vetter zur Wehr setzte, spritzte er ab, verteilte seinen göttlichen Saft auf den Blüten ringsum. Das war das Geilste, was ihm bis dahin unter die Augen gekommen war. Trotz der Süße des Augenblickes machte er sich eiligst ab, damit sie ihn nicht erwischten.

Von da an ging sie ihm nie mehr wieder aus dem Kopf! Nacht für Nacht stellte er sie sich vor, wie sie sich unter *ihm* wehren würde. Nacht für Nacht stellte er sich vor, wie er ihr unschuldiges unverdorbenes jungfräuliches Fleisch rammeln würde, ihre Hände festhaltend, ihren blanken Schoß befummelnd, ihr den Mund zuhaltend, ihr verzweifeltes Schnaufen hörend... Dann war sie ihm zufällig in dem düsteren, einsamen Korridor begegnet! Und er machte seinen Traum wahr!

Es überstieg seine kühnsten Erwartungen; sie wehrte sich besser, schöner, wilder als er es erträumte, wurde frech, trat sogar nach ihm! Schade nur, daß er, den örtlichen Gegebenheiten – auf dem engen Scheißhaus – geschuldet, sie nur von hinten nehmen konnte, er sich mit dem Gefühl ihres Gesichts in der einen und dem des kleinen Busens in seiner anderen Hand zufriedengeben mußte, ihr wütendes Gesicht nicht ansehen konnte, dafür mußte er sich mit dem Anblick ihres kleinen, wackelnden Arsches abfinden... aber man sollte dankbar sein, man kann nicht alles auf einmal haben ...

Jedenfalls verschwand sie wie gewünscht aus des Vetters Dunstkreis und...

Und dann...

Ajouz starrte in den aufdämmernden Morgen, hörte wie die Kerle aus dem Ort ein gutes Stück Nordwärts mit ihren Fesselballons hantierten, hörte das Rauschen der lodernden Flammen, welche die warme Luft in die bunten Ballons bliesen. Nicht nur, daß die Touristen wie Ameisen das Land bevölkerten. Nein! Sie mußten sich zudem noch in die Lüfte erheben! Sie waren überall und zu jeder Tages- und Nachtzeit, zu jeder Jahreszeit. Diese Unwürdigen, diese Ungläubigen! Fast war er geneigt, den Glauben seiner Mitmenschen anzunehmen, dreimal das Bekenntnis zu sprechen, damit sie auch wirklich zu Unwürdigen wurden ...

Böse stierte er vor sich hin, ins Nichts, in die Flamme hinter dem Gestrüpp, in die Tiefen seiner schwarzen Seelen... Seele. Hinge er des europäischen Glaubens an, könnte er heute nacht die Auferstehung der Toten feiern, unerkannt zwischen ihnen und den Lebenden umherwandeln... Ha!

Gedenken sie tags drauf nicht aller armen Seelen, die in ihrer armseligen Vorstellung von der jenseitigen Welt im Fegefeuer schmoren? Ha-ha! Die kennen mich nicht! Die kennen den Feuersee nicht! Dagegen ist das Fegefeuer der christlichen Hölle das reinste Planschbecken! Nein, er würde das

Bekenntnis niemals sprechen! Die Jenseitsvorstellungen seiner jetzigen Mitmenschen entsprachen nicht seinem gehobenen Weltbild, denn auch jene, die sich für den Eintritt in ihr Paradies, den *Jannat 'Adn* feige mit Sprengstoffgürteln und hinterhältigen Attentaten ihrem einzigen Gott opferten und unzählige Unschuldige mit in den Tod rissen, waren im Garten Eden zu finden! Und er hatte genug von einem einzigen wahren Gott, genug gesehen am Tempel der Hatschepsut. Solchem Gelichter wollte er noch nicht einmal im Jenseits begegnen!

Das Jenseits!

Unterteilt in Himmel und Hölle …

In *Sechet Iaru* und…

Die *Amduat*!

Niemand kann in die Flammen, mit denen der Feuersee umgeben ist, eindringen. Geköpfte Sünder schwimmen in ihm, er ist das unnahbare Wasser, das Osiris' Feinden als verzehrende Flamme entgegenschlägt, ihm selbst aber zur Labung dient. Der See zeigt sich den Wahrhaftigen als voll mit Gerste, die ihnen zur süßen Speise gereicht. Während sein Wasser den Verdammten feurig erscheint, die Vögel des Himmels fliehen läßt bei seinem grauenvollen Anblick und dem Gestank nach Pestilenz. Die dunkle Seite der Duat! Die Finsternis der Vernichteten besteht aus Blut! Sie schwimmen dort in ihrem eigenen Blut! Die *Amduat*! Ich kenne alle grausigen Bilder davon, habe sie oft genug in den feinen Gräbern der adligen Herrschaften und der Pharaonen geplant, malen lassen und angesehen. Geköpfte Sünder! Sünder, denen anstelle eines Kopfes loderndes Feuer aus dem gepeinigten Leib schlägt! Gefesselte Nackte, Gepfählte! Gequälte! Im Buch von der Nacht wird den Verdammten gesagt, ihr sollt euren Gott nicht sehen. Den Sündern bleiben alle Wohltaten verwehrt, die Atemluft ist ihnen abgeschnitten, sie leben von ihrem eigenen Kot – dem Abscheu ihrer Herzen, nackt und in völliger Wehrlosigkeit. Die dunkle Duat, voller grausamer Dämonen und feuerspeiender Schlangen, ist ein grauenhafter, entsetzlicher Ort!

Ajouz schüttelte sich in der kühlen Morgenluft, steckte sich einen seiner Zigarettenstummel an, blickte in das kleine Flämmchen des Feuerzeugs, zog, trotz der Vorstellung von loderndem Feuer, fröstelnd die Schultern hoch …

Feuer!

Bei Feuer grauste es ihm!

Denn er begegnete ihr abermals …

Unverhofft stand sie Jahre später an jenem Abend des Talfestes, an dem er sich Spaß erhoffte, vor ihm, *maßregelte* ihn! *Ihn!* Den vornehmen Mann! Und sie besaß die Frechheit, ihn aus dem Haus zu werfen. Das konnte und wollte er sich nicht bieten lassen! Was anschließend über ihn gekommen war, konnte er bis heute nicht erklären. Er war derart besoffen und in bester Laune zurückgekehrt; die andere, die er gerade fickte, ganz nach seinem Geschmack mit üppigen Hüften, welche sich vorzüglich wand und wehrte, ihn aufs Übelste beschimpfte, stachelte seine Geilheit immer weiter an, und die grölenden Kumpane feuerten ihn immer wieder an...

Bis dieser Bub auftauchte!

Ihm sein Spielzeug ins Gesicht schlug! Wann eigentlich fiel die Lampe um? Wann begannen die Vorhänge, Kissen und Decken zu brennen? Bevor er das Kind in seiner Wut schüttelte? Bevor er den frechen Burschen an den Fußgelenken packte...

Er bemerkte den bunten, fauchenden Ballon über sich, welcher schnell an Höhe gewann, hörte obendrein das Dröhnen eines schweren Motors; das brachte Ajouz in die Wirklichkeit zurück. Er stand mühselig auf, linste um die Ecke des Bauzauns, erblickte auf dem Parkplatz den alten taubengrauen, im Leerlauf tuckernden Defender der Archäologen des DAI, nuschelte „Hier? Um diese Zeit? Die graben doch oben in Deir el Medine!"

Vorwitzig schlurfte er näher; es war sowieso besser zu verschwinden, bevor der aufgeblasene *Shurti* in seiner geschniegelten Uniform erschien oder ein besonders früh auftauchender Arbeiter der Archäologen oder gar einer der Archäologen selbst. Vielleicht könnte er, wenn er höflich darum bat, ein Stückchen mitfahren? Bis Deir el Medine, zum Ramesseum vielleicht oder gar ins Tal der Könige.

Aufmerksam den Fahrer ins Visier nehmend, kletterte er die Böschung hoch, wollte rufen und wegen dem Mitfahren fragen, als er *sie* durch die offenen Scheiben des Defenders erkannte! Sie! Jene elegante Frau, welche er Ende September am Winter Palace gesehen und seitdem aus den Augen verloren hatte. Sinnierend saß sie da auf ihrem Sitz, gänzlich in Gedanken versunken.

Sie war es, die ihn verfluchte!

Es war allein ihre Schuld!

Wegen ihr litt er seit Äonen die entsetzlichsten Qualen!

Jetzt hatte er sie! Ganz für sich allein! Jetzt würde sie zahlen! Und niemand war in der Nähe, genau wie damals in jenem zugigen, düsteren Korridor!

Sie schien ihn im Rückspiegel bemerkt zu haben, erschrak, fuchtelte fahrig herum, hupte, gab sinnlos Gas, die Reifen drehten durch, er wurde von einer Staubwolke eingehüllt. Hustend packte er den Griff der Hecktür, „Jetzt hab ich dich! Das wirst du bereuen!", krächzend. Der Defender machte röhrend einen Satz, Ajouz mußte den Griff der Tür loslassen, sonst würde er mitgeschleift. Mit quietschenden Reifen brauste der alte Geländewagen schleudernd Richtung der Fähren davon, mähte beinah einen Mann mit seinem Esel um. Ihm blieb nichts weiter, als mitten auf der Straße stolpernd stehen zu bleiben, ihr mit der Faust zu drohen und „Hexe" hinterherzubrüllen.

LUXOR, WINTER PALACE
SAMSTAG, 1. JANUAR 2000

Heute hegte er keine große Hoffnung. Niemand war bereit für Abenteuer. Gestern hatten alle gesoffen! Zumindest alle Touristen, so vermutete er jedenfalls. Hatten das Millennium gefeiert. Was für ein Blödsinn! Er war dermaßen erschrocken, als die erste Rakete in den Himmel geschossen wurde und laut knallend ihren glitzernden Ballast abwarf. Für ägyptische Verhältnisse war es an diesem frühen Morgen ungewöhnlich still im Ort. Kaum jemand unterwegs. Schon gar nicht hier gegenüber des feinen Hotels. Mißmutig überblickte er die still daliegende Corniche, schaute einem Mofa-Fahrer zu, welcher hupend mit seinem stinkenden, knatternden Gefährt an einer einsamen Kalesche vorbeibrauste. Ächzend drehte Ajouz sich um, betrachtete die mit Vorhängen zugehängten Fenster des Kreuzfahrers. Auch hier schien jeder noch zu schlafen.

Lediglich ein junger müder, herzhaft gähnender Kellner rückte Tische und Stühle auf dem Oberdeck, räumte vereinzelte Gläser weg, wischte die Tische ab, rückte verschobene Kissen zurecht.

„*As salam alaykum!*", rief Ajouz hinüber, „*Ahlan ya* mein Freund. Hast du vom Überfluß des gestrigen Tages ein Brotkrümel für mich armen alten Mann übrig, mein Junge?" und verfluchte diese rauhe, kehlige, laute Aussprache des Arabischen. Wie sanft hätte er mit seiner eigenen Sprache, mit seinen eigenen Worten bitten können. Das hätte allerdings niemand verstanden.

„*Alaykum as salam!*", rief der junge Kellner herüber, „Komm herunter, Väterchen, ich bring dir was!"

Gerührt blickte Ajouz ein paar Augenblicke später, als er wieder oben auf der Corniche schnaufend auf seiner Matte saß, in die prall gefüllte Tüte: Süßes Brot, Bananen, zwei angebrochene Flaschen Cola, ein Stückchen Kamelbraten, etliche Falafel... Tränen stiegen ihm in die Augen bei dem Gedanken, daß er vom Abfall und dem Wohlwollen anderer lebte. Wobei das Wohlwollen anderer sich auf Fremde beschränkte, denn die Luxorer hielten so gut es ging Abstand, wollten nichts mit ihm zu tun haben. Hätte der kleine Kellner – wie so viele – ihn gekannt, wäre er an diesem Morgen leer ausgegangen und dies alles wäre im Müll gelandet...

Lärm weckte ihn aus seiner Trübsal. Was war denn da drüben los? Was für ein Gezeter am frühen Morgen! Er ließ Tüte Tüte sein, schaute dem lautstarken Drama auf der anderen Straßenseite in der Einfahrt des Hotels zu. Ein Taxi, ein Kofferwagen, ein buckelnder Hotelangestellter, der Defender...

Eine kleine unscheinbare Frau drückte einen Buben an sich... das war doch der freche bettelnde Wicht? Oder?

Flennte der?

Hatte der was angestellt? Vielleicht hat er sich dort reingeschlichen und geklaut und die Leute reisten deswegen empört ab… Ajouz stopfte die kostbare Tüte unter seine Matte, packte den Stamm des Ficus, kam ächzend auf die Füße, schlich näher, schaute, daß er über die Straße kam.

„Madame sollte vorher wenigstens frühstücken!", meinte ein schnieker, schlanker Herr mit einem gepflegten kleinen Menjou-Bärtchen. Am Revers seines geschmackvollen dunklen Anzugs funkelte wichtigtuerisch ein Schildchen, wies ihn als Hotelportier aus. Ein anderer aufgeblasener vornehmer Kerl verhandelte mit dem Taxifahrer.

„Nein! Das werde ich ganz gewiß nicht tun!", schimpfte die elegante Frau, entriß dem Hotelangestellten den Koffer, wuchtete ihn selbst in den Kofferraum des 504er Peugeot. Schlurfend trat Ajouz, als gehöre er dazu, von der Security unbemerkt, näher, bekam jedes Wort mit.

„Geh nicht weg, bitte, please, bitte!", flennte der Kurze, die schicke Frau nahm ihn bei der Hand, zog ihn zu den Stufen, setzte sich, nahm ihn in die Arme.

„Ich komme ja wieder, mein Kleiner! Nicht weinen! Du bist doch mein großer, tapferer Junge!"

„Ja!", schluchzte der verrotzte Lümmel, hielt einen Autoschlüssel hoch.

„Die kannst you not take! The Defender gehört dem Team! Und wie sollen wir sonst wieder rüber zur Westbank kommen?"

„Du Gauner!", lachte sie, „Laß dich nie erwischen, wenn du flinke Finger machst! Versprich es mir!"

„Ich doch nicht! Promised!"

„Ich muß gehen, mein Schatz. Paß schön auf dich auf!"

Sie stand auf, trat zu dem Taxi hin. So flink es ihm möglich war, trat Ajouz der gepflegten Frau in den Weg, roch seinen eigenen Gestank, der wie eine Fahne im frischen Morgenwind vor ihm her wehte. Nur zu genau wußte er, wie abstoßend er in seiner Verwahrlosung wirkte, wie häßlich mit den scheußlichen Narben auf beiden Wangen, die wie eine verunglückte Tätowierung wirkten, sein verlebtes, eingefallenes, altes Gesicht vollends verunstalteten. Er war im Gegensatz zu der feinen, kultivierten Frau ein wahres Monstrum.

„Laß mich frei! Let me go!", krächzte er drohend. „Du bist es! Jetzt bin ich mir sicher! Nimm den Fluch von mir!"

„Hau ab, du Sauhund!", fauchte sie ihm entgegen.

„Laß mich endlich gehen", knurrte er drohend, „Du bist es! Ich erkenne dich!", griff mit seinen dreckigen Pratzen nach ihr, angewidert trat sie flink einen Schritt zurück und doch erwischte er sie am Ellenbogen.

Schlagartig fühlte er alle seine Qualen auf einmal, ihm war, als würde er die drückende Last der Jahrtausende spüren! Er erkannte ein rasendes, loderndes Feuer, einen kleinen Jungen, in seinem Blut liegend, grausam dahingeschlachtete Menschen, Blut, Unmengen von Blut und eine rasende Löwin, welche aus einem düsteren Korridor ihn ansprang und ihm das Gesicht zerbiß! Und er hörte Worte wie Donnerhall:

Auf ewig sollst du den Tag verfluchen, der dein Todestag sein sollte!

„Laß mich sofort los! Nimm deine dreckigen Pfoten da weg! Wage es nicht mich anzufassen!", schnauzte sie, entzog sich mit einem heftigen Ruck seinem klammernden Griff, wollte die Tür des Taxis öffnen, doch er stellte sich ihr abermals in den Weg.

„*Nj Uenru!* Du kannst mir nicht davonlaufen!", höhnte er, fies „Dir ging es wie mir!" grinsend. „Ich kriege dich! Immer und überall! *Djet neheh!* Ich weiß, wer du bist! Nimm den *Wawu* von mir und ich vergesse vielleicht! Laß mich gehen! Gib mich frei!"

Und er erkannte in ihren Augen: sie verstand ihn! Sie *wußte*, was er mit der alten Sprache der Götter, mit der Sprache seiner Vorfahren sagte. Sie hatte seine *Medut* verstanden …

„Verschwinde, du Drecksack!"

Der andere kam um das Taxi herum, öffnete die Tür, blaffte „Steig ein, Anna!", setzte sich neben sie. „Was war denn das für einer?", hörte der Alte ihn wegen der offenen Fenster sagen, stierte ihn an, als sähe er einen Geist. „Hat er dich angebettelt? Schau bitte nach, nicht daß er dir was aus der Handtasche geklaut hat. Ich verstehe nicht, Anna, was du diesem Land abgewinnen kannst! Vielleicht überlegst du dir mal gründlich, ob du die nächste Saison…"

„Halt die Klappe, Georgy! Wenn du glaubst, daß ich das auf mir sitzen lasse, irrst du! Ich *werde* wiederkommen! Meinst du, der da könnte mich davon abhalten? Ich bin Anna und ich bin hier noch lange nicht fertig!"

„Bek?", krächzte Ajouz entgeistert. „Bek!" Flehend schaute er dem davonbrausenden Taxi nach, starrte verstört zu dem Defender hin.

„Verschwinde, Alter!", drohte einer der Security, der andere schubste ihn grob. „Hau ab! Sofort!"

Niedergeschlagen wandte Ajouz sich ab, trat zu der Frau am Defender hin, die raunte „Steig ein!". Der Junge verschwand hurtig auf dem Beifahrersitz.

„*Du* hast mich einst vor ihr gerettet! Sie wollte mich erstechen, aber *du* gingst dazwischen! Erinnerst du dich denn nicht?"

„Mach dich ab, du Widerling! Verschwinde, bevor ich dich umfahre!", giftete sie, stieg ein, knallte die scheppernde Tür zu, gab Gas. Im Dröhnen des lauten Motors kreischte er „Der Bub! Mein Junge! Wie ist dein Name?"

„Gib dem Sack bloß keine Antwort!"

Noch einmal schaute Ajouz zurück, starrte den Herrn im feinen Anzug an, machte mit erhobenen Händen einen Schritt auf ihn zu, flüsterte fassungslos „Parser!"

„Was? *Mada qult?*"

„Mein alter Freund! *Jink pwu*! Ich bin es! Erkennst du mich denn nicht?"

„Ich bin gewiß nicht *dein* Freund, *ya Hayawan*!" Lässig winkte der blasierte Portier den Security-Leuten. „Seht zu, daß das verlauste Dreckschwein endlich aus der Einfahrt verschwindet!"

„Es ist der Fluch, Parser! Sie sind alle wieder da!", brüllte Ajouz, stolperte vor den ihm drohenden Türstehern rückwärts über den Rasen der gepflegten Rabatte, trampelte etliche Blumen nieder, hielt sich für einen Moment schnaufend an einem der Fahnenmasten fest, schickte sich an die Straße zu überqueren. „Alle! Erkennst du das denn nicht? Du, Baumeister Bek, die Schlampe im Defender, der Junge bei ihr und die Frau, welche sich Anna nennt! Wo sind die anderen? Der Sohn des Bürgermeisters? Meine, unsere Freunde? Hast du sie gesehen? Es ist der Fluch! Ouroboros! Der Kreis! In Ewigkeit! Allem Zukünftigen beißt das Vergangene in den Schwanz!"

„Wenn du irrer Drecksack nicht sofort verschwindest, wirst du es bereuen!"

„*Du* hast mir nichts zu sagen! Du nicht, du eitler Fatzke!! Ich kriege euch! Ich kriege euch alle! Denn *ich* bin immer noch Amenhotep, Sohn des Hapu! Seit mehr als dreitausenddreihundertdreißig Jahren! Und seit der Gründung der Beiden Länder hat es niemanden wie mich gegeben!"

Achet, 9. Tag des Hut heru
(24. September 2024)

Die Göttinnen	Ihre Ehegatten
Sachmet: *Die Mächtige*	**Ptah:** *Der Bildner*
Beider Sohn **Nefertem:** *Vollkommen an Sein und Nichtsein*	
Isis: *Thron, Herrin des Lebens*	**Osiris:** *Stätte des Auges*
Nebethat: *Herrin des Hauses*	**Seth/Sutech:** *Anstifter der Verwirrung*
Neith: *Die Schreckliche*	**Chnum:** *Der Widder/Schaf (Verbindung zu Neith unter Vorbehalt)*
Selket: *Die, welche atmen läßt*	
Maat: *Wahrheit und Weltordnung*	**Thot**
Mut: *Mutter*	**Amun:** *Der Verborgene*
	Re oder Ra: *Die Sonne* *Der wichtigste, oberste Gott des alten Ägypten*
	Aton: *Die sichtbare Sonnenscheibe*

Real existierende Personen zur Zeit dieser Geschichte:

Amenhotep III.	Pharao
Amenhotep IV./ Echnaton/Achanjati	Sohn von Teje und Amenhotep III., sein Nachfolger
Amenhotep Hapu/ Amenhotep Sa Hapu	Baumeister, Seher, Schreiber, Berater unter Amenhotep III.
Anchesenpaaton	3. Tochter der Nofretete
Bek	Vater des Tutmosis
Eje	Großwesir unter den Pharaonen Amenhotep III., Echnaton, Tut-Ench-Amun und sein Nachfolger
Haremhab	Oberbefehlshaber unter Echnaton, Tut-Ench-Amun und Eje. Als Pharao Ejes Nachfolger
Katharina	Annas Nachbarin ;-)
Mudjemet (eigentlich Mudnetjemet)	Vermutlich die Tochter des Eje, vermutlich die Schwester der Nofretete, Gattin des Haremhab
Semenchkare	Unbekannter Herkunft, später Echnatons Mitregent
Nofretete	Vermutlich die Tochter des Eje, Große Königliche Gemahlin Echnatons
Teje	Große Königliche Gemahlin von Amenhotep III.
Tut-Ench-Aton/Amun	Sohn des Echnaton mit Kija, Pharao, tritt mit ca. 9 Jahren die Regierung an und stirbt mit ca. 18 Jahren
Tutmosis/Djehutimes	Königlicher Bildhauer unter Echnaton, Sohn des Bek. Er machte die Büste der Nofretete

Die wichtigsten Titel und am häufigsten gebrauchten Anreden

Hati a en Niut Resit	Bürgermeister von Uaset
Hem(et) Netjer Tepi en [...]	Oberster Priester (Priesterin) der [jeweiligen Gottheit]
Henut	Herrin, Gnädigste
Imi ra nut Tjati	Großwesir
It	Vater
Mut	Mutter
Mut Nesut	Königinmutter
Neb	Herr
Nebet	Herrin
Nesu/Nesu Bity	König/König der Zwei Länder
Nesut	Königin/königlich
Sa/Sen	Sohn/Bruder/Schwager/männl. Verwandte
Sat/Senet	Tochter/Schwester/Schwägerin/weibl. Verwandte
Schepsi/ Ta Schepsi	Vornehmer/Vornehme Dame
Ta	Dame
Tjai chu her wenemi Nesu	Wedelträger zur Rechten des Königs
Tschesu	Kommandant
Tju/Mabjat/Tja	Ja/Nein/Ausruf bei z.B. gespielter Entrüstung

Die Hieroglyphe der Kapitelzierden, der Widder,
steht für Amuns heiliges Tier.
Der verschmähte Gott selbst spielt als Ksanamu mit

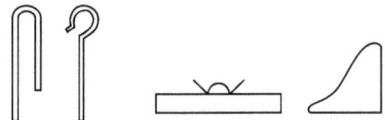

Die Hieroglyphen über der Danksagung stehen für *Herrschaft antreten*
Das Udjat-Auge unter dem Titel steht für *Heil und Gesund*

Die Liedzeilen im Prolog
Also glaubst du, du kannst mich lieben und sterben lassen ... Nichts ist mir
wirklich wichtig, wie auch immer der Wind weht und
Ich wünschte, ich wäre tot und nie geboren
gehören zur *Bohemian Rhapsodie* von Queen; dieses Lied ist, wie meine Leser
wissen, Raphaels Song. Und *Ein Kuß ist immer noch ein Kuß* entstammt aus
As Time goes by

Phillip Vandenbergs *Nofretete Eine archäologische Biographie*,
Renate Germers *Die Heilpflanzen der Ägypter*,
Großes Handwörterbuch Deutsch-Ägyptisch von Rainer Hannig,
Erik Hornungs *Tal der Könige*,
Das ägyptische Totenbuch, Ein digitales Archiv der Universität Bonn,
und *Der Papyrus Ebers* der SAW Leipzig
waren mir u. a. beim Schreiben dieses Romans eine große Hilfe

Der ägyptische Kalender (Die Monate beginnen immer am 15.)

Achet (Zeit der Überschwemmung)
Juli - Oktober, **Herbs**t, umfaßt die Monate:
Djehuti: Juli,
Pa-en-ipet: August
Hut-heru: September
Ka-her-ka: Oktober

Peret (Zeit der Saat)
November - Februar, **Winter**, umfaßt die Monate:
Ta-abet: November
Mechir: Dezember
Pa-en-Amenhotep: Januar
Pa-en-Renenutet: Februar

Schemu (Zeit der Ernte)
März – Juni, **Sommer**, umfaßt die Monate:
Pa-en-Chonsu: März
Pa-en-inet: April
Ipip: Mai
Mesut-Re: Juni

Dazu kommen fünf Zusatztage, die *Heriu-renpet:*
Vom 30. Juni – 04. Juli die Geburtstage des Osiris, Horus, Seth, der Isis und
der Nebethat

Oktober 2024

Abschiede prägen diesen Band der SACHMET-Geschichte, obendrein ereilt der *Kuß des Todes* naturgemäß einige meiner Helden. Doch der kleine „Grimmige Löwe" steht für Hoffnung! Und *Achet-Aton*, der *Horizont der Sonne*, die erste am Reißbrett geplante Stadt der Welt ist wieder einmal u.a. Schauplatz der Geschichte! Diesmal jedoch nehme ich meine Leser mit in die verlassene Stadt. Über das Wie und Warum *Achet-Aton* letztendlich aufgegeben wurde, läßt sich nur spekulieren. Tatsache ist, man überließ die Stadt dem Verfall und viele Angehörige der Familie und aus dem Umfeld von Pharao Amenhotep III. fielen unter Haremhab einer *Damnatio memoriae* zum Opfer.

Ich habe *Achet-Aton* so beschrieben, wie es sich präsentiert, wie die wenigen Ruinen der Grundmauern auch heute noch zu sehen sind. Grundlage für die Aufbauten war hier wie in *Sachmet Atons Erwachen* und *Am Horizont der Sonne* u. a. Paul Dochertys aufwendiges *Amarna 3D Projects*.

Tut-Ench-Amun unterhielt seinen Hof tatsächlich in Memphis/*Ankh Taui* und nicht in Luxor/*Uaset*. Meine Geschichte um Bent, die Hohepriesterin der Isis, ist aber ab diesem Punkt stark mit meinem Roman *Am Horizont der Sonne* verwoben. Demzufolge orientiert sich die Handlung dieses Bandes und die der folgenden, geplanten SACHMET-Bände zunehmend an jener Geschichte, in der ich vom Leben Tut-Ench-Amuns erzähle.

Für diesen wie für alle meine Romane gilt: die Ansichten meiner agierenden Personen spiegeln das Lebensgefühl der damaligen Zeit wider und sind nicht meinem eigenen Wunschdenken entsprungen. Die grausamen Jenseitsvorstellungen, der Glaube an die Allmacht und die Göttlichkeit Pharaos, der unerschütterliche Glaube an die Götter, der Aberglaube was Geister, Jenseits und Träume betraf, der Glaube daran, daß das geschriebene Wort oder ein Abbild beseelt seien – all das machte das Leben der Ägypter aus. Auch in diesem Band sind überlieferte Tatsachen in *kursiv* gesetzt, ebenso die altägyptischen Begriffe, deren Übersetzungen meist direkt im selben Satz, spätestens aber im darauffolgenden zu finden sind oder sich aus dem Kontext erschließen. Meine Recherchen führten mich u. a. auch tief in die Jahre 1999 und 2012 zurück, zeigten mir auf, wie sehr sich die Welt in den letzten fünfundzwanzig und zwölf Jahren gewandelt hat. Und leider bestätigte sich, was sich bereits abzeichnete und was ich vor rund fünfundzwanzig Jahren in Band Eins, DER SCHWUR, der Göttin Isis in den Mund gelegt habe:

… Die Zukunft bringt Schmerzen, Kriege und Tod. Die Länder, die einst die Wissenschaften hervorbrachten, bringen heute nur noch dumme, plärrende Bastarde zur Welt, die ihre falschen Weisheiten mit ungerechtfertigtem Krieg und

heimtückischen Mord in der Welt verbreiten. Andere wiederum glauben, sie könnten für Gott kämpfen, indem sie sich aufspielen und ihre Religion und vor allem ihre Nation über alle anderen erheben. Der Osten wie der Westen schlagen einen falschen Weg ein, der die Welt noch weiter ins Verderben führen wird! …

Im Osten wie im Westen stehen sich augenblicklich zwei irre Despoten, zwei Geisteskranke mit Cäsarenwahn, gegenüber, welche die Weltherrschaft an sich reißen wollen. Dazwischen tummeln sich etliche Diktatoren; der Demokratie soll es an den Kragen gehen, und weit rechts geistig Minderbemittelte, welche aus der kurz zurückliegenden furchtbaren Geschichte um das „Dritte Reich" und den mahnenden Worten von Zeitzeugen nichts gelernt haben. Auch dies spaltet Familien und Freundschaften. Mögen alle gütigen Götter verhindern, daß weder die einen noch die anderen Oberhand gewinnen!

Meine Geschichten und Worte werden an der großen Weltpolitik nichts ändern; dennoch werde ich nicht müde werden, Mißstände anzuprangern und für das Gute im Leben einzustehen …

Herzlichst Ihre
Katharina Remy

24.10.2024

Stellen Sie sich manchmal die Frage: Ist dies ein menschengemachtes Werk oder steckt schon eine KI dahinter?
Ich versichere ihnen: das vorliegende Werk ist – wie alle meine Bücher – ausnahmslos **ohne** KI entstanden!

Mehr Infos über meine fantastische, exotische Welt des alten Ägypten und über mich gibt es auf meiner Internetseite: http://www.amhorizontdersonne.de oder unter katharinaremy_sachmet bei Instagram

Alle meine Ägyptenromane und der Reisebericht sind umweltfreundlich und Papier sparend als *Print on Demand* in den Buchhandlungen sowie in jedem Online-Buchshop verfügbar und selbstverständlich ebenso als E-Book erhältlich

Am Horizont der Sonne
ISBN: 9783749497249
Historischer Roman um Pharao Tut-Ench-Amun

Pharao Echnaton befiehlt Neues, Großartiges! Mit dem Wunsch, die übermächtigen Götter hinwegzufegen, baut er dem Sonnengott Aton die strahlende Hauptstadt *Achet-Aton*, stürzt das Land in einen enthusiastischen Freudentaumel. Doch aus gepredigter Liebe wird schnell grausame Besessenheit …

Deshret Rote Erde
ISBN: 9783839183243
Historischer Roman um den Bau der
großen Pyramide von Giza und dem Bau des Sphinx

Baumeister Chenu haßt Pharao Chufu von ganzem Herzen. Doch beide sind durch das Wissen um brutale Morde und Familiengeheimnisse auf Gedeih und Verderb aneinander gebunden …

Sachmet auf Reisen, Dort auf dem Nil
Ein Reisebericht der besonderen Art
ISBN: 9783757860561

Herr Ranofer macht Nägel mit Köpfen, bucht die Reise unseres Lebens… nein, zu schwülstig! Er bucht eine Reise, die wir nie vergessen werden! Auch das trifft es nicht wirklich. Jedenfalls bucht er die Reise und man meint, von diesem Moment an geht schief, was nur schief gehen kann …

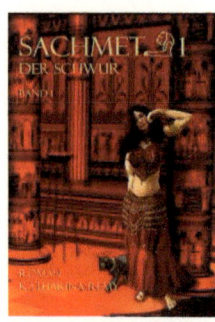

Sachmet Band 1 Der Schwur
ISBN: 9783752848717
Historischer Roman um die Hohepriesterin Sahu-Re

Das Mädchen Bent schwört im Zorn der grausamen und tückischen Sachmet, der mächtigsten und gewaltigsten Göttin Ägyptens einen blutigen Schwur …

Sachmet Band 2 Blutmond
ISBN: 9783748146889
Historischer Roman um die Hohepriesterin Sahu-Re

Eine unheimliche Himmelserscheinung bedroht das *Schwarze Land*. Bent, von Visionen geplagt, fürchtet, Sachmet wolle ein zweites Mal die Menschheit vernichten…

Sachmet Band 3 Die beiden Herrinnen
ISBN: 9783751907408
Historischer Roman um die Hohepriesterin Sahu-Re

Grausame Morde geschehen in Uaset! Selbst auf den Stufen des Isistempels findet man ein Mordopfer. Doch Bent, obwohl sie bereits ein Jahr dem Tempel der Isis als pflichtgetreue Hohepriesterin Sahu-Re vorsteht, vergißt selbst über all diesen Sorgen niemals ihren schmerzvollen Leidensweg …

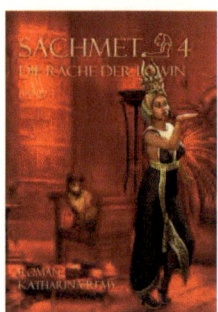

Sachmet Band 4 Die Rache der Löwin
ISBN: 9783751929813
Historischer Roman um die Hohepriesterin Sahu-Re

Ranofers Tod wäre vielleicht zu verkraften gewesen. Doch daß er Bent und ihrer beider große Liebe einfach vergessen hat, stürzt die ehrbare Hohepriesterin der Isis in tiefste Betrübnis. Von diesem erneuten Schicksalsschlag grausam getroffen, im Herzen kalt, fühlt Bent sich außerstande ihr Leben weiterzuführen …

Sachmet Band 5 Der Zorn des Seth
ISBN: 9783752658330
Historischer Roman um die Hohepriesterin Sahu-Re

Von *Uaset* bis hinunter in das entfernte *Swenu* führt ihr Weg, hinein in unbekannte Regionen, zu fremden Städten und prächtigen Tempeln. Bent lernt Kemet, *Das Schwarze Land*, mit seiner betörenden Schönheit auf eine völlig neue Weise kennen. Und sollte auf dieser Reise ihrer beider Liebe tatsächlich erneut aufflammen, Ranofer wieder zu ihr finden?

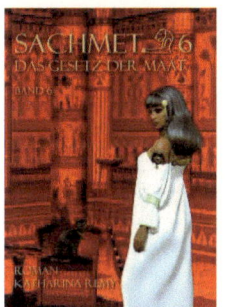

Sachmet Band 6 Das Gesetz der Maat
ISBN: 9783755716341
Historischer Roman um die Hohepriesterin Sahu-Re

Bent in ihrer Position als Hohepriesterin des Isistempels ist zu einem prunkvollen Fest geladen: Die Hochzeit des Kronprinzen! Doch hat nicht Sachmet selbst vor Jahren einst prophezeit, mit Bents Hilfe den Prinzen töten zu wollen? Aber eine Absage läßt Pharao Amenhotep nicht gelten …

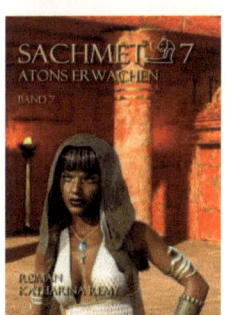

Sachmet Band 7 Atons Erwachen
ISBN: 9783743149298
Historischer Roman um die Hohepriesterin Sahu-Re

Das *Schwarze Land* hat einen neuen Herrscher! Pharao Achanjati überläßt *Uaset* seinem Schicksal und widmet weit im Norden *Aton* – der Sonne – eine neue, funkelnde Hauptstadt. *Kemet* ist dem Untergang geweiht! Bent muß es gelingen *Die Mächtige* für alle Zeiten zu bändigen, um das Leben des Königs zu schützen. Doch dann begeht sie den größten Fehler ihres Lebens …

Sachmet Flammende Herzen
ISBN: 9783758305221

Die schönsten Liebesgeschichten aus der Welt von Bent und Anna, in jenem Augenblick erzählt, da die Helden in Erscheinung treten. Freuen Sie sich auf elf reizvolle, unterhaltsame Geschichten, mal frivol, mal tragisch, in denen sich alles um die ganz großen Gefühle meiner Helden dreht!